눈부신 혼란

눈부신
혼란

황성진
수필집

특별하지만 특별하지 않은 내포內浦 이야기
황성진 수필가의 낮은 곳을 향한 이야기들

이중환은 '택리지'에서 내포를 '충청도에서 제일 좋은 땅'이라 하였다. '내포(內浦)'는 바닷물이 육지 깊숙이까지 들어와 포구를 이루어 배들이 드나들며 새로운 문물을 전해주는 장소이다. 그래서 예부터 문화와 문명의 발달이 이 지역의 길을 통해 이루어졌음은 자명한 사실이다. 불교의 길, 천주교의 길, 동학의 길 모두 이 내포를 통해 전파되었다. 어쩌면 그것은 이 지역이 '길 없는 길'의 시작이요 끝일 것이다.

내포를 비롯하여 서해안 여러 지역에는 1784년 이승훈 세례 이전부터 중국으로부터 건네지는 서학 내지 천주교 문화와 신앙을 접하고 있었다. 특히 임진왜란과 병자호란 이후 확산하였던 실학사상의 분파인 서학이 내포 선비들의 관심사가 되었다. 내포의 서학자들은 서울의 실학자들과 교류를 하면서 내포의 양반, 중인, 서민 등 모든 계층에서 천주교로 발전하였다.

또한 내포 지역은 한반도 불교 도래지이자 불교문화가 화려하게 융성했던 곳이다. 가야산에는 일백여 곳에 달하는 절터가 남아 있고 서산용현리마애삼존불상, 예산 화전리 석조사면불상, 보원사지와 개심사, 문수사 등 불교문화 성지로서의 유산이 산재해 있다.

뿐만 아니라 조선 창업의 산실 간월암 무학대사, 근대 불교문화를 이끈 경허와 만공선사 그리고 만해에 이르기까지 그 모든 불교문화의 진폭이 이 지역에 살아 숨 쉬고 있다.

상선약수(上善若水)라 했다. 살 때는 물처럼 땅을 좋게 하고, 마음을 쓸 때는 물처럼 그윽함을 좋게 하고, 사람을 사귈 때는 물처럼 어짊을 좋게 하고, 말할 때는 물처럼 믿음을 좋게 하고, 다스릴 때는 물처럼 바르게 하고, 일할 때는 물처럼 능하게 하고, 움직일 때는 물처럼 때를 좋게 하라는 노자의 철학이다.

우리 내포 지방은 특별하지만 특별하지 않은 지역이다. 그렇기에 여기 특별하지만 특별하지 않은 이야기를 담아보고자 한다. 상선약수처럼 땅을 좋게 하고, 그윽함을 좋게 하고, 어짊을 좋게 하고, 믿음을 좋게 하여 늘 낮은 곳을 먼저 채우는 물처럼.

2021년 11월
황성진

차
례
/

3부 구양교九陽橋

4부 뜻밖의 내포사內浦史

1부

/

게장백반

게장백반

.

.

.

내 나이 이제 불혹을 넘었다. 더불어 내가 지방의 작은 마을에서 생활한 지도 또한 그만큼의 연륜이 쌓였다. 지지리도 못나서, 남들처럼 도시로의 탈출은 꿈도 못 꾼 채, 그렇게 세월을 흘려 보낸 것이다. 그저 작은 마을에 엉겨서 뒤웅박도 못된 못난 중생으로 살아온 것이다.

그렇지만, 나는 내 삶의 편린에 아무 불만이 없다. 화려한 조명 아래, 화려한 의상을 입고 활보할 수는 없지만, 거무튀튀한 몰골로 누더기처럼 엎디어 사는 현재의 삶에 불만이 없다는 이야기다. 도시로 떠난 이들의 꿈결 같은 이야기에 솔깃했던 적이 전혀 없었던 것은 아니었으나, 그저 잠시 뿐 다음 날에는 다 잊고 이곳의 생활에 충실했던 것이다.

이 마을 사람들의 주업은 어업이다. 조석간만의 차로 형성되는 갯벌에 나가 행하는 어업이다. 마을 사람들이 갯것으로 통칭하는, 자잘한 어패류 등속을 잡는 그런 류의 하찮은 어업이다.

밀물에서 썰물 사이, 불과 세 시간 정도에 행해지는 작업이지만, 그 작업은 펄과 함께 이루어졌다. 썰물로 드러난 그 광활한 갯벌에 나가 바지락, 굴, 게 등 갯것을 잡아 생계를 꾸려 가는 것이다. 그 갯것 중 게를 이용한 것이 가장 맛있는 음식이다. 똘쟁이, 능쟁이, 황발이, 사시랭이, 박하지, 꽃게 등으로 불려지는 각양의 게들이 다양한 음식을 만들어 낸다. 그중 사시랭이, 박하지, 꽃게 등을 간장에 박아 먹는 게장은 일품이다.

　내가 이 마을을 떠나지 못한 이유는 바로 그 게장으로 인해서이다. 무슨 거창한 인연의 끈으로 인하여, 또는 친불친(親不親)의 인과에 의하여서가 아닌, 그놈의 게장 때문이다. 막 잡아 펄펄펄 뛰는 게를 항아리 속 간장에 숙성시켜 먹는 게장, 바로 그것 때문이다.

　그렇다하여 내가 무슨 귀족풍의 미식가인가. 아니다. 철철이 계절 음식을 찾아 전국을 유람한다는 그런 식도락가가 아니라는 말이다. 단지, 게 하나만을 좋아하여 지지고, 볶고, 삶고 하다하다 보니 그중 나은 것이 게장이란 것을 맛보아 알게 되었고, 하여 그것만을 고집하게 된 것이다. 그 게장 한 접시면 고봉밥 한 그릇도 뚝딱 해치울 수 있으니. 그렇게 먹는 밥을 사람들은 게장 백반이라 하던가. 바로 그 게장 백반, 그것이 나를 이 마을의 일원으로 만든 것이다.

　나는 우리의 전통 음식인 장(醬)의 종류가 얼마나 많으며, 어떤 재료가 쓰이는지 잘 알지 못한다. 단지 내가 즐겨 먹는 간장, 된장, 고추장 등 실제 섭취해본 것 밖에는 알 수가 없다.

　그중 내가 제일 좋아하는 것, 그리하여 불혹이 넘은 지금까지 이 마을을 떠나지 못하게 하는 것은 게장이다. 그저 손으로 쭉 찢어 아무렇게나 잘려진 모양새와 간장에 버무려져서 심심하게 발효된 게장을 보면 입안 가득 군침이 돌 정도이니 두말하면 무엇하겠는가. 특히, 노랗게 익은 게의 속살은 그 어떤 맛과도 비교할 수 없을 정도라 할 수 있다.

　　댁(宅)들에 동난지이 사오. 져 쟝사야, 네 황후 그 무서시라 웨는다, 사쟈.
　　외골내육(外骨內肉) 양목(兩目)이 샹천(上天), 젼행(前行), 후행(後行), 소(小) 아리 팔족(八足) 大 (대) 아리 이족(二足), 청장(淸醬) 아스슥 하는 동난지이 사오.
　　쟝스야, 하 거북이 웨지말고 게젓이라 하렴은.

　　가객 김천택의 시조집 청구영언에 수록되어 있는 작품이다. 게 장수와의 대화 및 상거래를 보여주고 있는 이 작품은 솔직한 서민적 감정이 드러나 있는 대표작이다. '게젓'이라는 쉬운 말이 있음에도 불구하고 '외골내육' 등 어려운 한자를 섞어 쓰는 데 대한 빈정거림도 오히려 웃음을 자아낸다.

　　굳이 사설시조의 형태를 취했는데, 작중 화자의 게에 대한 묘사가 너무나 멋지다. 게의 모습을, '밝은 뼈, 안은 고기, 두 눈은 하늘로 향해있고, 앞으로 가고 뒤로 가고, 작은 다리 여덟 개, 큰 발 두 개'라 묘사하였다. 이 얼마나 멋진 표현인가. 설설 기는 게의 모습이 보이는 듯하다.

　　또한 게장에 대하여도 '푸른 장맛이 아스슥하는'이라 표현하였다. 진하지 않은 간장인 청장에 간을 맞춘 게장을 '아스슥' 씹어 먹는 장면은 또 얼마나 맛깔스러운가. 오늘을 사는 우리에게도 군침이 돌게 한다.

　　그 아름다운 게장을 담그는 데는 반드시 간장이 필요하다.

간장은 소금물에 메주를 담가 만든다. 장독에 메주를 띄운 뒤 약 달포 가량이 지나면 짠맛이 나는 흑갈색의 액체가 생긴다. 그 액체를 달여 음식의 간을 맞추게 되는데, 바로 그것이 우리 전통의 간장이다. 이름하여 조선 간장이라 불리는 우리 고유의 조미료이다. 간을 맞추고, 정을 넣어 일궈낸 참된 우리의 맛이다.

그렇게 빚어진 간장을 항아리에 채우고 사시랭이, 박하지, 꽃게 등을 박아 놓는다. 이때 소용되는 간장은 반드시 달여 써야 한다. 약 일주일쯤 그렇게 박아 놓은 뒤 간장을 다시 달여 또 붓는다. 그렇게 하기를 서너 차례, 이후 게를 꺼내 먹으면 그만 게장이 되는 것이다.

그 맛이란 너무나 정갈하고 고결하다. 한 송이 국화와 같다 할까. 어떤 가식이 없는 향기까지 동반한다. 하여 그 맛에 빠진 사람들은 언제까지나 그것을 동경하여 마지않는다. 먼 곳 먼 길을 다녀온 뒤의 나른함과도 같은 정말이지 깔끔한 맛이다.

윤오영 선생의 깍두기처럼, 게장은 규범 없이 만들어 먹는 것이 제격이다. 그 껍질을 곱게 채로 치거나, 보기 좋게 썰거나, 다리까지 썰 필요가 없는 것이다. 그렇게 예쁘게 썰지도, 고춧가루로 시뻘겋게 버무리지도 않아야 그만이다. 그 점에서 게장은 무법이요 격식 없는 격식의 대담한 파격이라 할 수 있다.

이 말은 결국, 평범을 가장한 기존의 가치관을 평범한 음식으로 깨트렸다고 할 수 있다. 가장 평범하게 찢은 게장이 가장 맛이 있는 이유는 무엇인가. 신선로(神仙爐), 탕평채(蕩平菜)의 귀한 음식을 제치고 내 가슴의 반상 오첩에 올라 중앙에 놓이게 되는 이유는 대체 무엇이란 말인가.

오늘, 쓸쓸한 계절의 끝에 내가 있다. 모든 식솔을 버리고 홀로 남은 저 나목(裸木)의 가지 끝에 늦가을이 있다. 곧 눈이 내릴 것이다. 그 숫눈발을 맞으며, 나는 또 그 아름다운 계절을 기다린다. 한 그릇의 밥과 함께.

몸살론

.

.

.

내가 '분재 가꾸기'에 눈을 뜬 것은 이 학교에 근무하면서부터이다.

학교생활에 적응해 갈 무렵 동료 선생님 댁을 방문하게 되었다.

그 집은 그리 크지 않은 평범한 한옥이었는데, 대문을 열고 마당으로 들어간 나는 깜짝 놀랐다.

마당 가득 놓여 있는 분재들, 3월인데도 꽃을 피운 진달래, 매화 등의 화분들, 정녕 아름답기 그지없었다. 그때부터 나의 취미는 '분재 가꾸기'로 굳어졌다.

토요일 오후와 일요일에는 늘 그 선생님 댁에 찾아가서 분재 가꾸기의 모든 것을 사사 받기에 노력했다. 분갈이, 가지치기, 철사감기, 단엽 처리, 거름주기 등 배울 수 있는 전부를 배우기 위해 노력한 것이다. 야산을 돌아다니며 쓸 만한 분재감을 고르기도 하였고, 그것을 캐어 화분에 이식하는 등의 맹훈련을 계속하였다.

이렇게 이론과 실기를 병행한 교육을 받다 보니 분재 가꾸기의 참 의미를 조금씩 조금씩 깨닫게 되었던 것이다.

이제 나도 100여 점의 분재를 소장하게 되었다. 오랜 실패를 거울삼아 키워 온 내 사랑의 분신들이다. 소품 분재에서부터 어른 둘이 들 정도의 큰 분재에 이르기까지 많은 양을 소유하게 된 것이다. 소사나무, 느릅나무, 느티나무 등의 작은 잎과 단풍이 아름다운 나무들, 동백나무, 소나무, 측백나무 등 늘 푸른 이파리가 보기 좋은 나무들, 그리고 석류나무, 모과나무, 배나무 등 유실수 계통이 마당 가득 놓이게 되었다. 내가 소중하게 소장하고 있는 백여 개의 분재 중에서 특히 마음에 드는 하나가 있다.

바로 소사나무 분재로 수령이 약 20년 정도 밖에 되지 않은 비루먹는 나무이다. 우연히 고향 마을 지나다 발견하여 분에 옮겨 심은 지 근 10년 가까이 된 나무이다. 애초에 소 말뚝용으로 야산에 박아 놓은 것이 싹이 나게 되었고, 그러다 착근이 되어 자라다 나의 눈에 발견된 것이다. 정말 볼품없는 모습의 나무로, 겨우 철사걸이를 통해 꼴을 낸, 아무도 거들떠보지 않는 분재이다.

내가 이 비루먹은 소사나무 분재에 마음을 쏟게 된 이유는 3년 전의 그 일이 있고서부터이다.

그 해 2월은 정말 따뜻했다. 2월인데도 기온은 영하로 내려가질 않았으며 눈 대신 비가 내리곤 하였다. 봄방학이 되어 여유가 생긴 나는 화분의 분갈이를 했다. 웃자란 가지를 적당히 쳐주었고, 산발한 뿌리를 알맞게 솎아내어 새 분에 새 마사토를 한껏 덮어 주었다. 한 달쯤 지나자 분재는 어느 해보다도 더 탐스런 꽃과 이파리를 피워 주었다. 보기에 좋아 흐뭇했다.

그런데 그 문제의 소말뚝용 소사나무 분재만이 싹을 틔우지 못하는 게 아닌가. 보름쯤 더 관심을 갖고 물을 주고 애지중지 보살폈으나 싹은 나오지 않았다. 별달리 애착도 없던 분재인지라 화분에서 나무를 뽑아 뒤란 구석에 아무렇게나 던져 버리고는 이내 잊어 버렸다.

6월 초 여느 해보다 일찍 장마가 찾아왔다. 수일간 계속된 비로 인해 지반이 약한 흙이 무너졌고, 그 여파로 뒤란에 토사가 쌓여 물이 흥건히 고이게 되었다. 장마가 소금해진 어느 토요일 오후, 나는 고인 물을 빼고 뒤뜰 정리를 하기 위해 뒤란을 찾았다. 물 빠짐이 수월하도록 도랑을 쳐주고 흘러내린 흙무더기들을 정리하자 이내 본래의 뒤란으로 돌아왔다.

끈끈한 기온에 힘을 썼던지라 땀방울이 많이 흘렀다. 수건을 찾아 이마의 땀을 닦던 나는 토사에 묻혀있던 여린 이파리 더미를 발견하게 되었다. 그 잎을 흔들어 빼보니 몇 개월 전 버렸던 소사나무였다. 싹이 트지 않아 내동이 친 소말뚝용 소사나무였다. 순간 나는 너무 놀라서 그 여린 이파리를 따 깨물어 보기도 하고, 뿌리를 붙잡고 흔들기도 해보았다. 분명 던져질 때 죽었던 나무가 습기가 있는 뒤란에서 자생(自生)한 것이었다. 나는 그 놈을 가져다 물로 닦고 또 닦기를 거듭한 끝에 화분에 다시 심었다. 그리고는 다른 분재보다 더 많은 정을 기울여 키우고 아꼈다.

지난 6월 하순에 나는 몸살이 심해 결근을 했다.

온몸이 지근지근 쑤시고 뼈마디가 아파 거동조차 하지 못했다. 몸뚱이는 물먹은 솜처럼 천근만근 무거워졌으며 엉덩이가 방구들에 붙어 떨어질 줄을 몰랐기에 어쩔 수 없이 병가를 낸 것이었다. 저녁이 되자 동료들이 문병을 왔다. 더러는 한아름 꽃다발로 웃음을 주기도 하고 더러는 한바탕 웃음꽃으로 위안을 주기도 했다.

그 중 한 명이,

"거봐, 황 선생. 나무를 못살게 하니 몸살이 나지. 저 놈들은 어떻겠나. 철사로 두 손 두 발 다 묶이고, 저처럼 작은 화분에 구속되어 지내니, 하루도 몸살 안 나는 날이 있을까."

문병객이 떠나고 나는 곰곰이 생각해 보았다. 그 작은 기후 변화에도 적응치 못하고 몸져눕는 내 육신인데, 팔다리가 잘린 채 화분에 담겨 지내는 저 나무들은 오죽할까.

다음날 나는 내 소유의 분재들을 집 앞의 정원에 모두 심었다. 그 비좁은 화분의 울타리를 벗은 나무들은 생기 있게 자랐으며 윤기 잘잘 흐르는 나뭇잎도 보기 좋았다. 내내 신열이 들뜬 모습으로 몸살을 앓던 나무들은 자연 그대로의 모습으로 돌아왔다. 그중 특히 눈에 띄는 소말뚝용 소사나무를 보면서 우리 학생들이 연상됨을 어인 일인가.

사람들은 흔히 집 떠나면 고생이라 말한다.

기존의 환경 속에서 생활해 오다 새로운 환경에의 적응이 어렵다는 말일 것이다. 새 환경에 적응하려다 보니 육체적, 정신적 어려움이 닥치게 되고 그로 인해 좌절하고 슬퍼하며 지내다 겨우겨우 새롭게 자리를 잡아가는 것이 인생이라 할 수 있다.

학교라는 작은 화분에 담겨 정규 수업 알비료를 먹고 특기 적성교육의 가지치기를 당하는 학생들, 그뿐인가 부모의 열성 교육열로 학원 수강이라는 철사걸이까지 당하는 우리네 집안 말뚝용 분재들, 그들은 단 하루도 쉬지 못하고 몸살을 하고 있는 것이다.

이제 이 땅의 모든 나무들을 화분에서 풀어줄 때가 된 것 같다.

가식이 없는 자연의 일부로 자라서 저 울울창창한 낙락장송이 될 때까지.

마이보라*

.

.

.

저녁이 되자 형님 내외가 도착했다. 딸린 식구가 하나밖에 없건만 작년보다 더 늦었다. 벌써 5년째, 매년 한 시간씩 늦어지는 귀향이다. 어머니는 그런 첫째가 안쓰러운지 오늘도 버선발이다.

"…어머님… 고속도로가… 장난이 아니네요."

벌써 5년째, 형님 내외로부터 들어온 말이다. 웬만하면 레퍼토리라도 바꾸지, 하다가도 이내 그만둔다. 해가 갈수록 늦어질 수밖에 없는 귀향의 이유를 알기 때문이다.

우리는 벌써 도착하여 두 소쿠리 째 전을 담고 있다. 동태전 반, 부추전 반, 소쿠리 그득 들어찼다. 그 옆으로 조카 놈이 잔뜩 웃음을 선사한다. 아장아장 걷는 놈이 꼭 그 애비를 닮았다며 어머니는 자랑이다. 넘어지고 미끄러져도 다시 일어나 걷는 폼이, 동글동글하니 귀엽기까지 하다.

"…말도 마세요…작년하고 또 달라요…"

옷을 갈아입고 전 부치기에 합류한 형수의 목청이 낭랑하다. 무겁기만 하던 신혼 초와는 사뭇 다르다.

---

* 마이보라 : 중의적 표현. 첫째로 먹는 피임약을 의미하며, 둘째로 단절(시력의 단절, 고향 산과의 단절, 꿈의 단절)을 의미함.

"그려 큰애이야, 인젠 소식이 올 때도 됐잖응감? 그거 아남?"

신혼 초, 근 1년 만에 온 형님 내외를 보고 던진 어머니의 말씀이다. 형은 걱정마시라며 밖으로 나갔다. 형편이 좀 나아지면, 바로 가질게요. 형수도 형의 뒤를 밟았다.

그날도 그랬었다. 내가 어머니와 함께 형의 집을 방문했던 그날도 말이다. 형은 대학을 졸업한 후 이듬해 결혼했다. 변변한 직장도 뚜렷한 목표도 없이 사랑 하나만으로 살림을 차렸다. 하지만 취업의 문은 쉬이 열리지 않았고 전세금마저 쪼들리는 형편이 되었다. 그러다가 끝내 형수를 고지대 옥탑방의 별바라기로 만든 것이었다. 결국 형수의 신혼은 옥상에서부터 시작되었다.

어머니는 옥탑방의 여기저기를 훑어보았다. 좁고 가냘픈 방이건만, 아담하니 둘이 살기에는 맞춤이라시며 그렁그렁 옥상을 향했다. 옥상에는 이십여 개의 스티로폼 상자가 ㄷ자 형태로 놓여 있었다. 상자마다 서로 다른 식물이 자라고 있었는데 상추로부터 부추, 파, 열무에 이르기까지 없는 게 없었다. 야채 시장에 온 듯, 푸릇한 싱싱함이 거기에 다 자라고 있었다. 그리고 ㄷ자의 하단부에는 아버지가 보내준 씨앗들이 무성하게 자라 있었다. 곰취, 수리취, 곤드레와 같은 나물 종류와 산마늘, 도라지, 더덕 등 잎과 뿌리를 다 먹을 수 있는 산채들이 무성하게 자라고 있었다. 이것들의 고향은 다 내 고향과 같다. 지금까지 내가 산자락에서 살아왔듯 놈들도 산의 품에 깃들어 살아왔던 것이다.

그러니까 우리 가족이 이곳 산에 정착한 것이 벌써 3대째라 한다. 도시에서 한의원을 운영하던 할아버지는 이 산이 좋아 정착하셨고 아버지를 거쳐 내 대에까지 이른 것이다. 약초에 관한 지식은 할아버지를 거쳐 아버지에게 그리고 나에게까지 전수되었다. 하여 산의 지형과 토질에 맞는 식물들을 재배하셨다. 그중 잘 자라며 먹기에 알맞은 몇몇 씨앗을 형수에게 보내셨고, 그것이 지금 옥상의 자연을 지탱하는 거였다.

"…그려그려, 큰애이야… 근디 말여 애비는 은제 온다냐?"

물뿌리개로 화분에 물을 주는 형수를 향해 어머니는 입을 여셨다. 식물보다는 자식이 더 신경이 쓰이는 모양이었다. 한때는 한의대생이었던 형, 그랬기에 어머니의 자랑이었던 형, 그런 형이었기에 더 신경이 쓰이는 모양이었다. 최루탄에 맞아 생긴 흉터보다 업의 승계를 못하게 되었다는 좌절감이 더 심했던 시절이었다. 결국 산에 남게 된 건 나였다.

어머니는 형의 늦은 귀가를 걱정했다. 상추 잎이며 가녀린 부추 허리를 동강 잘라내는 폼이 심통 난 소녀 같았다.

"…지금 광장이래요 어머니… 다 왔죠, 그죠?"

저녁상을 물리고 나서야 형이 퇴근했다. '오셨어요'와 '왔구나'라는 짧은 표현 속에 땀이 배어 있었다. 나는 안다. 형의 저 끈끈한 땀의 속내를. 그것은 바로 공복의 허기로부터 발원한 것임을, 늦은 귀가로 인한 것임을, 꼬박 10개월을 지탱해 온 대리운전으로 인한 것임을. 이 공허한 도시의 절반을 헤매고 다녔을 형의 주행거리가 등허리를 타고 주르르 흘러내렸다.

어머니는 형을 위해 더덕구이를 만드셨다. 남자에게 더덕만한 것이 없다 하시며 형의 수저에 자꾸 꽃을 놓았다. 그 모습이 너무 무안하여 식탁을 나왔다. 그러다가 서랍장 밑에 떨어진 약봉지를 발견했다. 형수를 위한, 아니 형을 위한 약이었다. 마이보라.

그 후 삼 년이 지난 어느 날, 형수는 마이보라를 버렸다 했다. 대신 옥상에 있는 스티로폼 상자 속 나물과 더덕 식구들이 늘었다 했다. 그러면서 수이 조카가 생겼노라 일렀다.

"…삼촌, 산에 가 보자구요… 송편 속은 밤이 최고예요…"

전 부치기를 마친 형수의 목청이 낭랑하다. 송편 속을 밤으로 채우고 싶은 모양이다. 나는 장화를 신고 고무장갑을 꼈다. 그 모습이 우스꽝스러운지 조카 놈이 해해거리고 웃는다. 모르긴 해도 놈의 눈에 나는, 풍차로 돌진하는 돈키호테처럼 보이는가 보다. 그렇다한들 어쩌랴. 자연의 산물을 거저 주울 수는 없지 않으랴.

소쿠리에 밤을 담으며 형수는 말했다.

"흔히 말하는 이독제독(以毒除毒)의 뜻을 이제야 알 것 같아요. 옥상 텃밭의 인위가 인위를 이기고, 마이보라가 결국 마이보라를 이겨냈잖아요."

옥상을 푸른 산처럼 꾸민 이유는 단지 형을 위한 것이었다고, 최루액으로 힘을 잃고 꿈도 잃은 형을 위로하기 위한 것이었다고. 형이 그렇게 가고 싶어 하는 산을 만들었다고. 그리고 산속의 나물과 텃밭의 채소를 심어 고향처럼 포근히 잠들 수 있게 만들었다고.

하루에 한 번 하늘을 당겨 별빛을 살라 먹고 힘을 길렀으며, 한 달에 한 번 달빛을 따 산 꿈을 꾸게 했노라고 말했다. 그것이 형의 오늘을 있게 한 가장 큰 힘이 되었노라 말했다. 그러면서 한 마디를 덧붙였다.

이제는 마이보라가 마이보라를 이겨냈노라고.

수수꽃다리

.

.

.

Syringa patula 'Miss Kim'. 우리나라 토종식물인 수수꽃다리가 미국으로 반출돼, 품종 개량된 라일락을 일컫는다. 1947년 미국인 식물 채집가가 북한산에서 야생의 털개회나무(수수꽃다리) 종자를 채취해 미국으로 가져가 원예종으로 개량한 뒤 붙인 이름이다. 꽃 이름이 한국 근무 당시 같은 사무실 여직원의 성을 붙였다고 해서 더 유명하다.

아담한 수형(樹形)과 병해충에 강한 것은 물론 진한 향기를 지니고 있어 조경용으로 폭발적 인기를 얻으면서 현재 세계에서 가장 인기 있는 라일락 품종이 되었다.

우리 마을은 섬은 아니지만 섬과 같았다. 특정 성씨만 사는 마을은 아니지만, 주민 모두 마을의 보이지 않는 전통 관습에 젖어 살아왔다. 즉 육지와 동떨어진 섬처럼 사고 자체가 수동적이며 획일적인 일종의 불문율 속에 젖어 살아왔던 것이다. 30여 가구 80여 명이 전부인 작은 마을, 갯일과 농사일이 절반쯤 섞인 반농반어의 마을, 오순도순 도순오순 살아왔던 그런 마을이었다. 누구네 강아지가 몇 마리이며, 누구네 숟가락이 몇 개인지를 서로들 아는 마을이었다.

　그런 마을에 외지인이 들어와 살게 되었다. 그 수가 하나둘씩 늘어 최근엔 절반이 되기에 이른 것이다. 한두 집 유입 당시에는, 아 그래 몇 년쯤 살다 떠나려니 했었다. 그러나 그들은 꿋꿋이 버티고 살아갔으며 점차 외지인 가구 수가 늘어나게 되었다. 그러다 보니 토박이인 원주민은 점차 늘어가는 그 외지인들을 질시의 대상으로 여기게 되었다. 원주민들이 땀을 뻘뻘 흘리며 일할 때 외지인들은 그늘에 앉아 책을 보거나 낮잠을 잤다. 또한 마을에 큰일이 있을 때에도 그들은 도움이 되지 못했다. 어찌 보면 물과 기름과 같다고나 할까, 서로들 반목과 질시 속에 살아가게 되었다.

　그 어려움을 타개한 이가 바로 아버지였다. 서로 간의 반목과 질시를 연대와 화합으로 이끌었던 거였다.

　그 방법은 아주 간단했다. 아버지가 손수 작성하신 '영농일기'를 복사하여 그들에게 나누어준 것이었다. 일기에는 아버지의 삶이 고스란히 들어있었다. 아니 동네 사람들의 삶이 고스란히 들어 있었다. 절기에 따른 파종과 수확, 병충해 및 방제 요령, 포장과 판로 그리고 영농 구상에 이르기까지 없는 게 없었다. 세세한 농사법에 동네 사람들의 성격과 특성이 다 드러나 있으니, 그 얼마나 요긴했겠는가.

　그들은 서서히 마을의 일원이 되어갔다. 일기를 통해 얻은 지식이 천천히 배어 들어갔기 때문이었다. 뿐만 아니라 발 벗고 나선 아버지의 노고 때문이기도 했다. 그들을 위해 농사짓는 법을 가르쳐주었으며 그들을 위해 병충해 방제와 수확 요령을 알려주었다. 손에 익지 않아 서툴렀지만, 동네 사람들은 아무도 그걸 탓

하지 않았다. 그저 도와줄 뿐, 질시를 떠난 고운 눈빛으로의 변화
였다.

수년이 지났다. 해의 무게만큼이나 원주민과 이주민의 사이가
두터워졌다. 급기야 이주민 연장자인 퇴임 교사 홍 선생님이 마을
의 반장으로 추대되었다. 그러면서 경조사를 대하는 태도도 판이
하게 달라져 유유상종이었던 과거와는 달리 동병상련으로 변했
다. 원주민들이 고추며 고구마 등속을 수확하면 이주민들은 인터
넷 통신망을 활용하여 판로를 개척해 주었다. 그쯤 되자 아픔 두
배가 기쁨 네 배가 되었다.

"…어르신 활동이 옛날만 못하네요. 그래서…"

반장 홍 선생님은 자신의 구상을 말했다. 힘에 부쳐 밭에 오르
는 횟수가 뜸해진 아버지를 자주 목격했노라 했다. 그 모습을 보
고 반상회 안건으로 상정했고 만장일치로 가결되었노라 말했다.
나는 홍 선생님이 내미는 서류를 보았다. 농업용 모노레일 지원
사업 지침 안내와 견적서였다.

개소당 지원액 산출

구분	사업비 지원액(천원)			비고
	합계	보조	자부담	
모노레일 설치	24,000 (100%)	16,800 (70%)	7,200 (30%)	엔진(견인차),화물대차, 레일(300m기준)
주의 사항	※ 사업금액 변동 및 기준설치길이(300m) 미만의 사업자가 발생할 경우에도 보조비율 및 자부담비율은 동일하게 적용			

그러면서 홍 선생님은 향후 계획에 대해 설명했다. 사업비의 70%는 센터에서 지원해주며, 나머지 30%의 자비 부담금은 이미 마련되었으니 걱정 말라 했다. 반의 기금으로 충당하기로 반상회에서 결정되었노라 말했다. 나는 눈시울이 뜨거워졌다. 팔순으로 거동이 불편한 아버지를 위하는 동네 사람들의 마음 씀씀이가 가슴을 아리게 했다.

4월이 되었다. 연녹색 하늘 아래 산과 들이 보였다. 군데군데 밭고랑에는 흰 연지를 찍은 각양의 야생화들이 도열해 있었다. 그것들은 바람의 방향에 따라 이리저리 움직여댔는데 마치 은사시나무 나뭇잎의 진군 같았다.

그 사이로 사람들이 하나둘씩 모여들었다. 모노레일 개통식을 위한 모임이었다. 완공된 레일 앞에 간단한 상이 차려졌고 돼지머리에 케이크가 놓였다.

"…자, 지금부터 마을 어르신을 위한 모노레일 개통식을…"

하면서 꽃다발을 아버지께 드렸다. 알싸한 향이 진동하는 수수꽃다리였다. 꽃송이가 고개 숙인 수수 이삭처럼 보인다하여 붙여진 이름 수수꽃다리, '젊은 날의 초상, 아름다운 언약'이란 꽃말을 보유한 수수꽃다리. 그 멋진 수수꽃다리의 향기가 동네 사람들의 코끝을 알싸하게 물들였다.

그 사이로, 먼저 아버지가 잔을 올렸다. 이어 원주민 대표와 이주민 대표가 절을 하고 잔을 올렸다. 그리고 케이크에 불을 켜고 절단식이 진행되었다. 떡 케이크였다. 우리의 전통 떡과 서양식 케이크가 일체화된 음식이었다. 원주민과 이주민의 화합이 빚어낸 연대의 산물이었다.

언덕 사이로 아버지가 힘차게 나아가고 있었다. 단에 놓인 수수꽃다리와 케이크처럼, 진한 향기를 흩뿌리며 레일 위를 힘차게 달려가고 있었다.

그것은 마치, 남효온이 「금강산 유람기」에서 말한 "정향 꽃 꺾어 말안장에 꽂고 그 향내를 맡으며 면암을 지나 30리를 갔다"라는 말과 흡사했으며, 『산림경제』「양화(養花)」편에 실린 "4월에 꽃이 피면 향기가 온 집 안에 진동한다"라는 내용과 비슷한 정경이었다.

물푸레나무과 수수꽃다리속 수수꽃다리의 아름다운 향기가 주민들의 머리 위를 지나 마을 전체를 휘감아 돌고 있었다.

Homo Symbiosis 'Miss Kim'. 우리나라 토종학자인 최재천 교수가 만들어낸, 합성어를 일컫는다. 'Symbiosis'는 각기 다른 두 개 이상의 종이 서로 영향을 주고받는 공생 관계를 의미하며, 여기에 사람·인류의 뜻을 지닌 Homo를 결합한 형태이다. 즉, 상생(相生)형 인간을 말한다.

우리 마을은 섬은 아니지만 섬과 같았다. 주민 모두 마을의 보이지 않는 전통 관습에 젖어 살아왔다. 그런 마을에 외지인이 들어와 살게 되었고, 물과 기름처럼 서로들 반목과 질시 속에 살아왔다. 그 반목과 질시를 연대와 화합으로 이끈 이는 아버지였다. 공존하기 위한 연대, 작은 소유도 나눔으로, 소통하면서 상생하는, 나의 욕망 앞에서 상대방을 해(害)하지 않는… 그런 상생(相生)형 인간이 되게 이끈 것이다. 즉 마을 주민 모두가 'Homo Symbiosis Miss Kim'이 되기 위해 오늘도 노력하고 있는 것이다.

귀얄과 덤벙

·

·

·

작년 가을, 나는 두 가지 호사를 당하는 피동형 인간이 된 적이 있었다. 그것은 적어도 내 의지와는 상관없는, 그래서 더 의미가 있던 고귀한 체험이었다.

강남 신사동에 위치한 호림박물관 신사분관에서 '자연의 빛깔을 담은 분청, 귀얄과 덤벙' 특별전을 감상하는 눈의 호사가 첫째였고, 그로 인해 '부남호 역간척' 특별론을 깨닫는 마음의 순화가 둘째였다.

'귀얄과 덤벙' 전은 다양한 기법의 분청사기 중에서 귀얄과 덤벙 기법이 지니고 있는 미학적 가치를 새롭게 조명하고자 하는 기획 의도가 있었다. '풀이나 옻을 칠할 때에 쓰는 솔'인 귀얄로 백토의 흔적을 운동감 있게 나타낸 귀얄기법이나 백토 물에 덤벙 담가 무심하면서도 묵직한 분위기를 내는 덤벙 기법은 마치 현대회화를 보는 듯 아름다웠다.

전시실에는 박물관 소장품 70여 점과 현대작가 9인의 분청작품 수십 점이 도열되어 있었다. 특히 3층 전시실의 '흰 빛깔이 빚어 낸 정靜·중重·동動의 미학'과, 2층 전시실의 '자연 그리고 자유'라는 주제 전시가 돋보였다. 하나하나의 작품에는 귀얄이 주는 힘 있는 움직임이 살아 숨 쉬고 있었으며, 회색의 태토 위에 흐르는 백토 물의 덤벙 기법은 서해 황도 앞바다 물결을 보는 듯 비감을 느끼게 했다.

나는 15세기 후반에서 16세기 전반이 만들어졌다는 귀얄 문합, 귀얄 문병, 덤벙 문호, 덤벙 문대접 등이 놓인 골목길을 천천히 거닐었다. 이내 주막이 나타났고 멍석 위에 개다리소반이 놓여 있는 모습이 보였고, 귀얄 문병에 담긴 술을 덤벙 문대접에 철철 넘치게 따라 꺽꺽 넘기는 팔뚝 굵은 장정의 모습이 보였다.

그저 사극의 어디서나 나오는 인물 군상들, 그들의 입을 즐겁게 해주는 음식들이 그 귀얄과 덤벙 속에 다 있었다. 인위보다는 자연에 가까운 추상의 문양이 오백 년 긴 세월 건너 분청을 만나고 있었다. 그 인위 너머의 귀얄과 덤벙 속으로 천수만 밀물의 장대한 진군이 시나브로 덮쳐왔다.

천수만은 충청남도 서안(西岸)과 안면도 사이에 있는 좁고 기다란 만을 나타내는 지명이다. 해안선 길이 1천 199.8km나 되며 황도와 죽도 등 자잘한 섬들이 누워 있는 곳이기도 하다.

특히 황도는 그 중심이 되는 섬으로 갈매기와 갯벌과 비림의 향기를 먹고 살던 섬사람들의 고향이기도 했다. 만선 귀항을 염원하던 '황도 붕기풍어제'가 1978년 전국민속예술경연대회에서 대통령상을 수상하였고, 현재는 도 지정 무형문화재로 등록되어 있을 정도이고 보면 주민들의 생활이 어떠했는지 짐작하고도 남는다.

그들의 풍어제가 흉어제가 된 것은 삼십 수년 전의 일이다. 1982년 섬과 안면도를 잇는 둑다리(연도교)가 만들어진 뒤 해수의 흐름이 바뀌었고 조개와 물고기 등속이 섬 연안에서 사라지기 시작했다. 소득이 급감한 주민들은 둑다리를 터 달라는 요청을 하였고, 지난 2011년 연도교는 결국 바닷물이 무시로 드나드는 그냥 다리(연육교)로 대체되었다. 물 흐름이 트이자 갯벌이 살아났다. 바지락과 농어, 감성돔 그리고 갈매기의 힘찬 비상이 다시 돌아왔던 것이다.

이것이 이른바 인위를 자연으로 되돌리는 사업, '역간척'의 시작이었다. 과거에는 바다를 막아 농경지를 만드는 간척사업에 혈안이 되어 막고 또 막았다. 만도 포구도 막을 수 있는 모든 갯벌을 막았다. 부남호와 간월호, 황도, 신리 하구, 소성리 하구, 닭벼슬섬 등에 크고 작은 수많은 방조제가 건설됐다. 그중 가장 대표적인 것이 1982년에 완공된 서산 A, B지구 간척사업이었다. A지구 부남호와 B지구 간월호에 농업용수를 공급하는 담수호가 만들어졌고, 주변 갯벌을 매립하여 농지와 산업용지가 조성되었다. 1982년에 완공을 보았고 작물 재배가 시작된 것이 1986년이었다. 적어도 이 땅에서 밥 굶는 사람은 없어야 한다는 미명이 인위의 땅을 만들어낸 것이다.

"예전에는 바다가 안마당이었죠. 조개랑 농어, 우럭 새우 같은 것들이 많이도 잡혔는데…, 그때는 바다와 갯벌이 이리 소중한 줄을 몰랐어요."

부남호 전업농업인마을 이장은 깊고도 길게 한숨을 내쉬었다.

그것은 부남호 간척지의 현실을 대변하는 한숨이었다. 부석면 갈마리 현대모비스 연구소와 검은여 사이 논들은 검붉은 갈색 벼가 쭉정이도 맺지 못한 채 방치된 현실, 아직도 간기 밴 물이 벼 포기 사이로 부유하는 현실…. 그 아름다운 현실이 가슴을 미어지게 만드는 거였다.

나는 전설의 뚝심으로 만들어졌다는 부남호, 간월호, 검은여, 쌀썸은여의 골목길을 천천히 거닐었다. 골목의 길섶마다 인위의 덧칠이 길게 누워 있었다. 국내 굴지의 회사가 운영한다는 자동차 주행시험장이 보였고, 골프장이 아스라이 펼쳐져 있었다. 그 길 우두커니 들어서니 이내 논바닥이 나타났고 쩍쩍 갈라진 균열 사이로 간기 밴 흰 빛 터우리가 보였다. 그 소금기 간간한 인위의 논바닥 사이로 빠르게 이동하는 바람의 진군이 보였다.

그것은 마치 자동차 주행시험장을 질주하는 차량의 울음 같았다. 그 울음에 실려 날아가는 골프공만 같았다. 하여 최고의 속도로 달려 홀컵을 향해 달려가는 인위의 알바트로스와 다를 바 없었다. 그 한없는 질주와 무한대의 욕망이 부남호의 수면을 차고 동천을 향해 날았다.

나는 호수의 쓸쓸함 너머 귀얄 문병에 담긴 술을 덤벙 문대접에 넘치게 따라 마시던 인물 군상처럼 서 있었다. 문병, 문대접에 담긴, 인위보다는 자연에 가까운 추상의 문양이 오백 년 긴 세월 건너 분청을 만나고 있었다. 그 인위 너머의 귀얄과 덤벙 속으로 부남호 역간척의 밀물의 장대한 진군이 시나브로 덮쳐왔다.

겨울의 입구에 서서, 나는 두 가지 호사를 누리는 능동형 인간이 되었다. 그것은 적어도 내 의지와 관계 깊은, 그래서 더 의미가 있는 고귀한 지향이었다.

귀얄과 덤벙전을 통해 얻은 부남호 역간척의 중요성을 알게 된

호사가 첫째였고, 그로 인해 인위가 자연을 이길 수 없음을 깨닫는
마음의 순화가 둘째였다.

정의와 불의

·

·

·

우리가 흔히 볼 수 있는 풀 중에 '며느리밑씻개'란 이름의 풀이 있다. 여뀟과의 덩굴성 한해살이풀로 들판이나 길가에 자생하는 데 높이는 2m 정도이며 줄기에 잔가시가 많이 나 있는 것이 특징이다. 여름에 담홍색 꽃이 피며 어린잎은 식용한다고 알려지고 있다.

보통 들판이나 야산 어귀, 집주변 등에 자생하고 주변 나무를 타고 오르는 습성이 있다. 그래서 반바지 반팔 차림으로 들판이나 야산을 가다 보면 이 풀잎에 닿아 상처를 입을 수 있다. 그 정도로 우리나라 전역에 걸쳐 자생하는 흔히 볼 수 있는 풀이다. 그만큼 흔하기에 전설 또한 다양한 편이다.

먼 옛날 깊은 산골에 외아들과 사는 홀어머니가 있었다. 청상과부로 자식 잘 되기만을 축원하며 살아온 여인이었다. 여인은 애지중지 정성을 다하여 그 자식을 키웠다. 세월이 흘러 성인이 된 아들이 결혼을 하였고, 아들 내외는 금슬이 좋아 동네에 소문이 날 정도였다.

그것을 아들의 배신으로 여긴 어머니는 질투의 화신으로 돌변하게 되었다. 고부가 김을 매던 중 며느리가 급하게 일이 생겼고, 며느리는 시어머니에게 부드러운 콩잎을 따달라고 했다. 그러나 평소 질투심이 있던 시어머니는 볼 일을 보는 며느리에게 잔가시가 많이 돋아 있는 이 풀을 전달 뒤처리를 하게 하였다.

하여 고부간의 갈등, 질투를 이야기할 때 꼭 이 풀을 이야기하며, 심지어 '며느리밑씻개'라는 오명까지 생기게 되었다.

이 '며느리밑씻개'가 최근 언론의 도마에 오르고 있다. 저명한 학자의 학설에 의하면 이 풀 이름은 일본 꽃 이름 '의붓자식의 밑씻개(ママコノシリヌグイ)'에서 왔으며, 의붓자식 대신 며느리를 질시의 대상으로 차용했다고 주장했다. 즉 우리 주변에서 흔히 볼 수 있는 풀마저도 이같이 그 이름을 차용했으니 이 어찌 가슴 아픈 노릇이 아니겠느냐 하며 한탄했다. 그러면서 후세인인 우리가 마땅히 우리말 순화어로 바꾸어 써야 한다고 주장했다.

실제로 우리가 아는 우리 식물의 이름이 많은 부분 일본 이름을 차용하고 있다고 한다. 국립생물자원관에서 만든 '한반도 고유종 총람'에 따르면 한반도에서만 자라는 고유 식물은 모두 527종이라 하며, 그 가운데 일본 학자 이름으로 학명이 등록된 식물은 62%인 327종에 달한다고 한다. 그중 '며느리 밑씻개' 같은 경우 '사광이아재비', '가시덩굴여뀌'처럼 아름다운 우리 이름이 있는데도 'ママコノシリヌグイ(의붓자식의 밑씻개)'라는 일본 이름을 차용하여 썼다. 정녕 가슴 아픈 일이 아닐 수 없다.

내가 그의 이름을 불러주기 전에는
그는 다만

하나의 몸짓에 지나지 않았다.

내가 그의 이름을 불러주었을 때
그는 나에게로 와서
꽃이 되었다.

김춘수는 '꽃'이라는 시를 통해 대상에 대한 정당한 명명(命名)과 그에 따른 호명의 중요성을 강조했다. 적어도 대상에 맞는 이름을 붙여주어야만 하며 또한 그 이름을 정당하게 불러주어야만 가슴에 남는다 했다.

우리가 사용하는 이름은 그 속에 숨은 의미를 잘 알고 불러야 비로소 하나의 꽃이 된다. '며느리밑씻개'는 적어도 '사광이아재비'나 '가시덩굴여뀌'로 그 이름을 바꾸고 또 그렇게 호명해야만 마땅하다. 그것은 자존심 너머의 문제로 우리 가슴에 '눈짓'으로 살아 숨쉬기 위한 노력이라 할 수 있으며, 과거 아픈 역사 속에 내재된 식민사관의 틀을 바로 알고 벗어나는 일일 것이다.

누구에게나 감정의 밑바닥에는 우월 의식이 깔려 있기 마련이다. 타인보다 내가, 저 사회보다 내 사회가 좀 더 우월한 선상에 놓여 있기를 바란다. 바로, 본인 쪽으로 기움이 있는 사회를 꿈꾸는데 그 사회가 바로 정의의 사회라고 판단한다. 하여 사람들은 세상에 하나밖에 없는, 즉 절대적이며 우월적 가치를 지닌 사회를 정의의 사회라 규정하고 그 속에서 살고 싶어 한다.

그러나 정의는 결코 절대적일 수 없는 상대적 개념어이다. 사람마다 정의를 보는 생각이 다르기 때문이다. 그렇기에 대화와 타

협이라는 모점을 찾는 것이다. 하지만 일부 사람들의 정신세계는 상대적 개념어인 정의를 그저 절대적 상징어로 보기도 한다. 과거 일제침략기의 침략자들이 그들이다. 그들은 우리 민족의 육체와 정신을 송두리째 흔들어 자국에 일체화시키려 했다. 혈의 절단이니 창씨개명이니 하는 행위로 민족성까지 훼손하려 했던 것이다.

식물의 이름 붙이기 역시 그 일환 중 하나로 볼 수 있다. '창씨개명 된 우리 풀꽃'의 저자 이윤옥은 '조센니와후지'는 '땅비싸리'보다 '조선댑싸리'가 더욱 어울리는 이름일 것이며, 더 좋은 것은 일본인이 붙인 이름을 고집하지 말고 우리 정서에 맞는 이름으로 하나씩 바꿔 나가는 것이 중요하다고 역설한다. 또한 "단순히 풀꽃 이름뿐 아니라 풀꽃을 설명하는 국어사전이나 식물도감의 설명 역시 총상화서니, 육수화서처럼 일본말 찌꺼기로 설명하기보다 알기 쉬운 우리말로 풀어야 할 것이다"라고 주장한다.

이 말은 바로 정의를 보는 다른 관점이다. 절대적 상징어로서의 정의를 순화된 이름으로 정의한 것으로 이는 불의의 건너에 있다. 즉 '의붓자식의 밑씻개'를 차용한 '며느리밑씻개'라는 불의의 건너에 '사광이아재비'나 '가시덩굴여뀌'라는 정의가 살아 숨 쉬고 있다는 말이다.

판사 출신 소설가란 별난 이력의 정재민 작가는 "우리 사회에서 정치가 이다지도 어려운 것은 정의가 절대적 개념이 아닌 상대적 개념이라는 것을 받아들이지 못하기 때문이다"라고 설파했다. 달리 말해, '며느리밑씻개'라는 절대적 개념이 아닌 '사광이아재비'나 '가시덩굴여뀌'라는 상대적 개념이 정의란 말이다.

이제 우리는 불의에 감춰져 있던 정의를 찾아야 한다. 그 정의

를 바로 찾고 바르게 호명해야 한다. 그래야만 그 이름이 우리에
게로 와서 꽃이 되는 것이다.

내가 그를 며느리밑씻개라 불러주었을 때
그는 다만
하나의 몸짓에 지나지 않았다.

내가 그를 사괭이아재비라 불러주었을 때
그는 나에게로 와서
꽃이 되었다.

내가 그를 사괭이아재비라 불러준 것처럼
나의 정의에 알맞은 내 이름을 불러다오
그에게로 가서 나도
그의 꽃이 되고 싶다

우리들은 모두 가시덩굴여뀌라 불리고 싶다
며느리밑씻개라는 불의 너머
잊혀 지지 않는 정의가 되고 싶다

침묵의 카르텔

.

.

.

1.

"아버지, 고갤 더 숙이세요."

나는 왼손으로 아버지의 상체를 부축했다. 그리고는 오른손으로 머리를 감겨 드리기 시작했다. 물에 젖은 머리칼 위에 잘 믹서가 된 샴푸액이 하얗게 거품을 물고 일어났다. 그것은 마치 방파제 위로 솟아오르는 거친 파도와 같았다. 하얗게 일어나서 파랗게 가라앉는 그것, 그 용솟음, 아니… 그 명멸(明滅)….

2.

"…전진, 전진 앞으로!"

소대장은 단호하게 명을 내렸다. 공제선 아래 8부 능선에서 뭔가 움직임이 보였기 때문이었다. 순간적 움직임이었으나 극도의 긴장 상태가 그것을 감지해낸 것이었다. 펑펑, 먼 쪽으로부터 포성이 들려왔다.

우리는 최대한 낮은 자세로 움직였다. 지난 봄 구축한 방공호를 따라 행하는 이동이었기에 발각될 염려가 적었다. 적은 지금 산허리에 매복한 모양이었다. 놈들이 모르게 근접해서 일망타진하면 성공이다. 성공을 위해 모두들 숨을 죽였다.

그 순간이었다. 적으로부터 발사된 총알이 폭우처럼 쏟아져 내렸다. 소대원들은 호 안에 엎드려 피했다. 소나기가 그치자 적들이 일시에 내려오기 시작했다. 우리는 그 틈을 타 적들을 향해 발사했다. 피아간 폭풍우가 휘몰아치는 순간이었다.

그 교전 속에서 아버지는 살아나왔다. 구사일생, 남은 소대원이 열도 안 되었다. 아버지는 왼쪽 허벅지에 수류탄의 파편을 맞았고, 그 상처가 지금도 남아 있다. 길쭉한 흉터, 그리고 그 흉터 속에 잠들어 있는 파편…. 파편 속에는, 아직도 지워지지 않는 그리움의 나이테가 해마다 자라고….

3.

"…전진, 전진 앞으로!"

아버지는 깜짝 놀라 일어나셨다. 지난 수십 년의 세월 동안 들어왔던 그 소리. 전진, 전진. 이제는 전진이 맞는지 진전이 맞는지 알 수 없을 정도로 들어온 진전된 그 소리를 다시 내며 벌떡 일어나셨다.

그러니까, 6년이란 긴 세월의 복무를 마치고 전역을 한 이후부터 지금까지 끊임없이 지속된 버릇이었다. 참전의 후유증이었다. 그 후유증으로 유발된 증세는 최근 들어 머리를 숙일 수 없을 정도의 상황으로까지 악화되었다. 고개를 숙일라치면, 어지럼증이 일어 몸의 균형을 잡을 수 없었던 것이다. 뿐만 아니라 다리까지 후들거려 지탱이 불가능할 정도였으니 그 고통이 알만한 정도 아니겠는가? 종아리에 박힌 수류탄 파편의 영향인 모양이었다.

아버지는 늘 먼저 떠난 전우를 그리워하셨다. 그 유명한 금성지구전투에 투입되어 장렬히 산화한 전우를 늘 그리워하셨다. 피아간 총탄이 한차례 훑고 지났고, 뒤이어 참호 안으로 수류탄이 굴러들어왔다. 모두 아늑한 나락으로 떨어질 뻔한 그 절체절명의 순간, 전우는 몸을 던져 수류탄을 덮쳤다. 그와 함께 울린 굉음, 그리고 아버지의 종아리를 파고 든 파편.

아버지는 당신의 종아리를 볼 때마다 늘 먼저 떠난 전우를 그리워하셨다. 이젠 많이도 야위어 홀쭉해진 종아리, 그리고 종아리 속 파편이 자꾸만 그날의 아픔을 전해준다 하셨다. 60년 그 긴 세월 건너 그 아픔 전해준다 하셨다.

4.

카르텔 (Kartell)이란 독일어가 있다. 동일 업종의 기업이 경쟁의 제한 또는 완화를 목적으로 가격, 생산량, 판로 따위에 대하여 협정을 맺는 독점 형태를 뜻하는 용어이다.

이 카르텔은 가격을 고정시키고, 회원 사이에 판매량을 할당하거나 판매 지역과 생산 활동을 배정하고 최소이익을 보장하여 산업 전체의 '파괴적인' 경쟁을 막는 장점이 있다. 반면, 소비자들이 경쟁가격보다 더 높은 가격을 지불해야 하고 기업들이 기술개발을 피하게 된다는 단점도 존재한다.

그랬다.

아버지의 생애는 침묵과의 카르텔을 맺고 그 안에서만 60년 긴 세월을 살아오신 것이다. 전역 후의 하루하루가 생산과 소비의 반복으로 이루어졌으나, 그 누구와도 교감할 수 없었던 시기였다.

단지 한 명, 그날 그 말고개 전투에서 아버지를 남기고 떠난 그분과의 교감만 존재했을 뿐이다. 그분과 같이 식사하고, 그분과 같이 숨쉬고, 그분과 같이 잠들었던 것이다. 늘 꿈속에서 그분을 만났으며 늘 '전진, 전진 앞으로!'를 외치다 깨어나셨던 것이다. 그렇게 60년의 그 긴 세월을 건너오신 것이다.

5.
"아버지, 고갤 더 숙이세요."
나는 왼손으로 아버지의 상체를 부축했다. 그리고는 오른손으로 머리를 감겨 드리기 시작했다. 물에 젖은 머리칼 위에 잘 믹서가 된 샴푸 액이 하얗게 거품을 물고 일어났다. "샴푸 사용 전 머리를 물로 충분히 적셔라, 머리를 감을 때 손가락으로 두피 마사지를 병행하라, 머리를 다 감고 난 뒤 철저히 샴푸를 제거하고 두피 컨디셔너를 활용하라." 나는 그렇게 아버지의 머리를 감겨 드리면서 샴푸 사용법을 되뇌었다. 샴푸가 조금이라도 머리에 남아 있으면 두피 건강에 악영향을 주기에 남은 하나까지 철저하게 제거해줘야 했다.
닳아 없어지는 샴푸 액에 비례하여 추억의 양은 축적된다. 60년의 긴긴 세월 사용한 샴푸, 그 질량에 비례하여 아버지의 추억도 쌓여 온 것이다. 단지, 하나! 그 옛적 소대원을 대신해 떠난 그분과의 교감이 핵심이 되었고, 그렇기 때문에 아버지와 그분은 일종의 '정신적 카르텔'의 관계가 형성될 수 있었던 것이다. 관계.

처녀치마

·

·

·

일요일이었다. 모처럼 아무 일 없이 맞는 일요일이었다. 청첩이나 부음이나 그러저러한 사연들로 분주한 봄날, 휴일이라 하여 예외는 없었는데 오늘만큼은 아무것도 오지 않았다. 특히나, 길일로 소문난 일요일인데도 나의 수중에 짐이 없음은 정말 다행한 일이었다.

느지막하게 일어나 아침을 먹고 정원으로 나갔다. 긴 겨울을 이겨낸 화초 정리와 새싹을 구경하리라는 심산으로서이다. 화분을 정리하고, 분재를 손질하였다. 그러다 소사나무 아래 수줍게 피어난 보랏빛 꽃이 눈에 들었다.

정원 후미진 곳, 그 음지에 보랏빛 꽃이 피었다. 처녀치마다. 애지중지 나는 그 꽃을 사진에 담느라 야단을 떨었다. 민들레처럼 축 처진 이파리에 꽃이 피어오른 모습이 흡사 난쟁이 같았다. 자줏빛, 그러니까 화려하지도 원색적이지도 않은 그 채색이 중학 시절 국어 선생님의 치마 빛깔과 같아 그분의 모습이 떠올라 왔다. 흰 블라우스에 연한 자주색 치마를 입었던 선생님, 그 해맑갛게 웃는 모습이 꽃잎을 통해 비춰져 왔다. 그 옛날의 모습이 꼭 이 처녀치마와 닮아 가슴속을 흥건히 적셔 주었다.

나는 조 선생님으로부터 국어를 배웠다. 중학 시절이었는데, 그 분은 초임이셨다. 다소 소녀풍의 얼굴이었지만, 수업에 열정적이었던 분이었다.

"…독재 … 지배체제, 그래…"

그분은 당시의 시대 상황을 그렇게 칭했다. 지금도 기억나는 그분의 그런 표현, 모르긴 해도 나 말고도 더러 기억나는 동기생들이 있을 것이다. 간혹 동기들을 만날 기회가 있을 때 나는 그 당시의 일을 기억하는지를 물어보았는데, 대개는 망각 속에서 헤매었다. 다만, 한 친구 중학 1학년 중간에 서울로 전학을 간 이상각이란 동기가 그것을 조금 기억하고 있었다. 놈은 내 은사의 자제이다. 초등 4학년 때 담임선생님의 둘째로, 이후 명문대 국문과를 졸업하고 계간지를 통해 등단한 상태였다. 물론 시가 그의 등단 이력이 되었으며, 시집도 한 권 출간했다 했다. 더 중요한 것은 그가 '인간관계를 열어주는 108가지 따뜻한 이야기'라는 글을 써서 38쇄를 찍어낸 이른바 베스트셀러 작가였던 거다.

그가 조 선생님의 발언에 대해 조금을 기억하고 있었다. 국가 통치에 대해, 독재 운운했던 당시를 어렴풋이 기억하고는, 그분은 치마를 즐겨 입었었지 하는 말로 얼버무렸다. 그도 아마 치마 사건에 대해 기억하고 있는 모양이었다. 정말이지, 우리 동기들은 그분과 연관된 이야기라면, 순전히 그 문제의 '치마 사건'이 전부였다. 이것은 당시 1학년 1반 교실에서의 일이었으나, 직접적 목격자인 우리 반 이외에도 학년, 아니 학교 전체가 아는 사건이었다.

5교시였다. 뻐꾸기가, 아침부터 지겹도록 울어 이젠 지칠 때도 되었으려니 하는 졸음 가득한 오후였다. 바덱이(파도리의 사투리) 김만근이가 아 글쎄 종 치기 전에 교탁 속에 숨어 들어간 거였다. 숨어들어 있다가, 예의 우리 조 선생님이 들어오시자, 교탁 속에서 위를 쳐다보았고 이상한 낌새를 눈치 챈 선생님이 놀라셨던 거였다. 우리 반 모두는 초주검이 되었다. 담임 선생님은 우리들의 얼을 반쯤 죽여 놓았다. 엉덩이가 불붙었는가, 화끈거리며 향후 일주일간을 모두들 엉거주춤 오리처럼 뒤뚱거렸으니 말이다. 주범 김만근이는 경고 처분을 받고 일주일간 화장실 청소며 반성문 쓰기를 계속했었다.

그날의 자주색 치마, 그것은 우리 동기들 모두 잊으려야 잊을 수 없었다. 후끈 달아올랐던 그 엉덩이, 터질 것 같았던 우리들 가슴속에 깊이깊이 새겨졌던 것이다.

우리가 졸업하자 국어 선생님도 학교를 그만두셨다. 시집을 가신 것이다. 그러구러 세월을 흘렀고 내가 고등 3학년 때, 신문 기사를 통해 그 선생님을 다시 뵐 수 있었다. 여성 동아 장편소설 공모에 당선되셨던 거였다. 나는 그날로 서점에 들렀고, 그 책을 사서 고이 읽었다. '우단 의자가 있는 읍'이라는 근사한 제목의 소설이었다. 회안이라는 읍이 나오는데 그 공간 배경이 바로 이 태안이라 짐작되었다. 인근 만리포와 주변 포구며 횟집이 가상의 배경으로 묘사되어 나왔다. 비록 가상의 공간으로 설정되어 배경을 이루고 있었으나, 분명 그곳은 우리 지역을 묘사하고 있었다. 파도리며 만리포의 구체적 지명 대신 회안과 같은 환상 공간으로서 말이다. 배경의 연계, 나는 그 소설을 통해 가상의 공간 설정에 대해 배웠고, 그 공간이 우리에게 주는 메시지의 전달성도 얻었다. 뿐만 아니라 자줏빛 의자와 치마가 나와 내 동기들의 가슴 속에 추억이란 휴식을 제공했다.

그렇게 개구지고 짓궂었던 우리들도 지명의 나이를 먹게 되었다. 호기심에 젖은 일탈 행동, 갈등과 다툼으로 점철된 중학 시절의 기반 위로 말이다. 반별 체육대회 때 다른 반을 이기기 위해 서로 다퉜고, 친구간의 불화로 '거리치기(무단결석)'를 불사했던 우리들. 그 질풍노도를 지나 이제 모두들 반백이 된 것이다. 이른바 설법(서울법대)을 나와 명문 로펌의 변호사가 된 친구, 면장, 공무원, 자영업, 농사… 모두들 이 시대의 선남선녀로 살아가고 있는 것이다. 한때의 붉은 추억을 간직하면서 말이다.

최근 들어 자주 듣는 표현이 있다. 각종 언론 매체에서 엉덩이에 불붙듯 내뱉고 있는 그 말, '학교 폭력'. 너무나 많이 들어 이제 귀가 솔 정도이다. 지면과 화면을 통해 쏟아지는 그 말의 홍수 속에, 이젠 아예 교육 기반이 무너지는 게 아닌가 걱정된다. 처음 교사의 잘못을 지적하더니 이후에는 학교, 지역 사회, 학부모를 싸잡아 지적하고 있다. 마치 교실이 붕괴된 듯, 교육 기반 자체를 뿌리째 흔들고 있다.

학생들은 미래의 주인공들이다. 그들은 학년 당 약 40만에서 50만 명이나 된다. 그 학생들 전체가 폭력의 딜레마 속에서 헤매는 것처럼 매도되는 언론 보도는 이제 지양되어야 한다. 일부를 전체인 양 떠벌여서는 절대 아니 되는 것이다. 일탈이나 갈등은 언제든 있을 수밖에 없다. 과거 우리 동기들의 '치마 사건'처럼, 그 과정을 발전을 위한 초석으로 승화시켜야만 하는 것이 급선무다. 그것이 미래의 주역들에게 해줄 수 있는 기성인의 자세이다.

처녀치마(Holoniopsis orientalis Koidz)란 우리 꽃이 있다. 백합과의 꽃으로 4월을 전후해서 피어나며 주름치마처럼 생긴 통꽃들이 고개를 숙인 듯 피어나 '처녀치마'라는 이름을 얻었다. 다른 이름으로는 치맛자락풀, 성성이치마 등이 있으며 전국의 산속 습한 응달에서 자라는 상록성 다년초다. 드물게 흰꽃이 피는 것도 있으며 꽃이 핀 후 꽃줄기는 10~30㎝까지 자라는데 씨앗을 멀리 퍼뜨리기 위한 꽃의 지혜를 볼 수 있다.

유주乳柱

.

.

.

"그러닝께 자네, 유주방멩이 가지고 있겠지?"

식전 댓바람에 전화를 걸어, 그는 나에게 다짜고짜 물었다.

"그래, 소중히… 잘 보관하고 있네만…"

그는 부음을 전했다. 노환이었으며 최근 병세가 악화되었었노라, 그래 임종은 지킬 수 있었노라 했다. 신미생이니 백수까지는 얼마 남지 않은 연세를 잡쉈으니 덜 서운하노라 덧붙였다. 그러면서 '유주 방망이'를 선친과 함께 모시겠노라 부탁하는 거였다. 그것이 부친의 유언이라 전했다.

나는 서재 깊숙이 감춰두었던 야구 배트를 꺼냈다. 시커멓고 푸르둥둥하니 볼품없는 모양새 위로 뽀얗게 쌓인 먼지가 보였다. 나는 걸레를 빨아 정성스레 닦았다. 그리고 빈소를 향해 출발했다.

이른바 '빠던'이 유행하던 시절의 이야기다.

내 고향 그러니까 충남 태안에서 보낸 중학 시절, 나는 그를 학교 운동장에서 처음 만났다. 당시 그는 야구부의 주장을 맡고 있었으며, 포수였으며, 4번 타자였다. 휘둘렀다 하면 운동장 밖으로

공을 내보내기 일쑤였으니, 그리고 홈런을 치고 난 후 배트를 던지는 버릇이 있었으니, 그리하여 사람들은 그를 '빠던 역발산'이라 불렀다.

그날 하교 중이던 나는 그가 친 배트를 맞고 쓰러졌다. 눈을 떴을 때 나는 학교 숙직실에 누워 있었다. 옆에는 야구부 코치님, 담임선생님, 그리고 그가 있었다. 그는 놀란 눈으로 나를 빤히 쳐다보고 있었다. 며칠 뒤 나는 등교하게 되었고, 그는 야구 방망이 하나를 선물했다.

"…니 가지그라. 우리 아베가 만든… 유주 방멩이여."

야구 방망이였다. 그러면서 '유주'는 은행나무의 줄기 뿌리로, 구하기가 힘든 나무라 덧붙였다. 또한 그 방망이는 유주를 바닷물에 절이고 그늘에 말려 겨우 하나를 만들 수 있는 귀한 것이라 했다. 듬직하고 탄력이 좋아 누구라도 갖고 싶어 하는 방망이라 부연했다.

이후 그는 충남에서 제일간다는 고등학교로 진학했고, 대통령기와 봉황대기에서 최우수 선수상을 휩쓸었다. 그러더니 지역 연고의 프로야구 구단에서 타율 3할에 30개가 넘는 홈런을 연속해서 기록하는 선수로 성장했으며, 은퇴 후에는 같은 구단에서 코치로 명성을 날리다가 그예 감독이 된 것이었다.

이른바 '빠던'이, 현재에까지 그렇게 그와의 인연을 이어주었다. 오고 가는 길 스스럼없이 찾고 부르는, 서로에게 막역한 사이를 만들어 준 것이다.

차 안에서 나는 유주방망이 물끄러미 바라보았다. 손잡이 부분의 때 전 흔적이 보이고, 제일 밑 동그란 부분에 'ㅁ'이라 새긴 이니셜이 보였다. 아주 많이 퇴색한 ㅁ. 그걸 바라보자니 그의 부친을 만났던 시절이 퇴색한 ㅁ처럼 어렴풋이 떠올랐다.

"…그렇겨, ㅁ의 의미는…"

'ㅁ'은 '민족'의 이니셜이라 했다. 협의로는 자식 이름, 광의로는 민족의 이니셜이라 했다. 그 친구의 성명이 거창하게도 '한민족'이니 그도 그럴만하다 여겨졌다. 우리 남한과 북한은 한민족이니 어서 빨리 통일이 되어 고향에 가고 싶노라, 해서 자식의 이름을 그렇게 지었다 했다.

그의 부친은 자기 고향은 소월 시인과 같은 정주이며, 곽산의 진달래꽃이 아름답다 했다. 그러면서 산 밑 마을에는 아름드리 은행나무가 줄지어 서 있어 가을이면 장관을 이룬다 했다. 수백 년은 살았을 그 은행나무들은 저마다 서너 개씩의 유주를 달고 있었는데 한 자에서 한 발이 넘는 것까지 다양했다 말했다. 굵은 가지 아래에 마치 종유석을 매달아 놓은 것 같기도 하고, 젖 모양이면서 기둥처럼 생기기도 해서 그런 이름이 붙었다 했다.

전쟁통에 월남을 했고, 고향처럼 진달래와 유주가 있는 마을을 찾다가 이곳 태안에 정착했다고 말했다. 읍의 진산인 백화산 아래 천년 고찰 흥주사가 있고, 그 절집 마당에 유주가 달린 은행나무가 있어 정착했다 일렀다.

유주. 적어도 수백 년 된 굵은 가지에서 생기고, 줄기와 멀지 않은 가지 아래쪽에 만들어지는 그것. 그 유주를 '비상식량 주머니'라 불렀다 했다. 세포 속에 많은 전분을 포함하고 있어서 나이 많은 은행나무의 '비상식량 주머니'의 역할을 했기에 그리 불렀다는 것이다. 그것이 유구한 세월 속을 생존해 온 은행나무의 삶의 지혜라고 할 수 있다 했다.

　나는 빈소에 야구 배트를 놓아 드렸다. 평소 늘 자랑하던 정주의 유주를 닮은, 홍주사 은행나무 유주로 만든 'ㅁ'을 말이다. 이걸 보면 선대인도 좋아하시겠지, 꿈에서라도 그리워하던 고향을 느낄 수 있으시겠지⋯. 그리하여 한민족을 한민족이라 부를 수 있으시겠지.

　문상객은 대부분 연세가 지긋한 분들이었다. 전쟁 당시 월남한 실향민들이 대부분이었다. 그분들은 빈소에 놓인 야구 배트를 서로 한 번씩 만져보았다. 얼룩진 그것을 만지면서,

　"⋯정주의 유줏뎅이나 ⋯태안의 유줏뎅이나, 다걸은 유줏뎅이 아니겠나, ⋯결국엘랑 한민족이니, ⋯그래니 통일이 될 수밖이는 읊자녀."

　그러면서 스스로가 살아 온 내력과 고향을 그리워하는 마음이 뭉쳐져 눈물을 흘렸다.

　은행나무는 3억 년의 장구한 세월을 이 지상에서 살아왔다. 수많은 종의 동식물들이 신생과 소멸의 과정을 겪다가 사라질만한 긴 시간을, 놈은 홀로 존재해 온 것이다. 지상에서 영원히 사라지지 않을 불사목이 된 것이다.

　누구는 은행나무의 구린내 나는 열매가 장수의 비결이며, 누구는 줄기 뿌리 즉 유주가 장존의 축이라 주장한다. 둘 다 일리 있는 말이나 나는 유주를 들고 싶다. 왜냐하면 은행나무가 지니고 있는 유주는 일종의 '비상식량 주머니'이기 때문이다. 즉, 억년 비정의

세월 동안 겪었을 수해, 가뭄 등의 자연재해에 당당히 맞서 이겨 낸 '비상식량 주머니'이기 때문이다.

우리 한민족은 반만년의 유구한 역사를 자랑한다. 선조들은 이 땅 위에서 그 유구한 역사를 빛내기 위해 피와 땀을 흘렸다. 그 분들의 땀과 노력이 한민족의 '비상식량 주머니'가 되어 국난 때마다 도움을 주었던 것이다. 빛나는 우리 민족의 유주가 되어 유구한 역사를 지탱해 준 것이다.

이제 반만년 비정의 세월이 흘러갔다. 그리고 이제 반만년 영광의 세월이 흘러갈 것이다. 그것은 우리 선조들의 삶과 지혜가 오늘을 사는 우리에게 '비상식량 주머니'를 제공해주기 때문이다.

우리는 한글이라는 유주를 가지고 있다. 언어가 같으면 반드시 하나일 수밖에는 없다. 마찬가지로 신토(身土)는 불이(不二)이다. 한반도라는 신토에 남북이라는 불이는 존재할 수 없는 것이다. 그것은 우리 한민족의 '비상식량 주머니'이자 '지혜의 주머니'인 유주 한글이 있기 때문이다.

그 한글의 유주 방망이에 'ㅁ'이라는 '민족'의 이니셜을 새겨 본다. 우리는 'ㅁ'이라는 '민족'의 이니셜을 새긴 유주 방망이로 세계를 향해 홈런을 칠 것이다. 그리고는 장쾌한 세레머니 '빠던'을 날릴 것이다.

냄새의 소유권

．

．

．

아내는 아침부터 분주하다. 앞치마를 질끈 동여매고 이곳저곳을 바삐 움직인다. 그러더니 씨알 굵은 감자를 건네며,

"감자 좀 갈래요?"

한다. 반질한 감자의 몸뚱이에서 물기가 흐른다. 바가지를 그득 채운 감자는 겉껍질을 벗겨낸 터라 속살처럼 희게 빛났다.

"강판이 날카로우니, 조심해요…, 또 그 제자예요!"

일종의 경고이며 위협인 말을 남기며 아내는 종종걸음이다.

인근 팔봉산이 고향인 제자는 이맘때면 늘 감자를 보냈다. 밭에서 막 캤으니 맛이나 보시라며 보내길 벌써 십년이 넘었다. 이젠 그만 해라 해도 철이 되면 또 부친다. 오늘 이 터수도 제자가 보낸 택배의 결과물이다.

"서걱서걱"

강판에 갈리는 감자의 소리에 귀가 커진다. 그 소리에 묻어 훗훗한 흙냄새도 따라온다. 더불어 제자의 얼굴이 떠오른다.

나는 잘 갈린 감자를 아내에게 전달했다. 그러자 아내는 미리 준비한 약간의 밀가루를 넣고 휘휘 젓는다. 어떤 구김이나 막힘없이 그렇게 저어댔다. 그저 맑은 감자전이 되길 기원하듯 자못 엄

숙하기까지 한 모습이다.

전을 부치는 시간을 활용하여 밖으로 나왔다. 정원에 있는 분재에 물을 주는데 코끝이 자꾸 알싸해진다. 열린 창문을 통해 기름 냄새가 그리 만드는 거였다. 고소하고 야릇한 그 냄새. 어쩌면 땅콩 볶는 냄새 같기도 하고, 밀짚불 속에서 익고 있는 탄 고구마 냄새 같기도 한 그 냄새. 밀가루를 섞고, 들기름을 두르고, 달궈진 프라이팬 위에서 지지지지… 전의 표면이 노랗게 타는 그 냄새.

그 냄새를 맡고 보니 괜히 웃음이 나온다. 전을 치는 저 황홀한 냄새가 과연 누구의 것인가 하는, 소유권 때문이다. 제자인가, 나인가, 아니면 감자인가.

사람들은 모두 냄새에 약하다. 냄새로 인해 울기도 하고 웃기도 한다. 한낱 형체도 질량도 없는 존재이건만 그것은 늘 인류를 지배해 왔다. 평화와 사랑의 상징이 되기도 하고 폭력과 미움의 씨앗이 되기도 했다.

우리는 오각을 통해 사물을 판단한다. 보고 듣고 맛보며 좋아라 하고, 만지고 맡으며 즐거움을 찾는다. 오각에는 경중이 없어 그들 중 무에 하나라도 이상이 생기면 어려움이 생기고 삶은 고단해진다. 특히나 후각은 미각과 상호보완적 관계로 말미암아 그 중요성이 날로 강조되고 있는 실정이다. 오죽했으면 '미각과 후각으로 사람을 현혹하지 말라'라는 말까지 나왔겠는가. 먹방이 대유행인 오늘을 되짚어 볼 일이다.

'향기 있는 말'이란 표현이 있다. 청각에 후각을 입힌 이 말은 미각과 후각으로 현혹하는 오늘의 세태를 풍자한다. 가는 말이 고우면 오는 말도 고운 것이다. 비난하고 헐뜯기를 즐겨 하는 사람

들은 그 스스로도 타인으로부터 같은 대접 속에 있음을 알아야 한
다. 곱거나 거칠거나 간에 그 냄새에는 분명 소유권자가 있으니
까.

아내가 가져 온 북감자전은 정말 그만이다. 전의 냄새가 침을
고이게 하고 그 침이 목청을 타고 내려가 가슴을 후린다.

2부

/

눈부신 혼란

눈부신 혼란

.

.

.

세계의 멸종 위기 생물 중 테이퍼라는 동물이 있다. 누구는 말과 코뿔소의 중간쯤에 속하는 동물이라 하고, 누구는 말과 코끼리의 교집합 언저리에 해당한다고 주장한다. 그 애매한 중간쯤의 자리에 귀하디귀한 동물, 테이퍼가 존재하는 것이다.

놈은 종의 분류상 포유류강 척추동물문에 속하며 학명은 'tapirus indicus'라 한다. 남미 파라과이, 브라질 등에 분포하는 초식성 동물이며 임신 기간은 보통 390~400일이고 한 마리의 새끼를 출산한다고 알려져 있다. 또한 앞발굽 4개, 뒷발굽 3개인 '말류'에 속하며 야행성 동물이라 한다.

테이퍼는 오줌으로 영역 표시를 하고 수영을 잘하며 물속에서 짝짓기를 하는 동물로 알려져 있다. 초식성으로 다양한 나뭇가지와 나뭇잎 등을 먹고 그 씨앗을 퍼트리는 역할을 하기도 하기에 식물의 다양성 회복에 기여하기도 하는 짐승이기도 하다.

지난 철, 러시아 월드컵이 한창이던 때다. 조별 예선전부터 승부를 예측하는 점쟁이 동물들이 큰 인기를 끌었다. 고양이 '아킬레스', 매 '파라', 그리고 테이퍼 '클레오파트라'가 그들로 각국의 언론에 보도돼 큰 반향을 일으켰다. 그중 니즈니노브고로드의 림포포 동물원에 사는 테이퍼 '클레오파트라'는 한국과 스웨덴의 경기 결과를 맞추기도 했다. 한국과 스웨덴의 국기를 넣어둔 사발 중 스웨덴을 택해 승자를 예측했고 그 결과가 맞아 예지력이 있는 동물로 회자 된 것이다.

얼마 전 전무후무한 도쿄올림픽이 끝났다. 도쿄올림픽은 제32회 하계올림픽이다. 2020년 7월 24일부터 8월 9일까지 일본 도쿄에서 열릴 계획이었으나, 코로나19의 영향으로 개최가 1년 연기됐다. 역사상 올림픽이 취소된 경우는 있으나, 연기된 것은 최초의 일이다. 연기된 도쿄올림픽은 2021년 7월 23일부터 8월 8일까지 진행되었다. 다만, 대회 명칭이 '2020'을 유지한 채 개최된 것이다. 취소 아닌 개최의 연기, 2021년 경기이나 2020년을 유지하는 방식, 무관중 경기, 메달 수상자 스스로의 메달 수여… 그동안의 전례를 모두 뛰어넘는 그야말로 듣도 보도 못한 경기였다.

이 전대미문의 행사는 인류 역사에 하나의 사나운 입맛을 남겼다. 경향신문 스포츠산업팀 김세훈 기자는, '도쿄올림픽은 누구를 위한 축제였나'라는 기사를 통해 그 낱낱의 실상을 파헤쳤다.

먼저 개최국 일본에 대한 입맛을 살펴보면, 이는 범 세계인의 오각이 총동원된 시원섭섭의 총체였다라 말했다. 일본이 올림픽 개최에 쏟아부은 돈은 400억 달러 이상으로 추정되며, 이는 당초 일본이 예상한 160억 달러보다 두 배 이상 불어난 수치라 한다. 코로나19로 인해 올림픽이 연기되면서 발생한 비용인 것이다.

결국, 일본이 거둔 성과라고는 여러 종목에서 금메달을 몇 개 더 딴 것, 상대적으로 짧은 기간에 재생한 도시를 보여준 것 정도

일 뿐이며 금전적 이득은 거의 없었다 했다. '일본 정부는 올림픽 개최로 인해 최소 350억 달러를 손해 봤을 것'이라는 앤드루 짐바리스트 스미스대학 교수의 추정 이야기로 그 논리를 뒷받침했다.

한겨레21 유재순 JP뉴스 대표는 올림픽 이후 일본 정국에는 한국 문제가 없음을 강조한다. 이는 도쿄올림픽의 천문학적인 적자 액수와 그 책임 문제, 도쿄올림픽을 기점으로 급증하는 코로나19 확진자와 병원 입원이 거부돼 집에서 서서히 죽어가는 중증 환자의 문제, 차기 총리 연임 문제 등 당장 해결할 일들이 쌓여 있기 때문이라 주장한다.

일본이 국내 문제만으로도 벅찬데 한국과의 외교 문제까지 다룰 역량이 현 총리에게는 없다는 이야기다. 얼마 전 본국으로 송환된 소마 히로마사 전 총괄공사의 "일본 정부는 한일 문제에 신경 쓸 여유가 없다. 대통령 혼자서만 신경전을 벌이고 있다. 문 대통령이 마스터베이션을 하고 있다."는 발언이 본심이라 판단해도 좋다는 말이다.

다음으로 우리나라의 입맛을 살펴보자. 한마디로 목표 달성에 실패한 올림픽이었다. 당초 금메달 7개 이상을 따 10위 이내에 드는 것이 목표였는데, 유감스럽게도 16위라는 기대에 미치지 못하는 성적을 남겼다.

그러나 그 결과를 보는 국민의 눈높이가 과거와는 사뭇 달라졌음을 알 수 있다. 일단 올림픽에 대한 관심이 크게 저조했음이 여론조사 결과 나타났다. 여론조사 전문기관의 설문조사 결과 우리 국민 10명 가운데 7명은 도쿄올림픽에 관심이 없는 것으로 나타났는데, 이는 2012년 런던 59%, 2016년 리우 올림픽 60%, 2018년 평창 동계올림픽 71%에 비해 상대적으로 떨어지는 결과였다. 그리고 '비인기 종목'에 대한 관심 표명, 졌어도 잘 싸운 4위에 대한 인식 개선 등은 국민 정서의 변화였다.

4위로 경기를 마무리한 여자 배구대표팀, 자유형 200m 7위, 수영 국가대표 황선우의 역영, 2.35m의 기록으로 높이뛰기 종목에서 최종 성적 4위를 거둔 우상혁, 남자 마루운동 결선 4위…, 등이 대표적인 예다. 이들의 최선을 다하는 모습은 메달 이상의 감동을 선사했으며 결과보다 과정의 중요성을 우리에게 일깨워줬다. 또한 근대 5종, 다이빙, 클라이밍 등 다수의 종목들이 두드러진 활약을 펼쳐 아낌없는 응원과 격려의 박수를 받았다.

그러나 특정 선수를 둘러싼 페미니즘 논란, 일부 귀화 선수를 겨냥한 차별과 혐오, 귀국 후 일부 선수에 대한 인터뷰 논란 등은 개선의 여지가 있는 티였다. BBC, 로이터 등 외신들은 일부 네티즌들의 페미니즘 논란을 '온라인 학대'라고 규정하기도 했다 한다. 귀화 선수가 좋은 성적을 내지 못해 나온 표현들도 생각해 볼 문제를 던진다. 올림픽은 상호 존중, 차별 금지를 기본 정신으로 국적·성별·인종·신분 등 그 어떤 이유로도 차별받거나 배척당해서는 안 됨을 나타내고 있다.

테이퍼는 남아메리카 아마존 열대 우림에 사는 초식동물이다. 테이퍼라는 이름은 투피인디언의 Tapyra라는 말에서 나왔다 한다. 18세기 린네가 '하마의 육지형'으로 생각해 terrestris를 붙여 Tapirus terrestris가 학명이 되었다 하며, 이때 terrestris는 '땅에 산다'라는 뜻이라 알려져 있다. 또한 중국에서는 '맥(貘)'이라 부른다

한다. '악몽을 먹는다'는 몽식맥(夢食貘)으로 통칭 되는 신화 속 동물로 알려져 있다.

말과 코뿔소의 중간쯤, 말과 코끼리의 교집합 언저리, 하마의 육지형, 그리고 악몽을 먹는 몽식맥. 지난 철, 그 다양한 이름들 위로 승부를 예측하는 점쟁이 동물이란 미명이 하나 덧씌워졌었다.

그렇다면, 도쿄올림픽 이후 한국 사회를 바라보는 테이퍼의 관점은 어떠하겠는가? 니즈니노브고로드의 림포포 동물원에 사는 테이퍼 '클레오파트라'는 한국 사회의 변화 양상을 어떻게 예측하겠는가?

아마도 진보와 보수의 중간쯤, 정의와 불의의 교집합 언저리, 여론몰이의 육지형, 그리고 가짜 뉴스를 먹는 몽식맥쯤으로 예측할 것이다. 그 다양한 이름들 위로 이분법적 사고를 타파하는 점쟁이 동물이란 미명이 하나 덧씌워질 것이다. 그리고 '비인기 종목'에 대한 관심 표명, 4위에 대한 인식 개선 등의 여론에 맞춰 인기와 비인기 종목을 넣어둔 사발 중 비인기 종목을 택해 승자를 예측할 것이다.

일찍이 '버리는 자가 얻는다' 했다. 자신의 사고만이 옳다고 여기는 것은 지극히 어리석은 짓이다. '삼인행 필유아사(三人行必有我師)'라 했듯이 누구라도 나의 스승이 될 수 있는 것이다. 저 테이퍼처럼 좋은 점은 가려서 얻고, 좋지 않은 점은 스스로 고쳐야 할 것이다.

출구 없는 욕심

·

·

·

엊그제 말복이 지났다. '엎드리다, 숨다, 굴복하다'를 뜻하는 '복(伏)'. 그 복 중에서 마지막을 장식하는 말복이 지난 것이다. 이쯤이면 무더위에 굴복하던 인간 심사가 굴기처럼 일어날 때가 된 것이다. 저 초복부터 시작하여 현재까지, 나에게 스트레스를 주고 감내를 종용하던 무더위란 놈도 그 서슬이 많이도 꺾인 것이다.

그 절기에 나는 수많은 말들을 들었다. 보수니 진보니 하는 편파적 논리를 들었고, 정권 재창출이니 정권 회복이니 하는 언어도단도 들었다. 누구는 집이 두 채고 누구는 탈법에 논문 표절 의혹이 있으니 부정하다는 확성도 들었다. 그러한 모든 것, 소부·허유(巢父·許由)처럼 흐르는 물로 귀를 씻어야 좋을 듯한 이야기들을 들어야 했다.

중국 성군 요 임금에 관한 이야기이다. 요 임금은 후계자를 물색하던 끝에 어진 은자 허유에 대해서 알고는 기뻐 몸소 그의 집까지 찾아갔다.

"내가 이제 천하를 물려줄 인재를 오늘에서야 만나 나의 심정을 전하니 기쁘기 그지없소. 그대는 지혜와 덕목과 재능을 겸비하였으니 부디 이 나라를 맡아주길 바라오."

허유는 듣고는 벌컥 화를 내었다.

"임금께서 천하를 잘 다스려할 일이 없는데 어찌하여 저 같은 자가 이를 대신하여 자리에 오를 수 있겠습니까? 돌아가시오."

하고는 아무 말도 하지 않고 기산 밑을 흐르는 영수로 가버렸다. 요임금이 그 뒤를 쫓아 9주라도 맡아달라고 하자 허유는 불쾌해하며 거절하고는 맑은 영수가 흐르는 강가로 가 자신의 귀를 흐르는 냇물에 씻었다.

마침 소에게 물을 먹이기 위해 온 소부가 그 모습을 보고 허유에게 물었다.

"왜 강물에 귀를 씻고 있나요?"

"요임금이 나에게 왕이 되거나 구주를 맡으라지 뭐요. 그래서 내 행여나 귀가 더러워지지 않았을까 하여 지금 귀를 닦고 있는 중이오."

이 말을 듣자 소부는 크게 웃으며 말했다.

"평소에 소부님은 어진 사람이지만, 숨어 산다는 소문을 퍼트렸으니 그런 낭패를 당한 것이오. 은자는 처음부터 은자라는 이름조차 밖에 알려지게 해서는 아니 되는 것이오. 한데 그대는 은자라는 이름을 은근히 퍼트려 명성을 얻은 것이오."

그리고서 소부는 허유보다 위쪽으로 올라가서 소에게 물을 먹이며 말하였다.

"그대의 귀를 씻은 구정물을 내 소가 먹게 할 수는 없어 이리 위로 올라와 먹이는 것이오." 하였다.

누구든지 왕위를 주겠노라 한다면 그것을 단번에 거절할 사람은 많지 않을 것이다. 그러나 허유는 거부하고 이후에 영수에 귀를 씻어 권력에 대한 기피의 태도를 보인다. 하지만 소부는 그런 허유의 이름남마저도 그의 온당치 못한 처사에서 나온 것이라 하여 비판의 태도를 보인다. 즉 '숨어 산다'는 여론몰이를 통하여 은자임을 자처했으니, 그 또한 잘못한 것이라 하여 비난한 것이다.

인간에게는 오감이 존재한다. 시각, 청각, 후각, 미각, 촉각이 그것이다. 그 각 감각에 대한 인식에 있어서 자연 경중이 존재하겠지만, 나로서는 '청각'에 좀 더 큰 의미를 두고 싶다. 살다 보면 아는 것이 힘이 될 때도 있고, 모르는 게 약이 될 때도 있다. 일종의 모순 진술일지언정 이 말은 틀림없는 진실이다. 진실임을 알기에 알기 위해 노력할 때도 있고 몰라서 화를 면하기도 하는 것이다.

그렇기에 우리는 결과만으로 앎과 모름의 인과를 논하기에는 어불성설이다. 그 모든 것은 상대적이며, 하여 그 결과도 또한 상대적일 수밖에 없는 것이다. 호사가들은 이런 제문제를 '상대성 이론'이라는 과학적 논리로 이를 증명하려 한다.

말복 즈음 친구가 찾아왔다. 나는 그를 만났고 '거리두기'라는 일말의 불안 딜레마에 휩싸일 수밖에 없었다. 하지로부터 첫 번째 경일(庚日)인 초복을 훨씬 지난 어느 날이었다. 나는 친구를 위해 삼계탕을 주문했고 땀과 함께 먹었다.

"이래뵈두… 토종 영계래우…"

주인 여자는 묻지도 않은 자랑을 늘어놓았다. 집에서 길렀으며 야산에 놓아먹였기 때문에 맛이 있을 거라 떠벌였다.

나는 닭다리를 들었다. 훅-하고 더운 김이 몰아쳤다. 그러거나 말거나, 시장이 반찬이라지 않았나. 나는 닭 다리를 들고 게걸스럽게 뜯어대기 시작했다. 조금은 질긴 감이 있었으나 맛은 더없이 좋았다. 야릇하니 씹히는 느낌이 종종거리는 영계의 울음소리가 씹히는 것만 같았다. 그러다가는 닭의 생애가 불현듯 떠올랐다.

닭은 가축으로 길러져 고기와 달걀을 우리 인간에게 제공한다. 통상 그 수명은 6년 정도이나 용도에 따라 그것의 장단이 결정되고 있다. 산란용 닭은 대개 3년 정도 사는데 2년이 지나면 정상적인 산란이 어려워진다 한다. 이때 1~2주를 물을 주지 않고 굶겨 체중이 약 30% 정도 빠지면 평소처럼 알을 낳는데, 그 결과 수명 단축에 이르기도 한다는 주장이 있다.

닭은 땀샘이 없다. 그래서 열과 수분을 배출할 수가 없다고 한다. 원래부터 체온이 높은 데다가 땀샘이 없어 수분 배출이 더 어려우며, 특히 몸 전체가 깃털로 덮여 있어 체온 조절이 어려울 수밖에 없는 구조의 짐승이란 이야기다.

그렇다면 닭은 삼복염천의 그 긴 강을 어떻게 건너는가. 전문가의 말에 의하면, 닭은 무더위로 체온이 오르면 머리 쪽 붉은 피부와 다리에 얽혀 있는 실핏줄을 통해 열을 배출한다 한다. 또한 놈들은 입을 벌려 헐떡거리며 몸속 수분을 증발시켜 체온을 식히기도 하는데, 분당 20번 가량 쉬던 숨을 240여 회까지 늘려 열 조절을 한다고 한다.

금년은 기상관측 이래 가장 더운 해라고 한다. 덥고 또 더운 무더위의 기승은 닭의 폐사를 불러왔다. 전국에서 폐사한 닭이 수백만 마리나 된다고 하니 어찌 가슴 아픈 일이 아니겠는가. 땀샘이 없다는 닭의 생태적 특징에 양계장이라는 집단 시설에 갇혀 있음이 엉뚱하게도 놈들의 수명을 단축해 버린 것이다.

　보수와 진보 사이의 딜레마 역시 체온 조절의 실패로 생긴 부산물일 것이다. 정권 재창출이니 정권 회복이니 하는 갈등 조장의 말들도 역시 매한가지다. 땀샘이란 어떤 출구도 없이, 화려한 깃털로 몸을 치장하고 살아온 결과물이다.

　자연인처럼 사는 야생생활이 아닐진대 집단체제에서의 체온 조절 실패는 곧 도태로 이어진다. 좁은 양계장 안에서 도태, 한데 모여 뭉쳐 있었기에 쓰러질 수밖에 없는 도태는 주인에게 문제가 있는 모양새다. 현명한 주인이라면 환풍기를 돌리고 물을 제공하는 등 체온 상승을 막을 다양한 방법을 모색했을 것이지만, 보수와 진보 사이에는 그런 노력도 없다. 서로들 분파를 만들고 힘의 양립에만 혈안이 되어 눈만 번득이는 모양새다. 그들의 몸에는 땀샘이 없는 듯하다. 또한 귀에는 오로지 자신들이 듣고자 하는 것만 통과시키는 거름 장치 귓밥이 쌓여 있는 듯하다.

　감염병의 창궐에도 도축되는 닭의 수가 줄지 않고 있다는 이야기를 들었다. 연중 수십억 마리나 된다는 닭의 희생이, 단지 단백질 공급원으로서의 기능에만 충실한지는 생각해볼 문제이다.

　"…꼭꼭꼭, …꼭꼭꼭"

　나는 닭의 울음강에 기대어 귀를 씻는 세월 위로 올라갔다. 그리고는 참된 여론이란 소를 끌고 가 물을 먹였다. 제발 좀 그만하고 물이나 먹으라고.

선생님, 그 손의 식판이 무겁지 않습니까?

.

.

.

내가 교직 생활을 한 지도 벌써 서른다섯 해가 되었다. 총각으로 시작하여 한 가족의 가장이 되기까지 그렇게 명멸의 숱한 세월이 흐른 것이다. 그간 학교와 지역사회 그리고 제자들의 아낌없는 응원에 힘입어 이리 자랑스럽게 생활해 온 것이다.

간혹 친구들을 만나면 의례적 인사치레로 묻는 말이 있는데, 그 중 대표적인 것이 하나 있다. 바로 가장 기억에 남는 제자가 누구냐 하는 것이다. 그럴 때마다 나는 몇몇 제자의 이름과 얼굴을 떠올려 보곤 한다. 그러다가 그 제자들도 나를 기억에 남는 스승으로 생각할지 어떨지 자꾸만 의문이 들기도 한다.

내가 근무하는 학교는 개교 48년이 되는 여고이다. 그러니 자연 나는 개교 후 십수 년이 지난 철에 본교에서 근무를 시작했다. 기본적 틀이 갖춰져 있고 젊고 튼실한 재정적 지원이 있는 학교에서 교직을 시작한 거였다. 좀 시골티가 나기는 하였지만 하나같이 예쁘고 똑똑한 여고생들이 득실대는 학교였다. 또한 맑고도 향기로운 자연환경이 숨 쉬는 학교, 그리고 젊고 열정이 가득한 교사들이 있는 학교였다.

"그래, 가장 기억에 남는 일이 있다면?"

친구들은 또 기억에 남는 일을 묻고는 그것에 더 많은 흥미를 느꼈다. 그럴 때마다 나는 학교급식을 들었다. 늘 기억에 남는 제자보다 가장 기억에 남는 일의 대답이 보다 명료했기 때문이었다. 즉, 학교에서의 교육이란 도시락의 시대와 급식의 시대로 분류할 수 있다며 다양한 행태적 특성을 들어 설명하곤 했다. 이를테면 도시락이라는 학부모의 짐을 학교급식이라는 힘으로 일방 해결하였다고 얘기해 준 것이다.

그랬다. 학교에서의 모든 행위, 즉 교내의 모든 행위를 우리는 교육이라 통칭하는데 그 속에 교육과정이 있고, 그 과정의 틀 속에 교육자와 피교육자 간 교감이 있고, 이후 피드백이 있고… 그렇게 교육이 이루어지는 것이다. 그것은 어쩌면 보다 완성된 인격체를 기르는 일이기에 교사와 학부모 및 지역사회가 혼연일체가 되어 각자 노력하는 것이다. 그 혼연일체를 더욱 일체화시키는 데에는 바로 학교급식이 커다란 역할을 해 온 것이다.

'도시락 세대'를 살아 온 나로서는 '학교급식 세대'가 다소 낯설다. 그것은 조개탄 난로와 천정형 난방기, 또는 교복과 자율복의의 차이 그 어디쯤 된다.

나는 산업화 시대에 학교생활을 했다. 초등 저학년 시절 '나는 공산당이 싫어요.'라 외쳤다는 이승복 어린이와 동기임을 자랑스레 여겼고, 한나절 만에 국민교육헌장을 외워 테스트를 가볍게 통과했음에 자부를 느꼈던 그런 시절이었다.

봄과 가을이면 으레 모심기와 벼 베기 가정실습을 했었다. 모를 심거나 벼 베기 철이 되면 부모님들은 늘 손이 모자랐다. 그래 고사리 손일지언정 마다하지 않았다. 학교에서도 그런 사정을 알기에 토요일이나 월요일 중 특히 바쁜 날을 골라 가정실습일로 지정, 휴업을 했던 거였다. 당대에는 토요일을 반공일이라 하였고

등교하여 수업을 받았다. 우리는 부모님의 일손 돕기보다 산이나 들로 쏘다니며 놀기에 바빴다. 개구리를 잡아 뒷다리를 구워 먹기도 했으며, 메뚜기를 훑어 볶아 먹기도 했었다.

5월에는 송충이 잡이로 12월이면 솔방울 줍기로 특별활동을 했다. 여학생들은 징그러운 털로 그득한 송충이에 기겁하여 놀라기도 했으며 솔방울을 줍다 무릎이 깨져 울기도 했었다. 오전 몇 시간이 그렇게 흘러갔다.

도시락은 송충이 잡이와 솔방울 줍기에 지친 우리에게 늘 큰 힘이 되어주었다. 여학생들도 언제 울었느냐는 듯 해해거리며 도시락 까먹기에 열중했다. 특히나 12월 난로 위에 놓인 도시락과 그것을 열면서 피어오르던 밥의 냄새가 아직도 코끝을 후빈다. 아 하얗게 피어오르던 김과 탄내… 나는 아직도 그것을 잊을 수 없다.

하지만, 학교급식은 그 모든 것을 바꾸어 버렸다. 학생이었던 모든 이에게 주었던 수많은 추억은 도시락과 함께 사라졌다. 그뿐만 아니라 어머니로서의 자식 사랑 방법도 얼마쯤 줄었다. 도시락 속에 넣었던 계란 사랑도, 김치 반찬 사랑도 세월 따라 그렇게 사라진 것이다. 친구와의 도시락 담소도 이젠 사라졌으며 각자 가져온 반찬 나눔도 옛말이 되었다.

열량과 칼로리를 계산하여 청소년의 신체 발달에 필요한 영양소를 골고루 포함하여 제공하는 학교급식. 정말이지 깔끔하고 맛있고 또 경제적이기도 하다. 자식들의 도시락을 마련하는 데 노력을 다했던 과거의 어머니는 이제 필요 없는 시대가 된 것이다. 빈익빈 부익부, 도시락으로 인해 파생되었던 부유함과 빈곤함의 차이도 함께 깨끗이 사라지게 된 것이다. 누군가에겐 선망의 대상이던 고기반찬에 계란 프라이도 과거의 추억이 된 것이다.

학교급식은 누구에게나 공평하다. 여기에는 빈부도 성별도 감히 범접을 못 한다. 같은 시간, 같은 장소, 같은 식단을 모두 먹는다. 후식이 나오는 날엔 모두 동일한 양의 후식을 먹을 수 있으며, 동일한 열량을 부여받는다. 최근에는 무료급식을 제공하여 금전적 차이로 인한 불평등마저도 일거에 해소시켰다. 모두에게 동일한 식단, 모두에게 동일한 열량, 모두에게 공평한 혜택을 완전 제공한 것이다.

그러나 그 동일의 제공 속에 사는 학생들의 사고는 과연 어떨까? 학교급식 등에 관한 사항을 법으로 규정 운영하여 급식의 질을 향상시키려 함에 목적을 급식법. 과연 그 학교급식법이 학생의 건전한 심신 발달과 국민 식생활 개선에 전적으로 기여하겠는가? 동일한 식단, 동일한 열량 제공이 학생 모두에게 공평한 사고를 보장하는가?

미국의 저명한 언어학자 사피어와 워프는, '사피어-워프 가설(Sapir-Whorf hypothesis)'에서 언어와 사고는 서로 상호작용하는 관계라 주장한다. 그 일례를 생각해보자.

우리나라 사람들은 '나'보다는 '우리'라는 말을 즐겨 쓰는데, 타인에게 아내를 소개할 때에도 보통 '우리 아내'라고 표현한다. 이는 'our wife'라 할 수 있는데, 영어권에서는 공동 소유의 개념이 아니면 'our'라고 하지 않는다 한다. 그들은 당연하게 'my'라는 말을 사용하지만, 우리나라 사람은 그렇지 못해서 생겨난 일례이다. 이러한 언어의 차이는 생각의 차이 때문에 생기는데 우리나라 사람들은 개인보다는 집단을 우선시하고, 서양 사람들은 집단보다는 개인을 우선시하기 때문이라 할 수 있다.

그렇다면, 학교급식 속의 학생들 사고는 어떨까? 동일 식단과 동일 열량이 모두에게 공평한 사고를 제공할까? 같은 급식을 먹었기에 같은 생각을 하게 될까? 아니다. 동일 식단에 따른 동일열량 제공이 동일한 사고를 유발할 수는 없는 것이다. '사피어-워프'가 주장한 것처럼, 문화의 차이가 사고의 차이를 유발할 수는 있을지언정 동일한 음식 제공이 동일 사고를 유발할 수는 없기 때문이다. 같은 식단을 꾸준히 같이 먹었다 해서 같은 생각을 하는 것은 아니라는 이야기이다.

불고기, 무김치, 김치, 회오리 감자, 미역오이냉국, 비빔밥.
나는 오늘 점심을 이렇게 먹었다. 마스크를 쓰고 거리두기로 입장하여 손 세정을 하니, 안전 요원이 식판과 숟가락, 젓가락을 나눠주었다. 그리고는 배식을 받고 반투명 재질로 만든 칸막이로 둘러쳐진 식탁에 앉아 밥을 먹었다. 내 자리의 좌우 양쪽은 거리두기로 착석금지 팻말이 붙어 누구도 앉을 수가 없었다. 그 누구와도 대화는 금지되었다. 조금이라도 누군가와 대화하는 소리가 나면 모두들 쳐다보았다. 질시와 질책의 싸늘한 눈빛이었다.
'도시락 세대'를 살아 온 내가 오늘 '학교급식 세대'를 살아가는 법을 배운다. 그것은 조개탄 난로에 익숙한 몸을 천정형 냉난방기에 맡기는 형국이다. 학생들을 지도하기 위해서는 학생 문화에 젖어 들어야 하는데 그렇지 못해 걱정이다.

고래등

·
·
·

1.

도립 서산의료원 영안실은 침묵만 흘렀다. 좀 전까지 새어 나오던 오열은 정적 속으로 사라졌다. 엷은 황톳빛의 수의를 걸치고 그는 누워있었다. 잔잔하지만 먹빛 감도는 얼굴, 그 얼굴 위로 천이 씌워진다. 그러면서 다정했던 이승의 순간과도 이별이다. 젊은 염장이가 손을 털며 나간다. 깨끗하게, 그리고 신속하게 의식을 마치고 젊은 염꾼이 나간 것이다. 관이 들어오고 마침내 그는 오동나무의 틀 속에 갇힌다.

내가 그를 만난 것은 '해양 교실'에서였다. 도교육청 산하 '평생학습관'에서였다. '평생학습관'이 시민을 위한 평생학습 교실을 개설하였는데, 그곳에서 나는 그를 처음 보았다. 퇴임 후 취미 생활 이상의 것을, 달리 이야기 해 돈벌이 수단의 것을 찾았는데 그게 '수산물 판매집'이었다. 그는 어류 및 패류에 문외한이었던지라 해양 교실의 수강 내용을 기반으로 삼으려 한 것이다. 백발 성성한 그의 모습에 우리 수강생들은 모두 김 선생님이라 호칭했고, 그는 생원들을 위해 생활의 지혜를 이야기해 주었다. 6개월간의 전 과정이 끝날 즈음, 그는 개업을 통보했다. 수산물 판매집을 차렸으니 한번 구경 오라는 거였다. 해양 교실 수강생들은 그의 집을 찾았다. 아파트 단지 내에 그의 집이 있었다. 작은 평수였지만 아담하게 꾸며진 집, 많은 종류의 어패류가 다정히 숨 쉬는 집이었다. 그는 상호를 '고래등'이라 했다 한다.

그는 복수에 물이 차서 죽었다. 평생 '고래등' 같은 집 한 채 얻기가 소원이었는데, 결국 몸으로 그 소망을 이룬 것이다. 고래등처럼 부풀어 오른 배를 보며 웃음으로 하직했다는 상주의 말이 목이 걸렸다.

이제 그는 북망, 그 멀고도 고적한 곳에서 고래등 같은 봉분으로 누워있다.

2.

부르르르…

주머니 속이 난리다. 내 핸드폰에서 나는 소리다. 문자가 왔나 보다. 나는 주머니를 뒤져 내용을 본다. 짧은 문장.

-송이야 얼른와라이 아배가 걱정해서

공일공으로 시작하는 엄마의 전화번호가 남는다. 나는 누가 볼세라 얼른 핸드폰을 접어 주머니에 넣는다. 그러면서 '모든 걸 용서하마, 얼른 돌아와 다오'라는 문구가 떠오른다. 그래. 그 화제의 대상은 그 말을 듣고 어떤 행동을 했을까?

가출 사흘 째, 이제 내 수중에는 담배 한 갑과 핸드폰뿐이다. '방과 후 교육 활동비' 8만원이 에쎄라이트와 바꿔진 뒤 이제 빈털터리가 된 것이다. 취객 몇 명이 비틀거리며 지나간다. 그들의 걸음에 알코올 냄새가 찍힌다. 마치 김소월의 진달래꽃처럼 가시는 걸음 마다에 밟히는 거다. 순간 아빠가 생각난다. 지난 6개월간, 아빠의 걸음에도 진달래꽃비가 하염없이 내렸다.

　　우기의 새처럼 나는 아빠의 알코올 냄새에 젖어 살았다. 몸과 마음을 통해 쏟아져 내리는 그 알코올 냄새에 젖어 살았다. 어쩔 수 없었다. 2억이라든가, 많은 액수의 대출로 만든 전복 양식장, 그 양식장이 폐허가 된 뒤부터 아빠는 늘 술독으로 사셨다. 지난 오 년의 사투를 막 출하해야 하는 순간이었다. 그 뼈아픈 순간에 원유유출이 있었던 거다. 아빠는 이후 술에 젖어 사셨고, 당신의 걸음 마다에 슬픔의 꽃비가 내린 거였다. 나는 더 이상, 그 비를 맞는 새가 되기 싫어, '우기의 새' 그 둥지를 떠난 거였다.

　　나는 화장실 속에서 담배 한 모금을 들이킨다. 좀 전 술에 취한 아저씨들의 냄새가 니코틴 속에서 사라진다. 물을 내리고 밖으로 나온다. 신 터미널의 전자시계가 밤 10:00을 지나고 있다. 어디로 갈까. 친구 미영이의 자취집 쪽으로 걸음을 옮긴다. 순간, 낯익은 등이 보인다. 크고 널찍하고, 우람한 아빠의 등. 나는 공중전화부스로 들어가 동정을 살핀다. 10분쯤 사방을 찾던 아빠가 나의 앞을 지난다. 축 늘어진 아빠의 등이 보인다. 그리고 남는, 아빠의 걸음, 알코올 찍히지 않은, 쓸쓸한 고래등 같은.

3.

"흐흑, 서방님…"

서방님의 장독은 쉬 풀리지 않았다. 부기가 종아리를 거쳐 등과 목 근처까지 이르렀다. 회목으로부터 발원한 장독, 허물 벗은 뱀 껍질과도 같은 태형의 자국을 보며 은내는 끝내 울음을 터트린다.

사단은 단지 한 장 우럭포 때문이었다. 달포 전, 폭우로 인해 동북 방향의 성벽 중 일부가 허물어졌고, 첨절제사 김 아무가 복원의 명을 내렸던 거다. 성내 백성뿐만 아니라, 인근 근소만 유역의 민초들과 심지어 산 넘어 소태현민에 이르기까지 호패 두른 남정네는 조건 없이 동원되었다. 연인원 삼천이나 되는 백성의 고육은, 결국 한달 여의 공정 노역에 종지부를 찍게 했다. 임시방편임에 불과한 조치였으나, 일단의 노역 덕으로 근골만은 세워졌던 거였다. 하여 첨절제사는 노역의 공로를 인정, 마을 당 돈 10두에 우럭 일천 근을 베풀었다. 그 피맺힌 노역이 이제 끝났다는 안도감으로 인근 백성들은 크게 한숨을 쉬었고, 돈과 우럭 등속을 잡아 잔치를 베풀었다. 성내의 노역 치하품은 여타 지역의 그것과는 약간의 격이 있었다. 첨절제사의 명에 의해 1.5배 많은 물품이 지급된 거였다. 마침 육고자 이 아무가 비번이었던지라 그의 집에서 해감이 되었는데, 유감스럽게도 그 순간에 김 첨지가 있었던 거다. 돈 작업이 끝나고 우럭 해체의 과정을 목도하던 차, 물 끓일 목재가 부족하여 성 밑 고사목을 베었다. 목질이 워낙 단단한 나무였으나 고사된 지 수년이 흘렀고, 그마저도 밑동에서 베어지자 뿌리가 흔들렸다. 그 여파로 축성된 돌의 일부가 쓰러졌고, 오보 정도의 성이 허물어진 거였다. 현장범 김 첨지는 포승에 묶여 곧장 백 대의 태령에 처해졌다. 평소 같으면 묵시적 훈방으로도 가능했으나, 여일 상황에 의해 가중 처벌된 거였다.

　　탈상과 더불어 소복도 벗었다. 은내는 모처럼 평상복을 걸쳤으나 그 평상복마저 천근의 무게를 가슴을 눌러왔다. 봉분의 잔디가 푸른 이마를 들고 그런 은내를 하염없이 바라본다. 재배를 돌리고 술을 따른다. 놋잔 속 청주가 너무나 맑았다. 그 속으로 그녀와 김 첨지가 부둥켜안은 모습이 보인다. 은내의 허리를 꼭 껴안은 고래등 같은 손.

해변에서 안마하기

.

.

.

　나에게는 고희를 넘긴 장모님이 계시다. 욕된 시절에 태어나 전쟁을 경험했고 생애 열 다섯 번이나 이사를 했다는 어른, 배추 속처럼 흰 얼굴에 밤톨 같은 눈이 박혀 있었다는 어른, 바로 장모님이 계시다. 지금에서야 한낱 전설 같은 과거지사로 남게 되었지만, 그 흔적은 육체적 아픔으로 고스란히 남게 되었다.

　관절염, 굳이 염증이 생긴 관절의 부위를 말하자면 무릎이다. 칠십 평생을 쓰고 또 써서 생긴 아픔의 증좌이다. 현대 의료 기술로도 원상회복이 불가능하다 하니 그 쓰라림이 어떠했으리라 능히 짐작할 수 있는, 아픔의 나이테다. 말이 열다섯 번이지, 시어른, 시누이, 시동생 층층시하 모두 모시면서 골골을 죄다 돌아다니셨으니 닳고 또 닳아 가녀린 연골 다 으깨어지고 걷기조차 힘들게 되어버림은 당연했으리라. 어찌 천하장사라 한들 성할 수 있겠는가.

　십수 년 전부터 앓아온 관절로 인하여 우리 가족은 늘 가슴 한쪽이 아팠다. 백방으로 수소문하여 양약이며 한약이며 심지어는 씀바귀까지도 먹고 바르기를 거듭하였지만 차도는 없었다. 무슨 나무뿌리 달인 물이 좋다 하여 팔봉산을 오르기도 하였고, 나문재가 좋다 하여 연안 갯벌을 들쑤시기도 하였다. 그렇지만 이미 닳

아버린 연골은 다시금 소생하지 않았다. 결국, 열네 번의 이주 끝에 정착한, 정든 집을 내주고 설리설리 아파트로 잠자리를 또 옮길 수밖에 없었던 것이다. 한옥은 문턱이 높아 아픈 다리로 넘나들 수 없었기에, 아예 문턱 없는 아파트를 선택한 것이다.

생활상의 편리한 점은 있었으나 아파트라 하여 장모님의 관절을 낫게 할 수는 없었다. 천하 명의 허준이 살아온다한들 어쩌겠는가, 첩첩 산처럼만 쌓여 생긴 나이테의 증표인 것을. 가족 모두가 포기하고 물찜질로 아픔을 달랠 수밖에.

그러다 우연히, 동네 어른으로부터 신통찮은 소리를 듣게 되었다.

"갯모래로 뜸질하는 것이 최고여"

장모님은 그날 이후 해변의 단골손님이 되셨다. 봄부터 가을까지, 손등에 소름이 돋지 않는 한 늘 모래를 벗하며 사셨다. 열 받아 절절절 끓는 한여름의 모래를 아예 뒤집어쓰고 사셨다. 연간 백만 명 이상의 관광객이 찾는다는 만리포, 그 만리포의 백사장은 대략 4km 정도라 한다. 긴 활처럼 휘어 갯바위 끝에서부터 방파제까지 억년 비정을 담은 모래가 깔려 있다. 알갱이가 잘디잘다하여 세모래로 통하는, 감히 산술로는 셀 수조차 없는 그 억겁의 모래들. 하여 사람들은 이곳을 만리장벌 또는 명사만리라 했는가. 여름의 긴 너울을 장모님은 그곳에서 사셨다.

장마 뒤꼍이라 모래는 뜨거웠다. 아예 끓어 넘치려는 듯 맨발의 바닥을 후끈하게 달군다. 밀물은 절절히 나름의 흔적을 남기며 떠나고 썰물과 맞교환하는 그쯤, 장모님은 자리를 잡는다. 나는 손을 들어 모래를 파낸다. 모래의 나이테가 한 허물을 벗는다. 장모님은 파진 모래 속으로 몸을 누이고 나는 그 위로 모래를 얹는다. 지지지지 마치 타들어 갈 듯한 모래의 열기가 고스란히 배는 듯 아그그그 장모님의 입에서 감탄사가 나온다. 이제 이 자세 그대로, 밀물이 다시 또 나이테를 만들기 위해 몰려올 때까지 기다려야 한다. 연륜이란 그리 쉬이 생기지는 않는 법, 뜨거운 모래 속에 들어가 숨도 맥박도 멈춘 듯 누워있어야 생기는 법. 우리네가 살아감도 이와 같으리라. 한 잔 모래로 뜨거운 정을 나누고 두 잔 모래로 더 뜨거운 사랑을 만드는 것, 취하라고 끼얹고 취하자고 찜질하는 것.

쏴아아 다시 밀물은 밀려오고 끝내 장모님은 한참의 고역에서 풀려나신다. 손등에 발등에 이슬같이 투명한, 간간한 소금기와 모래의 약효가 배어 있다.

"역시, 이 맛이야."

긴 기지개 끝에 놓인 장모님이 날아갈 듯하다.

여름이 지나가자 기온도 지나갔다. 아예 빙점 이하로 내려가는 듯 오한까지 밀려온다. 장모님의 해안 방문도 그만 끝이 났다. 서운해 하시는 빛이 역력했다. 건강상 어쩔 수 없는 노릇이었다. 정히 잊지 못하시는 눈치이다 싶어 나는 한 가지 묘안을 냈다. 아예 만리포 백사장의 모래를 집으로 퍼오는 것이었다. 그런 다음 솜 대신 이불 속을 모래로 채워 버렸다. 이른바, 천하에 둘도 없는, 모래 이불을 만들어 드린 것이다. 워낙 가는 모래이기에 새지 않도록 각별히 신경을 써서 만든 이불이었다. 장모님은 크게 기뻐하셨다. 온 바다를 얻은 양 소녀처럼,

"꼭 해변에서 안마받는 것 같아."

하고 함박 웃으셨다.

오늘도 장모님은 모래 베개를 베고 모래 이불을 덮고 계신다. 그렇지만, 그 주재료는 과거의 모래가 아닌 현재의 모래이다. 기름 범벅으로 병을 주는 그런 모래가 아닌, 아름다운 약효의 모래인 것이다.

자연은 치유 능력이 있다 한다. 원유유출의 시련을 국민 모두의 봉사로 극복했듯이, 전국 모든 유원지의 환경오염도 치유되길 바란다. 그리하여 이 만리포에서처럼 아름다운 풍광과 시원한 찜질이 다시 지속되길 바란다. 나의 가슴 시린 장모님처럼, 아니 장모님의 관절염처럼 높은 문지방도 낮게 넘을 수 있는 그런 날을 기대해 본다. 천근의 무게와 천도의 열을 아예 무릎에 담고 사는, 이 시대의 마지막 윤리가 실천되기를 기대해 본다.

그런 날이 되면 저 천만 겁도 넘는다는 모래 울음이 웃음으로 변하지 않겠는가. 그 회복기의 날, 그 날이 바로 우리 시대 시린 가슴에 간 맞추는, 더없이 따뜻한, 너무도 작아 보이지 않는, 모래의 안마사가 되는 날이지 않겠는가.

길 없는 길

.

.

.

오병이어(五餠二魚).

한 아이가 있어 만인을 구제하다. 성인 남성 오천 명이 먹을 것
이 없어 굶주릴 때, 홀연히 한 아이가 나타나 보리떡 다섯 개와 물
고기 두 마리를 바쳤다. 하여 예수께서 그 오병이어(五餠二魚)를
만인에게 나누어 허기를 면케 하였는데, 단지 보리떡 다섯 개와 물
고기 두 마리의 양은 절대 줄지 않았다. 굶주림을 면한 모든 이는
그 음식을 바친 자가 한 아이임을 알고, 그 선행을 찬양하여 마지
않았다.

그 해 10월은 만월(滿月)과 함께 왔다. 둥그렇게 둥그렇게 풍
요의 배를 이끌고 왔다. 보름, 한가위, 달. 철없던 그 시절은 이런
단어의 의미보다는 객지에서 오는 누나의 선물과 누나를 위해 부
치는 지짐이의 고소함에 더 들떠 있었다. 큰 재빼기 마루에서 해
가 떠 해가 질 때까지 그렇게 누나를 기다렸다. 아니 누나의 그 알
싸한 알사탕을 기다렸다. 고소한 참기름 냄새가 저 재빼기의 마루
턱까지 이르면 누나는 그에 정종 한 병과 알사탕 한 봉지를 들고
웃으며 들어왔다.

알사탕을 먹고, 지짐이를 먹고, 송편 알 두엇 보자기에 쌓아 들

면 이내 이 마을의 전통이 시작되는 것이다. 수십 년 혹은 수백 년 전부터 마을 고유의 연례행사가 드디어 시작되는 것이다. 추석 전날, 휘영청 밝은 달 아래 갯벌 속으로 갯벌 속으로 들어 소라, 게, 망둥이, 낙지 등등의 해물을 잡아 오는 이 행위는 정녕 이 해변 마을 고유의 전통이었다. 차례 준비에 바쁜 몇몇 어른들을 제외하고 마을의 노소가 모두 참여하여 비린 해물을 잡아오는 이 작업, 사람들은 이 작업을 '해락질'이라 하였다.

"바람도 쐴 겸 너도 가련?"

아버지는 누나까지 금년의 전통 행사에 참여시켰다. 도회에서의 물설은 생활이 안쓰러워서인지, 그에 누나를 동행케 했다. 아버지 당신은 가지 못하시지만 누나에게만큼은 그 안온하고 저렴한 바다의 맛을 보여주고 싶으신 것이리라.

근 오리 가까이나 된다는 그 긴 갯벌 길을 걸어 홍애불(바다 속 갯벌 이름)에 이르면 이제 솜방망이에 불을 붙인다. 누나는 서툰 솜씨로 좌악 성냥을 그어 불을 붙인다.

둥실 보름달이 떠올랐건만 사위 어둑한 이 밤 이 바다, 횃불은 그 어둠의 언저리를 저만치 쫓아 보냈다. 여기저기서 터져 오르는 불꽃들. 그것은 마치 수십 아니 수백 개쯤이나 된다는 하늘 한복판 별빛과 같았다. 그것들은 모두 곳곳이 웅숭그리며 숨어있는 밤의 알갱이를 몰아내고 점점이 밝음을 선사했다. 웅숭그리며 터지는 수수만만의 폭죽인 양.

"그래, 돌을 들춰보거라."

돌 속에는 망둥이가 있고, 게가 있고, 소라가 있었다. 이따금 길 잃어 방황하는 낙지도 있었는데 누나는 그것들을 잡아 망태기에 집어넣었다. 그 강력한 빨판으로, 누나의 여린 손등을 타고 기어오르며 꿈틀 움직이는 낙지 발, 꼬리지느러미를 마구 흔들어대며 개펄을 쏘아대는 망둥이, 그 커다란 발로 손가락을 물어버리고는 발이 떨어질 때까지 놓지 않는 사시랭이, 이것들은 망태기에 차곡차곡 쌓였다. 두어 시간이나 지났을까, 한 칠 홉쯤 차 오른 망태기의 수확물이 무거워 우리는 잠시 휴식을 취하였다. 누나는 보자기를 풀어 아직 따듯한 온기가 남아 있는, 두엇 송편을 끄집어내었다. 입안을 스쳐 지나는 햅콩의 비린 여운이 입안 가득 차 올라 왔다. 갯것의 비린내와는 또 다른 그 무엇, 추석은 그렇게 가슴 속으로 왔다.

"누나, 저 굴독 속에는 무엇이 있을까?"

홍애불 너머 너무 깊이 들어가지 말라시던 아버지의 말씀은, 망둥이잡이에 정신이 팔린 우리에게는 기억 이전의 것이었다. 무릎까지 파고드는 펄 속을 걸어 우리는 깊숙이 더 깊숙이 바닷속의 바다로 들어갔다. 굴독 속에는 갯것들이 많았다. 누나와 나는 그것들을 잡아 망태기에 담았다. 망태기 가득 차 오른 오늘의 전리품이 무거웠지만 가벼웠다.

그러기를 또 몇 십 분이나 흘렀는가. 우리는 밖을 향하여 걸음을 옮겼다. 하늘 가득 은은히 별빛이 보였고 만삭을 향한 둥근 달이 얼마쯤 지나 있었다. 그러나 지상을 환하게 밝혀주던 그 수수만만의 불꽃들은 다 스러져 보이지 않았다. 횃불, 갯벌을 밝히던 그것, 지상의 별들이 사라지고 없었던 것이다. 일순 우리는 당황하였다. 점점의 그 횃불을 따라 다녔던 것이 전부였기에 우리는 이제 더 이상 갈 곳이 없었다.

아, 이제 우리는 어떻게 나가야 한단 말인가? 망망대해, 암흑의 이 바다 한복판에서 어떻게 나가야 한단 말인가? 누나와 나는 두 손을 꼭 쥐었다. 그러면서 개펄의 그 질곡 속에서 넘어지기를 수차례, 그러다 그러다 마침내 한 점 불빛을 발견한 것이다.

그렇다. 뭍의 가녀린 불빛이 보였다. 아득하게 저 먼 곳에서 오는 구원의 불빛. 누나와 나는 그 불빛을 따라 자꾸만 차오르는 밀물을 밀어내고 결국 뭍으로 오를 수 있었다.

이제 나도 나이가 들었다. 그동안 수많은 일들이 나를 어렵게 하였지만 그 때마다 뭍의 빛이 가야 할 길을 제시하여 주었다. 그 유년 시절의 바닷속의 길, 그 길 없는 길이 내려주는 황홀한 불빛이.

열심히 살아가다 보면 좋은 일과 만날 때도 있으리니. 힘이 들기도 땀을 한 사발쯤 쏟기도 하지만, 그 때마다 그 날의 불빛이 이름값을 하며 내 앞길을 밝혀주곤 한다. 주술적인 힘이 있다고나 할까. 뭔지 모를 강한 자력이 나의 나아갈 길을 이끌어 주는 것이다.

그리하여 저 유년 시절의 갯벌을 다시금 찾게 하고 얼마쯤 커버린 키와 몸무게와 정신까지도 보다 밝은 길로 인도해 주는 것이다. 이 땅에 두 발 디디고 살아가는 동안에.

일명일어(一明一魚).

한 불빛이 있어 가족을 구제하다. 오뉘가 길 없는 바다에서 고생할 때, 홀연히 한 불빛이 나타나 물고기 한 마리와 불빛 하나를 바쳤다. 하여 일명일어(一明一魚)를 오뉘에게 나누어 길 없는 길을 찾게 하였는데, 단지 물고기 1마리와 불빛 하나의 양은 절대 줄지 않았다. 방황과 암흑을 퇴치한 가족은 그 음식을 바친 자가 불빛임을 알고, 그것을 찬양하여 마지않았다.

미역첩帖

.

.

.

⠀

1.

병든 아내가 헤진 치마를 보내 왔네	病妻寄敝裙
천 리 먼 길 애틋한 정을 담았네	千里託心素
흘러간 세월에 붉은 빛 다 바래서	歲久紅已褪
만년에 서글픔 가눌 수 없구나	悵然念衰暮
마름질로 작은 서첩을 만들어	裁成小書帖
아들을 일깨우는 글을 적는다	聊寫戒子句
부디 어버이 마음 잘 헤아려	庶幾念二親
평생토록 가슴에 새기려무나	終身鐫肺腑

　실학을 집대성한 대학자 다산 정약용(茶山 丁若鏞)은 가족 사랑이 각별했다고 알려져 있다. 다산의 가족 사랑을 대표하는 유산이 유배지에서 아들에게 보낸 가계(家戒)인데, 그 가운데서도 부인이 시집올 때 가져 온, 붉은 치마에 쓴 것이 유명하다. 기록으로만 전해오던 그 가계가 석 점의 '하피첩(霞帔帖)'으로 약 200년 만에 발견되었다. 위 시는 '하피첩'에 부친 다산의 마음이 그려진 작품이다.

만 14세에 한 살 많은 아내(풍산 홍씨)와 결혼했던 다산은 1801년 황사영 백서사건(천주교 박해 사건)으로 전남 강진에서 18년간 유배 생활을 하게 된다. 강진에서 유배 중이던 다산은 1810년 한양에 있던 아내가 보내준 치마에 글을 써서 '하피첩'이라는 이름을 달았다.

다산의 부인이 치마를 남편에게 보내고, 다산이 이를 잘라 하피첩을 만들었던 것이다. 다산은 아내가 '부부의 정'을 기억해달라고 보내온 치마에 자녀에 대한 애정을 덧붙였던 것이다.

하피는 본래 조선시대 왕실에서 비(妃)와 빈(嬪)이 입던 옷을 뜻한다. 청색 바탕에 적계문이 새겨진 하피는 긴 폭의 형태였다. 보통 목에 걸쳤는데 등 뒤에서는 흉배 위치 아래까지 늘였고 가슴 앞에서는 치마 끝까지 늘여 두 폭이 겹치지 않게 추자(墜子)로 맺게 되는 모양이었다.

2.

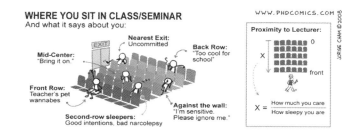

'Piled Higher & Deeper.' '교실에서 당신이 앉는 자리는 어디?'라는 주제의 〈Jorge Cham〉의 4컷 만화이다. 그림 내용을 들여다

보면, 다음 몇 가지 유형으로 나뉘는데, 위치에 따른 의미를 해석하니 충분히 공감이 가는 내용이다.

제1열은 선생님의 애완견이라 불리는 모범생 친구들로 가득차 있다. 일설에 의하면 이 친구들은 선생님의 농담 한 마디도 빼놓지 않고 노트에 적는다고 하는 그야말로 초인, 시험의 제왕들이 있는 자리이다.

제2열은 의욕은 있으나 결국 잠만 자는 학생들. 열심히 공부는 해보고 싶은데, 너무 앞자리는 눈치 보이고, 하여 조금 뒤에 앉았지만 결국 수마의 유혹에 빠져 수업시간 내내 꾸벅꾸벅 조는 학생들의 자리이다.

가운데 중앙 부근에 앉는 학생은 'Bring it on', 즉 뭔가 한 번 해보자고 파이팅이 넘치는 학생이고, 벽에 앉아 있는 친구는 '혼자 놀기' 친구. 창밖을 내다보거나 벽에 적힌 낙서들을 보며 혼자만의 세계에 빠져드는 몽상가 스타일이다.

출구 쪽 학생은 종소리만 나면 달려 나갈, 흔히 말하는 아웃사이더이다. 가끔 수업이 끝나지도 않았는데 나가는 경우도 있다.

마지막 줄에 앉은 학생은 흔히 말하는 '쿨가이', 약간 거만한 스타일에 수업과는 관계없이 자신만의 포스를 발휘하는 경우로, 교수님에게는 인기가 없지만 여자친구들은 많을 듯한 유형이다.

나는 언젠가 본 적이 있는, 'Jorge Cham'의 4컷 만화가 떠올랐다. 교실의 배치가 꼭 만화의 대상들과 별반 다르지 않다 여겨졌던 것이다. 학생들의 좌석 배열은, 학생 스스로의 선택 사항이며, 그 누구도 그 선택을 강요하거나 타박할 필요가 없는 것이다. 왜냐하면 좌석에 앉은 주체는 거금의 수업료를 지불하고 청강을 하는 것이기 때문에, 그리고 그들에게는 선택의 유무가 보장되기에 그렇다. 제1열에 앉든, 중앙 혹은 끝자리에 앉든 그것은 그들의 선택권이기 때문이다.

제1열부터 마지막 열에 대응되는 해양탐사교실 수강생들은 자신만의 포스를 발휘하며 조용히 앉아 있었다. 나는 여차하면 나갈 준비를 하고 맨 뒷줄에 가 앉았다. 어찌보면 'Jorge Cham'이 말한 '쿨가이'포스를 하고 말이다. 그렇다. 쿨가이, 내 한때 그녀의 쿨가이가 되었던 때 있었으니, 그 명멸하던 사연이 있었으니….

이른바, '해양탐사교실'에 모인 인원은 모두 14명이었다. 총 15명의 등록자 중 한 명이 입원하여 부득이 14명이 된 것이다. 주 1회로 운영되는 관계로, 7일에 한 번씩 만나는 수강생들이었는지라 뭐 달리 친분을 쌓을 기회가 없었다. 서로들 자기만의 생활 속에서 열의 구분이 모호한 피교육자로서의 본분만을 수행하고 있었다. 4월이 되자, 산교육-산 체험교육-이 시작되었다. 3월 초에 개강하여 제5주 차에 해당되던 날이었다. 산교육 희망자는 모두 9명이었다. 나, 반장 부부, 현대아파트 주부 2, 남성토건 남 2, 시청공무원 1, 그리고 그녀였다. 아직 미혼인 그녀는, 산교육의 피교육자로서의 본분에 어긋나는 복장으로 집결지에 도착해 있었다. 미니스커트에 구두, 그리고 선글라스… 그 복장을 본 강사 선생님은 한심한 듯 한마디 던졌다.

"아니, 그 복장으로 바위를 탈 수 있겠어요?"

민망한 듯 고개를 숙였으나, 그녀는 결국 동행할 수밖에 없었다.

나는 시청공무원의 차에 동승했다. 벌벌거리는 엔진 소리가 연식을 말해주는 듯했다. 툴툴거리는 품이 꽤나 오래 탄 승용차였다. 지곡 한천을 돌아 황금산 입구에 도착했다. 나지막한 산, 금빛 모양이라 하여 황금산이라 불리는 산이었다. 능선 입구, 그러니까 찻길이 있는 최정상까지 올라가 하차했다. 곧이어 반장의 차가 왔고, 여자 수강생 모두도 내렸다.

산은 높지도 깊지도 않았다. 아직 이른 봄이라 그런지 이른 봄 풀들만이 고개를 내밀었을 뿐 겨울 산 그대로였다. 다람쥐 몇 마리가 산속을 배회할 뿐 인적조차도 없었다. 정상 쪽으로 잘게 오솔길이 있었다. 그 옆으로 물 없는 계곡이 펼쳐져 있었다. 물길도 가뭄으로 끊긴 듯해 보였다. 물도 때가 되면 내려가리라, 봄비가 좀 오고, 그 비가 뭉쳐 정상으로부터 굴러내려 오리라. 그러면 이 무수의 계곡도 콸콸 소리를 내며 계곡으로의 본연을 찾으리라. 하여 풀과 나무와 산협촌 만만의 벌레에게 먹이와 자양을 제공하리라. 아주 달고 맛있는 산의 자양이 되리라.

그곳에는 다래와 머루, 그리고 야생화가 자생해 있었다. 우리 일행은 오솔길을 버리고 계곡으로 내려갔다. 강사의 입은 다물 줄을 몰랐다. 보이는 족족 이름이며 특성이며를 설명하느라 정신이 없었다. 깽깽이풀, 흰제비꽃, 붉은제비꽃, 범부채, 새우란…에 이르기까지 그저 쉴 틈이 없었다. 그러다가 몇개 채취를 했다. 분경 용으로 활용하면 썩 좋으리라는 심산에서였다. 각양의 야생화가 지천인 그곳 자생지를 넘으니 바로 바닷가였다. 우리는 천천히 호흡을 하며 드넓게 펼쳐진 서해를 바라다보았다. 뒤이어 오늘의 목적, 해안길 탐사 산교육이 시작되었다.

담치(홍합)는 지천이었다. 오늘의 주 교육용 생물인 담치, 그 놈이 이리 지천으로 바다 계곡을 수놓을 줄이야. 우리는 각자 흩어져 산채 교육에 들어갔다. 욕심을 부리지 말라는 학습 목표가 지속적으로 들려왔다. 굵기와 꼴이 모나지 않는 것으로 십여 개를 캐고, 소품 열두어 개를 더 채취했다. 그리고 주변을 뒤져 미역 줄기 몇, 박하지 하나를 얻었다. 늘 소원해 마지않던 박하지를 얻으니, 기분이 삼삼했다.

나는 다른 회원의 채취 현황을 둘러보았다. 남자들은 제 양을 다 채웠는데, 유감스럽게도 여성 회원들은 그렇지 못했다. 그러다가 아직 한 개도 얻지 못한 그녀를 발견했다. 손목 굵기의 담치를 만지작거리는 그녀, 하얀 손에 묻은 검은 흙이 오히려 돋보였다. 나는 그녀의 손이 되어주었다. 쉽게 캐도 될 작은 뿌리였으나, 나는 되도록 천천히, 그리고 힘이 꽤나 드는 듯이 손놀림을 놀았다. 소품이었으나 그것을 캐내자, 그녀는 뛸 듯이 기뻐했다. 그러면서 고맙노라는 인사를 꾸벅했다. 그러면서 내 체육복에 묻은 흙을 털어 주었다. 손끝으로 전해지는 야릇한 감촉, 어찌 보면 그것은 봄꽃과도 같았다. 흰 제비꽃의 어린 꽃 이파리가 바람에 하늘거리듯, 그렇게 내의 등에서 하늘거렸다. 어쩌지 못할 만큼의 향기까지 동반한 채.

수월하니 목표 달성을 한 후 반원들은 한자리에 모였다. 미리 준비해온 김밥과 과일 그리고 커피 한 모금의 시간이었으나, 모두 즐겨 음미했다. 간들거리는 바닷바람과 그 바람에 하늘거리는 정오의 시간, 우리는 모두 자연의 식도락에 취했던 거였다. 한참을 이리 취해 있을 때 남성토건이 음료수를 돌렸다. 오늘 새벽에 부인이 만들었다는 당근 주스였다. 우리는 모두 맛있게 들이켰다.

강사는 일찍이 자신이 즐겨 음용하였다던 고로쇠 수액과의 비교를 장황하게 얘기했다. 그 단아한 맛, 깔끔한 뒤끝에 감동하여 늘 그 수액을 찾아 초봄 한철을 지내노라는 이야기였다. 우리 지방에도 몇 그루가 있어 그것을 음용하나, 장소를 불문에 부치겠노라 덧붙였다. 어딘지는 모르지만, 분명 이 고장의 산에도 고로쇠는 자라는 모양이었다. 어찌 보면 그것은 산을, 아니 자연을 독점하겠다는 심산과 같아 짐짓 강사의 도덕성을 의아하게 했다. 그러나 그게 무에 대수랴. 나는 지금 이곳에 있고 또한 나의 그녀가 이곳에 동석하고 있지 않은가. 그것만으로도 황홀하거늘 무에 그리 다른 게 눈에 들어오겠는가 말이다.

나는 은근히 그녀의 동태를 살폈다. 그녀 역시 혀끝을 축일만한 양을 먹어보고서는 이내 컵을 반납했다. 우리 주변으로 은근한 또 다른 냄새가 일행이 마시고 먹는 동안 풍겨 왔다. 무엇인가.

비린내와도 같고 한약 냄새와도 흡사한 느낌이었다. 말하자면, 그 무엇인가가 문제였는데, 그 무엇인가가 그녀와 나를 더욱 가깝게 하였다고나 할까? 대충 그런 내용이었다. 명멸하는 수없는 사연 속에서 우리는 오늘을 살아가듯, 바다는 또 바다대로 수없이 많은 냄새 속에서 사연을 키우는 모양이었다. 그 사연의 유무가 나의 전설이 되었다.

내가 그 냄새를 찾아 떠나자, 그녀도 동행했다. 일행은 아직 과일과 커피의 향에 취해 있는 상태였던지라, 우리에게 관심이 없었다. 또한 우리들의 스승께선 그 한없는 지식의 끈이 다 풀리지 않은 상태였던지라, 아무도 우리를 주시하지 않았다. 그녀는 예의 삐딱구두에 짧은 치마 차림 그대로였던지라, 될 수 있는 한 나는 그녀를 위해 안전한 활로를 개척해 갔다. 전방에 지뢰가 매설된 지역을 수색할 때의 정신으로, 최대한의 조심을 보였다. 그녀는 그 활로를 의기양양의 표정으로 따라왔다. 얼마쯤 갔을까. 나는 냄새의 진원지와의 거리가 인접되어 있음을 느꼈다. 후각을 통해 느껴지는 냄새의 진폭이 너무나도 가깝게, 아니 진하게 흘러나왔기 때문이었다. 내리막길로 접어들었다. 순간, 무엇인가 둔중한 물체가 나를 향해 무너져 내렸다.

"아악, 아…"

단말마의 비명이 들리고 바로 그녀가 나에게로 미끄러진 것이었다. 엉겁결에 나는 그녀를 꼭 안고 말았다. 작지 않은 체구에 뒤로 넘어질 뻔하였으나 다행히 한 그루 바닷가로 떠밀려 온 나무가 의지가지가 되어주었다. 뭐랄까, 물컹한 그 체취가 알싸하게 코끝을 후벼왔다.

"…괘, …괜찮으세요?"

나는 당황하여 목소리를 던졌다. 그녀는 부끄러운 듯 붉은 얼굴로 고개를 끄덕였다. 홍색 붉은 얼굴이 앵도라진 살구 같다고나 할까, 놀에 젖은 산언덕 모양으로 번졌다. 겸연쩍은 노릇이었으나 어쩔 수 없는 노릇이었다. 이 경우, 삶의 진정성을 따지자면 상호보완 혹은 상호의존의 관계라 할 수 있었다. 나는 그녀의 치마에 약간의 바닷모래가 붙은 것을 발견하고 손으로 그것을 털어 내었다. 의식적 행위였건만 그녀는 아무런 저항도 없이 순응했다. 짧은 치마의 엉덩이 부분, 어깨와 등허리 사이, 이른바 제 소유이면서도 팔의 한계로 인한 의혹 부분을 집중적으로 공략했다. 어깨 끈의 자국이 보였으며, 브래지어의 형상이 둔덕처럼 보이기도 했다. 나는 의외의 상황으로 정의를 실천하기에 이른 것이다. 누군가가 무어라 입바른 소리를 하더라도 불경의 의미가 없음이 곧 인정될 것이다. 그만큼 나는 양처럼 굴었다.

"이게, 미역이에요?"

그녀는 내가 건네주는 미역 줄기를 코에 대고는 킁킁 냄새를 맡았다. 바다 냄새에 비린 냄새가 섞인 그 화사한 발효를 음미하고는 이내 미간을 찌푸렸다. 처음 맡아보는 냄새인 모양으로, 약간은 경계의 눈빛으로 말이다. 그녀를 위해 나는 조금 더 큰 크기의 미역을 캤고, 그것을 또 넘겼다. 그녀는 내 손에 든 미역을 고개를 숙이고 코에 갔다 댔다. 오똑하니 솟은 그녀의 콧잔등이 보였고, 그 아래쪽으로 블라우스가 보였다. 일순 나는 고개를 돌렸다. 그리고는 적어도 당황하지 않으려 애써 한 마디를 꺼냈다.

"…미역은, 그래, 미역이라는 것은 정말 만병통치약과 다름없답니다.…"

그 뒤의 이야기는 무어라는 이야기였다. 무어라무어라 지껄였으나 다 기억할 수가 없었다. 다만 뭉클했던 기억만이 가슴과 입을 후렸다.

"그래요, 피부 미용에도 좋겠네요?"

그녀는 한 마디 내뱉고서 호호 웃었다. 조금 전까지의 홍조 띤 얼굴은 사라지고 없었다. 예쁜 모습 그대로 아름다움을 발산하고 있었다.

산채 교육은 끝났다. 어쩌면, 생애 다시 올 수는 없는, 아 정말

기막힌 교육이. 그 뒤, 그녀와의 만남은 잦아졌고 이내 친구 이상의 감정으로 전개되었다. 그것은 마치 온 바다를 다 물들이는 미역 줄기처럼 하늘거리며 그리고 또 하늘거리며 서해 전역을 다 헤집어 놓았다.

3.

대학자 다산 선생의 가족사랑 이상으로 우리는 살아가고 있다. 석 점의 하피첩(霞帔帖)으로 발견된 다산의 마음 씀씀이. 우리는 그 가계(家戒)를 다산의 올곧은 정신으로 삼고 본받으려 노력하고 있다. 하나, 그 어느 누가 있어 가족을 사랑하지 않겠는가. 더불어 그의 터전, 고향 아니 고국을 사랑하지 않을 자 누가 있겠는가.

생애 처음으로 바다에서의 산교육을 받은 나로서도, 다산 아니 그 이상의 정신은 살아 숨 쉬고 있었다고 자부할 수 있다. 다산의 부인이 치마를 남편에게 보내었고, 다산이 이를 잘라 하피첩을 만들어 애정을 덧붙였던 것처럼, 미역 줄기에 서린 그녀의 마음이 오늘도 내 가슴을 짭조름하게 물들이고 있다.

파적破寂

.

.

.

소리는 소리를 부른다. 그 모든 소리를 탐지하지 못함에 인간의 청력은 미약하다. 그 미약을 극복하기 위해 인간은 소리의 궤적을 좇는 음파탐지기를 개발했다. 초자연적 현상이 내는, 극초단파까지도 탐지기는 추적해 낸다고 한다. 땅의 소리에서부터 하늘의 소리까지도 그것은 좇는 것이다.

구월이다.

온 누리의 채색이 휘황하다. 연록, 초록의 세계에서 황록의 세계로 누리가 변색을 시도하고 있다. 어쩌면 하늘의 무게에 땅의 질량이 질려 있는 것은 아닌지, 그 질림의 농도가 더하여져 점차 누렇게 뜬 낯빛으로 변해가는 것은 아닌지. 그래 누리 전체의 채색이 황달의 길로 가는 모양이다. 그러니 우리네 삶의 질량도 불변하며 등가의 원칙 역시 늘 존재하는 모양이다.

엊저녁에 있었던 일이다.

퇴근 후 정원 채마밭으로 발을 옮기던 나는, 날개 부딪히는 소리에 고개를 돌렸다. 밭 옆으로 소사나무가 있었는데, 바로 그 가지에서 울리는 소리였다. 타다다, 푸드득, 연속해서 들리는 그 소리의 진원지를 찾았다. 작은 가지의 끝, 우듬지에서 나는 소리였다. 그 가지 끝에 청사마귀 한 마리가 거꾸로 매달린 채 어떤 물체를 낚아채고 있었다. 자세히 보니 왕매미였다. 사마귀가 앞다리로 매미의 한쪽 날개를 움켜쥐고 있었다. 오른쪽 다리로는 나뭇가지를 쥐고, 왼쪽 다리로 왕매미를 포획한 것이다. 체구로 보아 도저히 상대가 되지 않는, 거구의 왕매미를 잡고 있었던 것이다.

나는 잠시 그들의 행태를 눈여겨보았다. 사마귀는 포획자로서의 권리를 지키기 위해 애썼고, 매미는 그 포획자의 압제로부터 벗어나기 위해 노력하는 형국이었다. 사마귀는 집요했다. 오른 다리를 움직여 끊임없이 이동하였으며 왼 다리의 힘을 가중시켜 포획물이 도망치지 못하도록 노력했다. 그러면서 움직여대는 매미의 다리를 입으로 물어뜯는 것이었다. 왕매미의 다리를 조금씩 조금씩 잘라내고 있었던 것이다. 한참을 그러더니, 매미의 가슴을 집요하게 파고들었다. 매미는 매미대로 포획자의 압제로부터 벗어나기 위해 사력을 다하고 있었다. 부자유의 오른 날개를 들썩이면서 끊임없이 왼 날개를 파닥거렸다. 압제로부터, 아니 사지로부터의 탈출을 위해 부단한 날갯짓을 하고 있는 거였다.

그 적자생존의 현장을 보다가, 지쳐 채마밭을 향했다. 탐스럽게 고추알이 영글어가고 있었다. 아래쪽의 놈들은 벌써 초록이 지쳐 붉은 빛깔로 이동하고 있었다. 무농약, 무비료의 원칙을 고수하다보니 더러는 썩고 더러는 구멍이 뚫려 있었다. 하나, 전체적으로 양호한 결실을 보이고 있었다. 언제, 어디서 날아왔는지 모를 이름 모를 벌레를 잡기도 하고, 썩은 가지를 도려내기도 했다. 한 뼘쯤 자란 잡풀도 뽑아주었다. 저문 하늘가에서 오는 바람이

의외로 시원했다.

고추밭 매만지기를 마치고, 어둑서니 향했다. 예의 파다거림이 또다시 들려 왔다. 근 두 시간가량 흘렀건만, 사마귀와 매미의 싸움은 끝나지 않았던 것이다. 나는 또 근접해서 그네들을 바라보았다. 좀 전처럼 유사한 행위가 지속되고 있었다. 포획을 위한 사마귀의 안간힘에 탈출을 위한 매미의 유동이 지속되고 있었던 것이다. 다만, 매미의 날갯짓이 전과 많이 달라졌음을 알 수 있었다. 힘이 떨어졌는지, 그 파동의 수가 잦아든 것이다. 그로 인하여 소리마저도 줄어든 채였다. 푸드-득, 힘없는 그 소리가 안쓰러운 느낌을 유발했다.

다음 날 아침, 출근길에 예의 그 자리를 찾았다. 소리도 물체도 없었다. 나뭇잎은 예 그대로 흔들리고 있었으며, 가지 또한 진중한 자세 그대로였다. 흔적 없이 사라진 매미와 사마귀, 그 기억만 남아 있을 뿐이었다. 다만, 그 나무 밑으로 매미의 껍질이 보였을 뿐이었다. 체내의 모든 영양을 사마귀의 포획 속에 빼앗긴 채로, 껍데기가 되어 떨어져 있을 뿐이었다. 아주 가벼운, 바람이라도 불면 날아가 버릴 듯한 껍질만을 남긴 채.

소리는 소리를 부른다. 또한 질량은 불변하며 등가의 원칙은 늘 존재한다. 매미의 체중은 사마귀를 위하여 전이되었지만, 그것의 무게는 변함이 없는 것이다. 곧이어 사마귀의 배는 불러질 것이며, 다산의 원칙에 의해 유전자를 남길 것이다. 매미의 가벼워진 몸이 사마귀의 유전자를 위해 전이되었기에, 결국 등가가 된 것이다. 소리 또한 마찬가지여서, 매미의 음소거가 결국 사마귀의 체내에 전이된 것이다. 미약 청력의 우리가 듣지 못할 뿐이지, 사마귀는 끊임없이 울어대는 것이다.

　인간의 청력은 미약하다. 그 미약을 극복하기 위해 인간은 소리의 궤적을 좇는 음파탐지기를 개발했다. 사마귀가 내는, 극초단파까지도 탐지기는 추적해 낸다고 한다. 죽은 매미의 소리에서부터 사마귀의 소리까지 그것은 좇는 것이다.

　구월.

　바람이 시원하다. 그 사이로 계절이 내는 소리가 마치 천 개의 현(絃)이 한꺼번에 울어대는 것만 같다. 조금만 조금씩만 귀기울이면 들려오는 그 소리, 가을을 모는 계절의 울음소리. 이 지상의 울음 속에서, 나는 그 무엇을 듣기 위해 생의 음파탐지기를 돋우는 것인가.

파리

·

·

·

자연사 저 너머에 인간사가 있다.

이는 인위적 잣대로 잰 인간의 논리다. 다시 말하면, 자연사의 범주 속에 인간사가 존재하는 것이다. 신생, 성장, 사멸의 과정을 겪는 인간사는 광의의 자연사 속에 포함되는 일부라는 이야기다. 그것은 인간 중심의 사고로 자연을 보는 관점이다. 즉 광활한 우주 속에 태양계가 속하고, 그 태양계의 한 점 혹성이 지구라는 자연과학의 진리를, 지구와 우주를 동일 선상에 놓고 비교하는 것과 동일한 논리이다. 결국, 겁과 찰나를 동일하다고 보는 편견과 유사한 논리이다.

'파리'는 본래 1음절의 '폴'에서 나왔다. 그 어원적 의미 해석을 보면, 중성이 아래아로 쓰인 '폴'에 주격조사 'ㅣ'가 붙어 쓰이다가 아예 2음절의 '파리'로 굳어져 쓰이게 되었다는 학설이다. 즉, '폴ㅣ 날아간다'라 쓰이던 것이 '푸리+가 날아간다'로 굳어지게 되었다는 이야기다. 이는, '폴ㅣ'이 연철되어 '푸리'가 되었는데, 언중들의 또 다른 주격조사 '가'의 첨가가 이루어져 '푸리가'로 쓰였음을 의미한다. 결국 이중의 조사가 점철되어 현대어 '파리가'로 굳어진 것이다.

언어도 신생, 성장, 사멸의 과정을 겪는다. 언어도 하나의 생명체와 마찬가지로 삶과 죽음의 과정을 겪는다는 말이다. 그러니 자연, '풀ㅣ날아간다'라 쓰이던 것이 '푸리가 날아간다'로 변한 자체도, 하나의 인간사와 다를 바가 없다. 인간사의 대비 저편에 자연사가 있음이니, 따지고 보면 언어사와 자연사 역시 동일선상에 놓여 있는 것이다. 물론 이 말은 인위적 잣대 속에서만 존재하는 논리라 할 수 있으며, 그 관념의 저변에 깔린 인간중심적 사고가 도시 틀렸다라고 단언할 수만은 없다. 이 비약적 논리의 맹점이 있을 수는 있지만 '발상의 전환'이 '독창적 사고'를 유발할 수 있고, 그것이 인류 역사의 발전에 지대한 공헌을 하였음을 주지하기에 가능한 논리다. 결국, '풀'이 '파리'로 쓰임은 인간사이며, 그것은 자연사와 대비되는 곳에 존재하는 것이다.

A는 현재 저작권을 위반한 사람이다. 각종 매체를 활용하여 불법을 저질렀다. 자료의 복사, 편집을 통해 다양한 지식을 자기화시켰다. 전공에 관한 자료를 위시하여 인문, 지리, 철학, 교양 등등을 자기 것으로 합리화시킨 것이다. 그리하여 그는 유장한 지식 체계를 갖추게 되었으며, 그 지식을 활용하여 굴곡진 인간사를 포장하게 되었던 것이다. 사람들은 그의 지식을 부러워하였으며, 그것을 배우기 위해 A의 주위를 맴돌았다. A는 그들을 위해 자신이 알고 있는 다양한 지식을 전수해 주었다. 그리하여 A는 한 학파의 거장이 되었다.

A는 늘 말한다. '지성(至誠)이면 현룡(現龍)한다', '오늘 할 일을 내일로 미루지 말라', '황금을 보기를 돌같이 하라' 등등의 유장

한 표현으로 언중들을 회돌이시켰다. 하나 소장학자 몇은, A의 그 현란한 지식이 과거 '김우항', '최영' 등등이 사용했던 관용적 표현임을 알고 있었다. 그리하여 그들은 에이를 만나 일정 범주를 넘지 말라 경고함을 잊지 않았다. 적어도 그들은, 에이가 종국에 파국의 험로를 걷지 않기를 바랐던 것이다. 에이는, 달콤한 입술을 통한 언어의 현란한 스킨십을 쉽게 저버릴 수 없어 고심했다. 적정의 틀 속에서 정도를 벗어난 것이 야기하는 정신적, 육체적 부의 달콤함을 지우기가 쉽지 않았던 것이다.

결국, A는 '과유불급(過猶不及)'이 주는 매력을 좇기로 했다. '지나침을 미치지 못함만 같지 못하다'는 성어의 다양성을 추구하기로 했다. A는 온라인과 오프라인을 동일시하기로 결심했다. 그것이 주는 내적 욕망과 그것이 받는 외적 절제를 적절히 조화시키기로 했다. 거장 A의 행동 변화에 따라 그를 따르던 무리들도 점차 사라져갔다. 그들이 A의 곁을 떠남에 따라 A의 갈등 폭도 점차 줄어들었다. 한 때, '쓰나미'급이었던 파고가, 천천히 천천히 잦아 잔잔한 천리빙벽의 세계로 변한 거였다.

법과 대비되는 곳에 불법이 있다.

이는 인위적 잣대로 잰 인간의 논리다. 다시 말하면, 법의 범주 속에 불법이 존재한다는 것이다. 신생, 성장, 사멸의 과정을 겪는 불법은 광의의 법 속에 포함되는 일부라는 이야기다. 그것은 인간 양심의 사고로 법을 보는 관점이다. 즉 광활한 양심 속에 규범이 속하고, 그 규범의 한 점 혹성이 선이라는 인간행동의 진리를, 선과 양심을 동일 선상에 놓고 비교하는 것과 동일한 논리이다. 결국 이것은, '풀'이 '파리'가 되어 언중의 현실음으로 작용되고 있음과 동일한 것이다. 음절의 과다가 자연사 속 실체를 변이시킬 수는 없는 법이기 때문이다.

　책상 위로 파리 한 마리가 날아간다. 자유로운 비상, 그 비상의 끝으로 양심처럼 빛나는 구월 하늘이 있다. 한없이 푸르고, 또 한없이 높다.

발톱

.

.

.

장마는 늘 그렇게 지속되었다. 연 삼 주간이나 지속되어 왔고, 앞으로도 언제까지 계속될지 알 수 없는 미스터리의 존재자였다. 해안, 그러니까 저 먼 격렬비열도를 통과해 밀려 든 먹구름이 반도의 기류와 충돌하며 또 다른 구름의 덩이들을 자꾸만 생성해 내고 있었다. 그것들은 떼로 몰려다니며 기단과 기단 사이에서 서성이고 있었다. 그러다가 가끔씩 충돌하여 우르릉거리며 소리를 질러 대기도 하고 쇠못 튕기는 번쩍임이 되기도 했다. 마침내는 서로 엉겨 한 줄금 빗줄기를 쏟아내기도 하였다.

덤프트럭의 기사는 본인 스스로가 책임지겠노라 했다. 자기의 잘못이니 십분 사죄하며 조속한 시일 내로 원상태로 환원시키겠노라 다짐했다. 그러면서, 전화기에다 무어라 주얼거렸다. 현장 소장이 주위에서 말을 이었다. 걱정마시라, 걱정마시라.

다음 날 시작된 당사자의 책임 완수 작업은 끝내 한 달을 넘겼다. 기둥을 세웠으며, 벽돌을 쌓았으며, 틈과 틈 사이 메꾸기 작업에 소요된 시간만 그러했다. 대문을 달고 겨우 문의 여닫이가 가능해졌을 때는 이미 달포가 지나 있었다. 기둥과 기둥의 간극이며 벽돌의 색깔이 서로 호응이 안 되는 것은 그렇다 치고, 무려 두 달이 지나서야 해결된 것이 있으니, 그것은 가해자의 공사업자에 대한 대금 결제였다.

불시(不時)란 이런 것이구나 하는 어휘의 참의미를 그 사건이 깨닫게 해준 것이다.

참으로 황당한 사건이었다. 명멸하는 별들처럼 장맛비가 그저 오오락가락 지지부진하던 오후였다. 마침 일요일이어서 뜰의 풀을 뽑고 있는데 벨소리가 들렸다. 그러더니, 아내의 숨넘어가는 소리와 죄송죄송의 포도송이가 들려 왔던 거였다. 포도송이나 되었으면 그나마 다행이련만, 시금털털의 죄송송이가 되었으니 어찌 훗입맛이 사납지 않겠는가.

전화의 발신인은 대문을 달아 준 업자였고, 사연은 아직 대금을 받지 못하였다는 거였다. 그래 참다참다 소식 전하니, 해결해 달라는 부탁이었다. 부랴부랴, 덤프트럭 운전사에게 전화하랴, 시공업자에게 전화하랴, 바삐 손놀림한 탓에 그놈의 사건은 해결되었다.

불시에 일어난 사건이 불시에 해결된 것이다. 그때부터 비가 불시에 퍼부어댔다. 언론에서 떠드는 바에 의하면 장마가 시작되었다는 거였다. 그렇다면 이 장마도 불시에 일어난 것인가.

내가 퇴근하면 오후 일곱 시 전후가 된다. 그때면 으레 아내도 퇴근하여 기진해 있기 마련이다. 하루의 피로가 누적된 채로 저녁 준비를 하는 거였다. 홀태바가지에 쌀 줌이나 집어넣고 오물거리며 쌀을 씻고는 조리질을 하여 밥을 한다. 쌀의 양만큼 물을 부어 조절하고 코드를 질러 가열한다. 그리고서 몇몇 반찬을 장만하다가 나의 벨소리에 고생했수하고 대문을 연다.

나는 우선 텃밭의 작물들이 여전히 잘 크는지를 눈으로 확인해 본다. 오이가 늙어 누런 노각으로 변해가는 양을 보다가는 토마토의 알갱이가 좀더 붉어졌음을 느낀다. 따기에는 좀 아까운 느낌이 들어 관상용으로 놓아둔다. 집 앞 공원 도로에 운동하는 사람들이 많이 있으니, 그들의 시야를 풍요롭게 하는 것도 내 몫이려니 하는 생각에서이다. 그 뒤로 고추를 두 판 심었는데 쉬이 따 먹어도 풋고추는 질리게 매달려 있다. 적당한 기회를 놓친 것들은 이미 약이 올라 빳빳하게 굳어 있다. 놈들은 이제 풋고추로의 가치를 상실한 것이다. 그러니 좀 더 매달려 때깔 좋은 고추로 변태를 이룰 것임이 분명하다.

그 위로 동백나무 두 그루가 푸르게 서 있고 풀섶 사이 참외 덩굴이 땅 위를 기고 있다. 반드시 세 마디에서 순을 질러 주거라, 그래야 암꽃을 볼 수 있단다. 과거 언어들은 풍월로 마디를 접고 몇 안 되는 암꽃일망정 접을 붙여 주었다. 좋게 이야기하여 인공수정이랄까, 하여튼 빗줄기로 활동을 하지 못하는 벌과 나비의 역할을 내가 대신하는 거였다. 그 작업으로 몇 덩이 조막만한 열매를 보게 되었으니, 그것이 이른바 애참외였다. 풀섶을 헤치다보니 더러 푸른 덩저리가 구르는 것이 보인다. 그러저러한 벌과 나비의 싀여딤으로 영근 작업이었다.

　　출ᄒ리 싀여디여 범나븨 되오리라 곳나모 가지마다 간 대 죡죡
　　안니다가, 향무든 날애로 님의 오새 올므리라

하던 송강의 염원이 빛나는 순간이었다. 한 순배 돌고 돌아 외꽃 가루받이에 기여했으리라 생각해보면, 조막만한 한 알 외라할

지라도 참 자가 붙음은 천당 또 지당할 뿐이다.

그 순간이었을 것이다. 불시라는 말이 정말로 참의미의 가루받이를 하여 이른바 참불시가 된 것은.

내가 현관 앞에 다가섰을 때는 이미 그 애잔한 싀여딤이 저질러지고 만 것이었다. 꽃게의 탈피처럼, 껍질을 벗어 물렁해진 속살, 아내의 가련한 내면이 아프게 돋아져 있었다. 현관문을 닫다 왼쪽 발을 미처 빼지 못했고, 그리하여 발톱이 싀여딘 것이다.

순간 나는 당황했다. 약을 발라야 되나 어쩌나, 병원에 가야 되나 어쩌나…. 아둑서니처럼 멍청해져 왔다갔다했다. 그러다가 처가에 전화를 넣었고, 병원으로 달려가게 되었다. 지방공사 서산의료원, 가기는 싫지만 가지 않을 수 없는 곳, 내가 그곳에 도착했을 때는 이미 장모님과 처제가 기다리고 있었다.

애송이 인턴 몇이 부산하게 움직이고 있었다. 앰불런스는 긴 소리 쟈른 소리 끊임없이 울어댔고, 연이어 환자들이 응급실로 업혀왔다. 신음 소리, 뚝뚝 피 듣는 소리 커트가 움직이는 소리, 소리, 소리…. 그 핏빛 절규 속에서 상처에 대한 응급 처치가 진행되었던 거였다. 불시의 사고로 그리 응급처치가 된 발톱은, 끝내 달포가 지나서야 아물었다.

불시(不時)라는 말이 있다. 뜻하지 않은 때, 생각지 않은 때를 뜻하는 어휘이다. 이 단어는 조사 '에'와 결합하여 부정적이며 좋지 않은 결과를 초래할 때 쓰인다. 불시에 감찰관들이 들이닥쳤다, 불시에 사고가 터졌다 등 그 결과가 결코 순탄치 않을 것임을 나타내게 된다.

그 긴 불시의 여름은 갔다. 제법 선선한 바람의 유동을 느끼며,

텃밭과 대문과 발톱의 상흔을 본다. 자절(自切)이라는 것으로도 다 치유되는 것인지, 그것들은 예의 모습을 다시 유지하고 있다. 그 사이로 바람은 불고, 또 그 사이로 불시가 분다.

불시에, 그러다가 문득, 9월이 왔다.

3부

/

구양교九陽橋

비가悲歌

·

·

·

천재 소설가 최인호의 소설 중에 '바보들의 행진'이 있다. 1970 년대 청춘의 풍속도를 그린 그 소설은, 영화 '바보들의 행진'으로 각색되어 인기를 끌었다. 만 17세, 그 여리디여린 약관의 나이에 최인호는 등단의 영예를 얻는다. 그것도 신춘문예라는 최고의 등 용문을 통해 얻어진 것이었으니, 가히 천재라 통칭하여도 부족함 이 없을 것이다.

'바보들의 행진'은 최인호 원작에 하길종 감독, 윤문섭, 하재영, 이영옥 주연의 영화이다. 1975년 5월 31일에 개봉되었으며, 주연 배우들의 인기가 당대를 관통했었다. 병태, 영철, 영자 역의 윤문 섭, 하재영, 이영옥은 이후 인지도가 급상승하였고, 작품은 당 사 회상의 이중적 의미를 잘 묘파한 수작으로 꼽히고 있다.

이 영화는 1970년대 젊은이들의 시대적 고민과 내적 갈등의 단면을 그린 작품이다. 미국 유학을 마치고 돌아온 하길종 감독은 당시 인기 작가였던 최인호의 원작소설을 바탕으로 영화화했다.

주인공 병태, 영자, 영철 등의 인물들을 통해 표면적으로는 당 시 대학생들이 누리던 낭만적인 현실이 주로 묘사되는 것처럼 그 렸다. 즉 경찰에게 쫓기는 장발족과 청바지를 입고 맥주를 마시는 대학생들이 그려진다.

하지만 좀더 세밀히 살펴보면 정치적 이유로 휴교령이 내려진 행간의 의미가 보이고, 때가 되면 군대에 가야 하고 사회 전반적으로 군사문화가 지배하는 현실이 밑그림으로 제시된다. 또한 개인과 집단의 논리가 서로 팽팽히 맞서고, 사랑과 현실이 갈등한다. 가령, 철학과생 병태에게 딱지를 놓는 여대생 영자는 그런 현실주의의 단적인 예다. 물론 그 반대편에는 동해 바다에 가서 고래를 잡겠다는 영철이 있다.

독재가 철옹성처럼 보이던 그 시대에 체제에 대한 정면 돌파라는 것은 원천적으로 불가능했다. 그래서 하길종 감독은 대학생들의 낭만에 기대어 현실을 우회적으로 보여주는 방법을 택했던 것이다. 낭만을 미화하지 않고 도구로 사용하면서 한 시대의 뜨거운 서정을 탄탄하게 보여주었다는 점에서 이 영화는 한국 영화의 걸작으로 손꼽히는데, 체제 비판적이라 하여 검열 시 상당 부분 삭제당하기도 했던 명작이다.

이러한 영화로서의 사적 의미에 더하여, 배경 음악의 영화화에 당대 젊은이의 가치관을 접목시킨 점 역시 뛰어나다. 영화가 인간의 시각에 의존하는 장르라면, 음악은 청각에 호소하는 장르다. '심금(心琴)을 울리다'라는 관용적 표현은 어찌 보면, 이 청각의 효용이라야만 가능하다 여겨진다. 내 마음속의 거문고가 울려주는 반향, 그것이 바로 청각의 효과 아니겠는가.

하길종 감독은, 그 청각 심금의 주자로 가수 김정호를 선택했다. 애련의 타고난 목소리, 우수의 저음에 전부를 걸었던 것이다.

가을 잎 찬바람에 흩어져 날리면

캠퍼스 잔디 위엔 또다시 황금물결
잊을 수 없는 얼굴 얼굴 얼굴 얼굴들
우우우우 꽃이 지네 우우우우 가을이 가네
하늘엔 조각구름 무정한 세월이여
꽃잎이 떨어지면 젊음도 곧 가겠지
머물 수 없는 시절 시절 시절 우리들의 시절
우우우우 세월이 가네 우우우우 젊음도 가네
우우우우 꽃이 지네 우우우우 가을이 가네
우우우우 세월이 가네 우우우우 젊음도 가네

하길종 감독의 선택은 적중했다. 김정호의 우수에 찬 목소리
가 장면 장면에 삽입되어 관객들의 심금을 울렸다. 아니, 눈으로
는 영상을 보고, '날이 갈수록'이란 삽입곡에 울었던 것이다. 당대
젊은이들의 좌절과 방황과 꿈이 어우러져, 그저 닿을 수 없으리라
여긴 동해 바닷가로 고래 잡으러 떠난 것이다. 시대적 아픔이, 저
음의 삽입곡에 얽혀 거대한 해일을 몰고 심금을 울려 온 것이다.

사람들의 심금은 아무 때나 울지 않는다. 그것은 마음 깊은 곳
에 존재하기에 그 하중을 아무도 모르며, 수압을 어찌 견디는지를
누구도 모르는 것이다. 단지, 알 수 있다면 스스로의 마음이 움직
여야 타인의 그것도 움직일 수 있다는 진리뿐이다. 내 자신의 거
문고조차 어찌지 못하는데, 독자의 폐쇄된 공간에 어찌 침투하여
영향을 줄 수 있겠는가. 기교나 솜씨는 단지 가시의 시각적 영상
일 뿐이리니, 불가시의 감명은 어찌겠는가.

가시와 불가시의 사이에 만다라가 있다. 불가시적 염원을 가
시적 꽃으로 만들었다는 만다라, 부처가 증험한 것을 나타낸 그림

이라는 그 의미의 끝에 내 자신의 거문고가 있다.

방송작가 건윤소는 그 만다라의 세계를, 넷플릭스 '오징어 게임'의 등장인물 간 대화에 비유하여 다음과 같이 정의하고 있다.

> 1번 참가자 : 자네 돈이 하나도 없는 사람과 돈이 많은 사람의 공통점이 뭔 줄 아나?
> 456번 참가자 : ……
> 1번 참가자 : 사는 게 재미없다는 거야.

오징어 게임 참가자 1번 노인이 456번 우승자에게 말한 내용이다. '돈 때문에' 사는 게 재미없어지는 증상이 생긴다는 말이다. 빚을 지고 더 이상 잃을 게 없는 상황으로 내몰린다거나 반대로 돈이 차고 넘쳐 사는 게 재미가 없어지는 증상이 바로 우리가 말하는 만다라의 세계가 아닐까? 사상적으로는 어떤 것을 형성하는데 필요한 요소나 부분이 단 하나라도 빠짐이 없이 완전하게 구비된 상태, 그 극한의 상태에 이르면 우리는 사는 게 재미없어지는 증상에 빠지게 되는 것은 아닐까?

최근 들어 '화천대유(火天大有)'가 뜨겁게 회자 되고 있다. 화천대유는 주역 64괘 중 하나로 '하늘의 도움으로 천하를 얻는다'는 의미를 포함하고 있으며 명리학에서는 가장 좋은 괘로 평가하기도 한다. 화천대유와 짝을 이룬 '천화동인(天火同人)' 또한 그 인기가 날로 심각해지는 형국이다. 어떤 일에 뜻있는 사람들이 힘을 모아 그것을 이룬다는 뜻으로, 역술인들은 이를 '마음먹은 일을 성취할 수 있다'는 운으로 풀이하기도 한다.

'바보들의 행진'은 최인호 원작소설을 영화화한 작품이다.

1970년대 젊은이들의 시대적 고민과 내적 갈등의 단면을 살펴 호평을 받았는데, 이유는 당대의 거문고가 잘 녹아있기 때문이다. 이는 오징어 게임 참가자들의 극단 선택이나, 화천대유니 천화동인이니 하는 용어의 유행과도 같다.

1번 노인이 456번 청년에게 이렇게 말한다.

> 1번 참가자 : 자네 만다라와 화천대유의 공통점이 뭔 줄 아나?
> 456번 참가자 : ……
> 1번 참가자 : 모두 사람들의 심금을 울린다는 거야.

국수

.

.

.

아, 이 반가운 것은 무엇인가

이 히수무레하고 부드럽고 수수하고 슴슴한 것은 무엇인가

겨울밤 쩡하니 닉은 동티미국을 좋아하고 얼얼한 댕추가루를 좋아하고 싱싱한 산꿩의 고기를 좋아하고

그리고 담배 내음새 탄수 내음새 또 수육을 삶는 육수국 내음새 자욱한 더북한 샷방 쩔쩔 끓는 아르궅을 좋아하는 이것은 무엇인가

5교시. 평소 같으면 꾸벅꾸벅 조는 학생도 있었으련만, 지금 시간은 모두 초롱초롱하다. 아니, 초롱하다 못해 적막하다. 목젖마저 울렁이는 품이 꼭 뭉게구름 사이 샛바람이 몰려오는 듯하다. 학생들은 지금 '백석'의 '국수'를 보고 있는 중이다. 영상시이다.

눈이 푹푹 쌓인 마을이 보이고, 국수를 삶을 준비를 하느라 분주한 사람들의 모습이 보이고, 꿩 국물을 내기 위해 사냥을 나간 사람들의 모습이 보이고, 김치를 꺼내러 김칫독을 묻어둔 움막으로 가는 엄매가 보이고, 육수국 내음새 밴 국수의 실한 면발이 보이고…, 그리고 수졸당 마루를 덮던 그날의 '건진국수'가 보이고…

내가 그 담백하고 열없는 '건진국수'를 맛본 것은 그날이 처음이자 마지막이었다. 우리 동인, 그러니까 ○○동인회의 하계 정기모임이 그 안동 수졸당에서 있었고, 그곳에서 건진국수를 먹게 된 것이다.

수졸당이 차기 하계 모임 장소로 결정되었을 때만 해도, 유약하고, 고리타분하고, 또 낡은 지폐 같다는 생각을 했던 나였다. 그도 그럴 것이 이 집 사위이자 우리 동인인 이 시인의 얼굴이 천원권 지폐 속 퇴계의 모습과 흡사히 닮았기 때문이었다. 적당한 이마, 적절한 인중, 그리고 투박하나 얇은 입술이 유사하기 때문이었다. 물론 종파가 다른 두 성씨였지만, 닮은꼴은 변함없는 사실이었다.

오전 12시. 우리는 모두 안동역에 도착했다. 시간 역시 철저하게 잘 지켜졌고, 미리 준비한 승용차로 목적지인 이 시인의 처가를 향했다. 잿빛 하늘 아래 푸른 산과 푸른 들이 보였다. 군데군데 밭고랑에는 붉은 스타킹을 뒤집어 쓴 수수의 이삭들이 도열해 있었다. 그것들은 바람의 방향에 따라 이리저리 움직여댔는데 마치 벤허 속 로마군단의 진군 같았다.

우리 동인은 모두 열 명으로 전국 각처에 그 적을 두고 있다. 하여 정기 모임을 각 동인의 지역에서 돌아가며 개최키로 하였고 금년 하계 모임이 이 시인의 처가 안동에서 열게 된 것이다. 이 시인이 안동 수졸당 큰 어른 ○○선생의 맏사위이었기에 가능한 일이었다.

"…어서 오이소…"

20여 분 뒤 우리 일행은 수졸당에 도착했다. 이 시인의 장모가

딸―이 시인의 부인―과 함께 일행을 반갑게 맞아주었다. 손엔 밀가루가 묻어있었고 모두 앞치마를 두른 채였다. 대청 한복판에서 밀가루 반죽을 하던 중이었다.

"건진국수는 밀가루에 콩가루를 섞고 오랫동안 반죽한다 해요. 불지 않고 쫄깃한 식감을 주기 위한 이유라지요. 그래서 반죽을 펼 때에도 여러 번 다져가며 단단하게 민다고 하네요…"

이 시인은 해설사를 자처했다.

부인과 장모가 미는 밀가루는 그 반원의 크기가 점점 더 커져갔다. 보통 반죽의 지름이 30㎝인 것에 비하여 수졸당의 그것은 두세 배는 좋이 될 듯싶었다. 그렇게 민 반죽을 보기 좋게 접더니 칼질을 시작했다. 도마 위에는 이내 자잘하니 예쁘게 잘린 국수가 놓였다. 그것을 펄펄 끓는 가마솥 속 육수에 집어넣었다. 보통 안동지방에서 즐기는 육수는 은어 삶은 물이지만, 수졸당 건진국수의 육수는 소고기와 닭고기를 삶아서 만든다 했다. 적당한 시간이 지나자 모녀는 면발을 건져 찬물에 담갔다가는 꺼냈다. 이 행위가 마지막 남은 한 가닥까지 지속되었다. 건진국수의 유래가 되는 일련의 행위였다.

곧이어 상이 차려졌다. 잘 익은 면발 위에 고기 한 점, 그 위로 계란 지단, 그 위로 깨소금이 뿌려져 있었다. 백년손님 사위의 친구가 왔다며 양반면상을 차렸노라 했다. 장국상이라고도 불리는 이 상차림은 점심 식사에 주로 낸다 했다. 또한 생일이나 잔치 등 귀한 손님을 대접할 때 먹는 음식이라 했다.

수졸당은 음력 6월 15일, 유두절에 명절 제사인 차사를 지냈다. 이 시기에 새로운 과일이 나기 시작하므로 과일과 함께 국수와 떡을 만들어 제사를 지내는데, 이날만큼은 국수를 올렸다 한다. 바로 그 건진국수 말이다.

마파람이 불지 않는데도 우리는 게 눈보다 더 빠른 속도로 국수를 먹었다. 그지없이 고담하고 소박한 것이 입안에 들어 가슴을 아리게 했다. 무엇인가, 먼 길 먼 시간을 헤매다 집에 돌아와 누운 아늑함이랄까, 아니면 달빛 아슴한 밤 고개 숙여 핀 달맞이꽃 같다 할까. 그런 아름다운 맛이 가슴 속을 메웠다.

식사를 끝내고 우리는 수졸당의 안팎을 돌아보았다. 경상북도 민속자료 제130호에 지정된 수졸당. 퇴계 이황 선생의 손자 이영도 선생의 집이며 진성 이씨(眞城李氏) 하계파(下溪派)의 종택인 수졸당. 이곳은 예스러운 외관뿐만 아니라 옛것을 지키려는 후손들의 숭고한 정신이 깃들어 있어 더욱 소중한 곳으로 남아 있었다.

본채의 대문 안으로 들어서면 'ㅁ'자형으로 건물이 배치되어 있고, 안채로 들어서니 남쪽으로 쪽마루가 설치된 행랑채가 보였다. 대문의 북쪽으로는 손님이 묵을 수 있는 사랑채가 있었으며 본채의 북쪽 옆으로 정자와 정사각형 방도 보였다. 그 방에서 우리는 1박을 하며 역사와 정신의 계단을 밟아 한 걸음씩 침잠해갔다.

'우직하게 자신의 삶을 지켜나가는 것'을 뜻하는 수졸당. 현재 이영도 선생의 15대 종손이며 이 시인의 장인이 머물고 있는 곳, 한옥의 역사와 퇴계 선생의 숨은 의미가 잘 어우러져 있는 곳, 오늘도 장엄한 꽃밭을 이루고 있는 그곳.

그곳에 건진국수가 있다. 허수무레하고 부드럽고 수수하고 슴

슴한 건진국수가 있다. 김치를 꺼내러 냉장고로 가는 이 시인의
장모가 보이고, 육수국 내음새 밴 국수의 실한 면발이 보이고, 수
졸당 마루를 덮던 그날의 '건진국수' 그 장엄한 꽃이 보이고, 5교시
가 끝나는 종소리가 보이고, 그리고….

> 이 조용한 마을과 이 마을의 으젓한 사람들과
> 살틀하니 친한 것은 무엇인가
> 이 그지없이 枯淡하고 素朴한 것은 무엇인가

두부 공화국

.

.

.

막과 막 사이를 '막간(幕間)'이라 한다. 이는 장면 전환을 위하여 실행되는 관객에 대한 눈속임의 시간이다. 어찌 보면, 너무 짧은 시간이어서 순간이나 찰나로도 호환될 수 있는 단어이다. 영겁(永劫)의 시선으로 보면 천 년도 수유(須臾)라는데, 막간이 찰나임은 두말할 나위가 없는 것이 아니겠는가.

노선생은 '교실 이데아'라는 작품을 올렸고, 막을 치고 무대 배경을 바꿔야 하는 순간을 맞았다. 막이 내려졌고 여러 소품들이 순차적으로 교체되었다. 책상이 교환되고 중앙에 식탁이 놓여졌다. 그리고는 상차림을 하는데, 변사또 생일상에 든 불청객 몽룡의 상보다도 못하였다. 끌끌거리며 그것들을 배열하다 보니, 아차 제일 중요한 소품이 빠져 있었다.

"…아니, …두부가, …없네."

부랴부랴 차로 달려가랴, 두부를 가져오랴, 단내 나도록 뛰어 겨우 소품을 식탁 위로 얹었다. 그렇지만 차 안에 오래 머문 두부는 쉰내를 풀풀 풍기고 있었다. 그 냄새는 무대를 넘어 객석 전체를 휘감아갔다. 관객들은 코를 막고 아우성으로 그 냄새에 반응했다. 그러나 달리 해결 방법이 없었으므로 막은 올랐고, 공연 역시 재개되었다.

교토에 가면 한 번쯤 들러볼 만한 '먹자골목'이 있는데 폰토쵸가 그곳이다. 한자로는 선두정(先斗町)으로 되어 있다. 지금은 먹자골목 쯤으로 변했지만 폰토쵸는 교토 산죠도오리에서부터 시죠도오리에 이르는 500미터 길이에 술집이 꽉 들어선 교토 제일의 술집 거리였다. 1859년 무렵에는 공창(게이샤로 일종의 기생)제도가 허용되어 기온(祇園)과 함께 기생거리로도 유명한 곳이었다. 지금은 누구라도 선술집 정도로 생각하고 찾아가면 부담 없이 먹고 마실 수 있는 곳이 '선두정'이지만 이 거리 이름을 선뜻 읽을 수 있는 사람은 일본인이라도 흔치않다. 일본어는 특히 사람 이름이나 땅이름 또는 간판 따위는 그 글자 읽기를 아예 포기하고 그 지방 사람들에게 묻는 것이 좋다. 와세다대학의 사사하라교수(笹原宏之)는 일본 남부 지방 시마네현 마츠에시에서 만난 두부 한자에 대한 놀라움을 글로 썼다. 두부는 원래 콩 '豆' 자에 썩을 '腐' 자를 쓰는데 그곳 마츠에시에서는 '豆富'라고 쓰고 있다며 놀라워한다. '豆腐'도 '豆富'도 일본어에서는 모두 토우후とうふ로 소리 나기 때문에 썩을 '腐'자를 쓰기보다는 부자가 된다는 '富'자를 쓰는 것이다. 이런 것을 일본어에서는 '엔기글자(緣起字)'라고 하여 좋은 인연이나 복을 받는 씨가 된다고 믿고 있다. 우리말로 하면 좋은 게 좋은 것인 셈이다.

이제 머지않아 일본어 사전에서는 '豆腐'는 사라지고 '豆富'가 자리할지도 모른다. 그러면 한국에서는 이 한자를 받아다 쓸 것이다. 언제나 그랬고 그것의 부끄러움을 모르고 해방 이후 60여 년을 줄기차게 쓰고 있을 뿐 아니라 어떤 사람들은 인제 와서 뭘 바꾸느냐고 핏대를 내는 사람도 한둘이 아니다. 일본 한자 예를 보자.

追越, 立場, 相談, 宅配, 示唆, 照會, 着手, 矜持, 品切, 當分間…

우리말의 70%가 한자말이라는 것은 이런 막돼먹은 '두부' 같은 일본 한자가 보태준 공이 크다. 우리 말 속의 어려운 한자말과 일본식 한자말은 벌써 몰아냈어야 할 일인데 안타깝다. 사사하라 교수의 글을 읽고 있자니 오늘 새로 생겨나는 일본식 한자가 내일 한국에 들어오지 말라는 법이 없을 것 같아 씁쓸한 생각이 든다.

한일문화어울림연구소장 '이윤옥의 글'에서 일부 인용을 하였다. 두부(豆腐). 그 냄새가 막간을 넘어 객석을 넘나들 즈음, 나는 그것의 생성을 위해 애쓰던 유년이 떠올렸다.

방죽에서 미꾸라지를 잡았다. 통통하니 알슨 그 놈들의 유동을 보며, 함박 가득 소금을 뿌렸다. 놈들은 아수라처럼 함박 안을 헤집다 풀이 죽어갔다. 대단한 움직임이었는데 지쳐 쓰러진 것이었다. 그들이 쓰러진 것은 달리 보면 깨끗해졌다는 의미였다. 강한 소금기로 인해 살갗과 체내의 노폐물들이 떨어져나간 것이다. 그러니 자연 깨끗할 수밖에.

콩을 불리고 맷돌을 돌려 즙을 냈다. 흰색 거품을 흘리며 부서져 내리는 콩의 잔해들이 소래기에 담겨진다. 아궁이에서는 불이 지펴지고 가마솥의 물은 끓는다. 활화산처럼 솟아오르는 그 물의 용솟음 위로 소래기의 콩물이 부어졌다. 긴 자루의 주걱이 그 콩물의 끓음을 젓고, 이내 모아 둔 간수가 부어졌다. 맷돌로부터 갈린 콩의 잔해가 이제 엉긴 순두부로 응결하는 순간이었다. 그 순두부를 바가지로 퍼 준비한 틀 속에 붓고는 널빤지로 눌러 형상을 만들었다. 그리고는 칼을 들이대 일정한 크기의 두부를 만들었다.

다시 순두부가 부어졌다. 물이 반쯤 걸러진 사이로 미꾸라지를 넣었다. 그들은 뜨거움에 미친 듯 날뛰었고, 결국 널빤지의 눌림을 받았다. 그리고는 그것 역시 예의 칼부림으로 도막난 것이었다.

"역시…, 이 맛이야!"

함께 있던 모든 사람들이 도막 친 그 두부를 먹으며, 적어도 미꾸라지의 죽음이란 이 정도는 되어야 하지 않을까 라는 자위를 우격여댔다. 엄파 곁들인 간장에 그것을 찍어 넣으면, 답답하던 가슴 속이 다 시원해지는 느낌이었다.

하나 이 멋진 두부도 약점이 있었다. 순백을 그 기치로 삼는 두부의 속살에 미꾸라지라는 이물질이 들어 쉽게 변한다는 약점이었다. 먹다 남은 그것을 설렁에 놓고, 한 이틀쯤 지나고 나면, 으레 쉬어버리는 것이었다. 동물성 단백질과 식물성 단백질의 부조화가 그 원인이라 할 수 있었다. 순수의 사물에 비순수가 끼어든 부조화의 결정체였다.

최종 막이 내리자, 노선생은 관객에게 인사했다. 그러면서 배우들의 연기에 용기를 주십사 하고 주문도 했다. 그러면서 두부의 속성에 대해 사죄의 말을 했다.

"두부란 말은 본래 일본식 한자어로 '콩 두'에 '썩을 부'자를 쓰는 지저분한 단어입니다. 이런 단어 자체로서의 의미로 볼 때 변질의 속성을 늘 지니고 있다 할 수 있습니다. 오늘, 불미스럽게도 냄새를 풍겨 관객 여러분께 후각의 누를 끼친 것을 죄스럽게 생각

합니다. 그러나 삶의 과정에서도 냄새나는 세상이 오히려 더 진실된 가치를 부여하기도 한답니다. 청정옥수(淸淨玉水)에는 고기가 꾀지 않는다 하듯이, 오늘의 공연작 '두부공화국'은 바로 이 점을 나타내고자 기획한 것이니, 너그러이 용서 바랍니다."

객석을 나서는 그의 등 뒤로 뜨거운 박수가 쏟아졌다.

사실 두부란 콩으로 빚은 음식이다. 이가 튼실하지 못한 나로서는 즐겨 찾는 음식이다. 나뿐만 아니라 주위의 연세 지긋한 분들도 아껴 먹는 기호식품이다. 하여 우후죽순 격으로 '두부집'들이 생겨나고 있는 현실이다. 찾는 이가 있으니 자연 생겨나겠지만, 그렇더라도 너무 많은 식당이 있어 동종업계가 울상이다. 순두부집, 먹두부집, 형제 두부집…, 서너집 건너 한 곳이 바로 두부집이다.

이러한 실정이다 보니, 우리 사는 이 세계가 마치 '두부공화국'인 것만 같다. 두부를 이용한 각종 요리로 지지고, 볶고, 끓여서 살아가는 두부공화국. 그 두부공화국 속에 나도 살아간다. 나는 그것을 먹고 살아가지만, 어찌 보면 그것이 나를 먹는 것일 지도 모른다. 왜냐하면 잘 짜인 각본에 내가 연기를 하는 중이며, 그 연기란 것도 따지고 보면 대본 위에서만 행동하는 것이니. 달리 두부의 생성 과정이란 잘 짜인 대본이 나의 생명을 연장시켜주는 근본이 되며, 그것으로 오늘을 살아가고 있는 것이다. 다만, 개체로서의 내가 대본의 취사선택을 할 수 있을 뿐, 선택 후에는 저자의 의도대로만 살아가야 하는 것이다. 그러니 순두부도, 먹두부도, 심지어 쉰두부까지도 감내해야만 하는 것이다.

그것이 인생이다. 어제의 기반 위에 오늘이 있다지만, 그 오늘은 결국 어제의 연장선상 아니겠는가. 그 연장선 위에 내가 살아가는 것이다. 순도, 먹도, 쉼도 다 그 기반을 여는 하나의 매체이고, 그 매체로 인해 생명은 유지되는 것이다.

이제 점심시간이다. 오늘의 메뉴를 굳이 보지 않더라도 분명 두부가 놓여 있을 것이다. 나는 또 그것을 먹고, 보기 좋게 트림을 할 것이다.

번개

.

.

.

지난 토요일, 전기 승압공사가 있었다. 그 일로 인하여 학교 업무는 11시 이후 종료되었다. 학생들은 이미 10시 40분에 하교시켰고, 교사들도 전원 귀가하였다. 전언한대로 승압공사로 인한 전기 차단으로 야기된 소동이었다. 이른바 천정형 냉난방기의 가동으로 어쩔 수 없이 행해진 공사였다. '영영'이란 상호로 천정을 도배하였고, 그로 인해 전력 사용량이 급증, 문제를 야기시켰던 것이다. 여름철 에어컨의 가동보다 난방기의 전력 소모가 훨씬 가중되었던 탓이었다. 작업용 차량 두 대와 전기 기술자 몇이 교내를 휘둘러보며 현장 파악을 하고 있었다.

"덕분에… 살다보니 이런 날도 다 있네."

오래 살아오다 보니 이런 횡재도 다 만나는구나 하는 생각이 들었다. 추적이는 품이 봄날의 한 장면 같은 날씨였다. 그 초겨울의 는개를 맞으며, 집에 도착하니 12시가 먼 시각이었다. 텅 빈 집에서 그저 고즈넉하게 물을 마시다가 신문을 뒤적였다. 신문 면수가 48면 이상이 된 지 오래다. 그중 절반의 내용은 광고였다. 어쩌면 광고를 보기 위해 신문을 뒤적이는 듯싶을 정도로, 어지럽게 꾸며져 있었다.

월요일 아침이 되었다. 여느 때와 마찬가지로 노트북 컴퓨터를 켰다. 출근과 동시에 행해야 하는 그 행위는, 단지 업무를 위한 필수불가결의 일이었다. 학생들의 출결, 성적, 행동 특성, 봉사활동 등등의 모든 행위 일체를 누가 기록해야 했기 때문이었다.

컴퓨터를 켰으나 인터넷 연결이 되지 않았다. 모두 당황했다. 정보 전달조차도 '메신저'를 이용해왔기 때문에, 발이 묶인 듯 안절부절못했다. 3교시가 없어 교무실에 쉬고 있는데, 미술 선생님이 옆구리를 찔렀다.

"어이 황선생, 교정에 한번 가 보자구. 벼락 맞은 소나무가 있다네."

나는 반신반의 따라갔다. 정원에는 문제의 소나무가 있었다. 몇 군데 생채기로 얼룩진 그런 상태였다. 나무 둥치 아래로 뿌리가 드러나 있었으며, 그 사이로 흙이 패여 있었다. 뿌리를 따라 약 1미터쯤씩 파여 있었는데, 마치 누군가가 일부러 뿌리의 흙을 파낸 것만 같았다. 칼자국 같은 미세한 상처가 그 뿌리를 훑은 흔적이 보였다. 그것은 일정한 넓이로 표면을 지났으며 그 가운데로 칼자국 같은 흔적이 보였던 것이다. 뿌리뿐만 아니라 기둥에서 줄기에까지, 그 유형은 군데군데 상흔을 남기고 있었다. 그 이외에는 평소 모습 그대로의 상태였다. 이파리는 파랗게 빛을 발하였고 버력 역시 예의 단아함을 원형대로 유지하고 있었다.

나는 번개 맞은 나무를 처음 목격한지라 두 눈을 의심할 수밖에는 없었다. 예리한 낫으로 장난삼아 베어놓은 듯한 그 모습이 도시 벼락의 흔적 같지 않았다. 그래서 반신반의하며 교무실로 향했고, 뒤이어 연결된 유선망을 통해 온라인상의 정보를 훔쳐보았다. 전소된 나무, 반파된 가지, 허리가 잘려 길게 누워 있는 나무들이 보였다. 그리고 내가 바로 전에 목격한 형태 그대로의 소나무 문양도 보였다. 예리한 칼끝으로 도린 듯 정교한 형태의 그것은 정말이지 우리 교정의 그것과 유사했다. '판에 박다'는 말이 무색할 정도의 모습이었다. 그러니 자연 나의 바라봄도 일정한 의미를 부여하게 된 것이다.

왜냐하면, 나의 일부도 저리 큰 상흔이 존재하고 있으니, 그것은 동종이었다. 우리가 흔히 말하는 백신 예방접종은 달리 '동종요법'의 치유 방법 중 하나라 아니할 수 없다. 약한 병균을 체내에 주입하여 인체 내 항체 발전에 도움을 주는 것이다. 이열치열의 방법이라 할 수 있는 것이다.

우리네가 살아가는 것도, 어찌 보면 번개의 상흔과도 유사할 것이다. 순간에서 영원으로 가는 하나의 과정일 수도 있으며, 그 영원이 뭉쳐 겹의 형태로 굳는 단계일 수도 있으니 말이다. 하여 오늘을 사는 우리는 순간의 상흔을 부여잡고 애태우는지도 모를 일이다. 만남과 헤어짐, 그 애련의 막간 속에도 일종의 '번개'처럼 상흔을 남기나니.

나의 육신은 어떤가. 살아오는 수수만 시간의 연장이 오늘의 나를 이루었고, 그 나의 존재 가치가 굳어져 '아무개'라는 호칭으로 불리게 된 것이다. 하니, 누가 나의 이름을 불러 주면, 나는 그에게 하나의 존재가 되는 것이다. 굳이 '김춘수-꽃'의 등식이 아니라도 우리는 우리의 존재 가치를 스스로 부여하고 살아가는 것이다. '내가 너의 이름을 불러 준 것처럼 누가 나의 이름을 불러주기'를 소원하는, 지상 모든 인류의 호명이 나를 지탱하는 힘이 되는 현재이다.

그런 나에게도 '번개' 같은 날이 있었다.

괜찮아, 먼지만 털면 아직 먹을 수 있어

.

.

.

무라카미 하루키의 단편 '중국행 화물선'에는 제목과 같은 표현이 나온다. 화자가 본 단상 몇 개의 서사가 주 내용인데, 그는 도쿄의 소시민으로 살아가는 사람이다. 현실의 화자는 과거 초등시절을 떠올리게 되고 단지 기억나는 것이 두 가지 뿐임을 알게 된다. 하나는 중국인 감독 교사와의 만남이고, 다른 하나는 어느 여름방학 오후에 있었던 야구시합 이야기다. 제목에 제시된 이 표현은 야구시합에서 화자가 흘린 말로, 화자의 생애 전반을 지배하게 된다.

그 야구 시합에서 나는 센터를 지켰는데, 3회 때 뇌진탕을 일으켰다. 우리가 근처 고등학교 운동장의 한구석에서 야구 시합을 했던 것이, 그날 내가 뇌진탕을 일으키게 된 주 이유였다. 나는 센터를 넘어서 날아가는 야구공을 전속력으로 쫓아가다가, 농구 골대에 정면으로 부딪혔던 것이다.

포도 덩굴 아래의 벤치에서 눈을 떴고, 친구들에게 나는 예의 그 말을 했다. 현장 상황과는 거리가 먼, 다소 황당한 그 말을.

"괜찮아, 먼지만 털면 아직 먹을 수 있어."

화자의 이 말은 적어도 인간 존재에 대해 의문을 품는 하나의 화두일 것이다. 왜냐하면, 화자는 늘 이 말을 떠올리며, 인간이라는 존재로서의 자신과, 스스로 가지 않으면 안 될 '길'을 연상하곤 했으니까 말이다. 그 노상에는 늘 중국인이 있고, 과거에 충실한 외야수로서의 삶을 영위하고 있는 것이다. 작은 보람을 트렁크에 챙기고, 항구의 돌층계에 걸터앉아 언젠가는 모습을 보일 중국행 화물선을 기다리는 것이다. 명타자가 수비를 두려워하지 않듯이, 툭툭 먼지를 털면 먹을 수 있는 빵, 아니 사념을 보듬는 것이다.

살다 보면 우리에게도 어떤 극한의 상황에 빠질 때가 있다. 그 극한이 향후 우리의 삶에 적어도 획기의 영향을 미칠 것임은 자명하다. 추구하는 바가 달라질 수도 있고, 그 대상이 바뀔 수도 있는 것이다. 하여 우리라는 집단에 속한 개인의 미래에 대한 한 차원을 형성하게 되는 것이다. 궁극으로 보면, 그것은 분명 일상과는 다른 사유의 전개일 것이다. 개인사에 있어서의 경험이며 독창이 될 것이다.

지금껏 나는 수많은 책을 보았다. 초등시절의 만화류, 중고등시절의 문학류, 그리고 나이 든 지금 탐독하는 사회과학 및 철학류들이 그것이다. 그 수많은 독서량이 나를 지탱해 주는 자양으로 존재하며, 상황의 대처를 위한 색소가 되는 것이다.

군생활의 한 단면이 떠오른다. 고약하기로 이름난, 저기 칠지도 어디인가가 고향인, 제대 말년의 고참이 있었다. 당시 나는 급식 당번이었고, 그를 위해 배식을 했다. 그러나 유감스럽게도 그의 물그릇에 파리 한 마리가 빠져 있었으니, 노발과 대발이 후속타로 쏟아졌음은 분명할 노릇 아니겠는가. 그는 최대한 오만상을 찌푸리고서 나를 불렀다. 그러더니, 더는 말을 하지 않고 그릇에 빠진 파리만을 가리켰다. 주먹이 날아오기까지 불과 1초 전 나는 그 파리를 건져 내고 물을 마셔 버렸다. 그랬더니, 놀라는 표정으로 그는 나를 바라보았다. 제대하던 날, 그는 나를 위해 담배 한 보루를 선물했다.

나의 그 상황 대처 능력을 책을 통해 배웠다. 이른바 '파리물 사건'은 조해일의 '대낮'이라는 작품의 능력을 통해 얻은 것이었다. 금화와 종수, 그리고 흑인 병사 사이의 갈등은 결국 '침착해져 있었다'는 표현으로 종결된다. 즉, 자신을 죽이기 위해 다가오는 흑인 병사의 칼날을 보며, 종수는 최대한 침착해지고자 노력했던 것이다. 마찬가지로 파리 제거 후 물 마시기라는 침착해짐은, 포악의 성정까지도 유화시키는 작용을 하였던 것이다.

한 해가 저물어 간다. 이제 다시 올 수는 없는 시간이건만, 기쁨보다는 아쉬움이 크다. 좀더 나은 오늘이 있었으면 좋으련만, 그렇지 못하기에 오는 회한이다. 하나 매 순간에 최선을 다했고 그 최선의 결과가 오늘이라 생각하니, 현재 나의 존재가 대견하기도 하다. 이렇듯 점철되어 떠오르는 한 해의 회억이 만감의 교차 속에서 부침한다.

그동안 나의 심사는 어땠는가. 시비와 정오를 정확히 구분하고 실천했는가. 생각해보면, 타인을 향한 '허물집기'가 너무 많았던 것도 같다. 나의 사회 유지에 필요한, 주변 인물들의 상황 대처가 그저 '허물'로 치부되었던 것이다. 그래 나는 그들의 허물을 확대 해석하고 포장하여 상품으로서의 효용가치를 구매자들에게 떠벌였던 것이다. 일본 관광업자가' 한국의 비빔밥은 양두구육(羊頭狗肉) 식품'이라 비하했다는 언론 보도처럼, 나도 그들의 허물을 양두구육우로 몰았다.

"괜찮아, 먼지만 털면 아직 먹을 수 있어."

'중국행 화물선'의 화자는 현실의 나에게 이 말을 넌지시 던져준다. 또한 '대낮'의 화자 역시 '침착함'을 주문하고 있다. 무엇인가, 문제의 발단을 처결하는데 있어서의 그와 같은 주문은. 설정된 현실 상황은 이미 존재하는 것이고, 그 상황에의 대처법에 있어 나름의 의미 구현을 그들은 나에게 주문하고 있는 것이다. 먼지 또는 허물이 좀 묻어있다고 해서 못 먹는 빵은 없을 것이며, 극한의 상황 속에서도 살아갈 수 있음의 철리, 그것을 그들은 주문하는 것이다.

나의 허물을 상대가 허물하듯이, 그들의 허물을 내가 허물함은 등가 교환의 법칙이다. 후자인 내가 그들에 대한 허물함을 유보함은 등가의 원리를 허무는 일일 것이다. 그와 같은 원리의 일탈이 갈등을 해소할 것이며, 그로 인해 자아와 타자간 안정적 심리를 유지할 수 있다는 이야기다.

등나무와 칡넝쿨의 얽힘이 한 나무의 옥죔을 유발하여 종래 나무의 생명을 앗는다고 한다. 고사목의 양태가 그런 것이니, 자연 얽힘을 풀고 동류의 시선 나눔을 통하여 해결 가능한 일이다. 일의 성패, 합리와 불합리란 것도 따지고 보면 매한가지이다. 갈과 등의 얽혀 오름을 동일 선상에서의 시각으로 돌려놓으면 해결되는 것이다.

하루키의 표현대로, 빵에 묻은 먼지를 털어내면 그 빵은 식용하기에 그릇됨이 없다. 타자의 몸에 묻은 먼지를 털어내면 그도 나의 생애에 아무런 해악이 없는 것이다. 갈과 등의 교차된 오름을, 동일선상의 오름으로 돌리면 역시 나무는 살아남는 것이다.

해넘이의 이 저지대에서, 나는 금년 한 해의 먼지와 갈등을 천천히 털어내 본다. 그 먼지 사이로 숫눈발이 하얗게 피어난다.

까치 베개

.
.
.

    본관 교사 뒤편으로 아름드리 엄나무가 있다. 개교 당시부터 그 자리에 서 있었다 하니, 놈은 적어도 반백년살이는 하였을 것이다. 가을이 되자 놈은 그 커다란 잎을 다 털었다. 약 2주가량의 시간에 그 많던 이파리를 털어내느라 가지들은 늘 분주했다.

    자연 현상으로서의 생성과 소멸의 과정일진데도 마지막 남은 이파리를 보자니 가슴이 뜨거워진다. 학생들이 날마다 쓸어대기에 그 남은 흔적은 없지만, 수북하게 바닥을 까는 작업만큼은 그 어떤 노고보다 위대했다. 손바닥보다도 더 큰 잎들이 바람을 따라 뒹군다. 미처 다하지 못한 노래라도 부르는 양 가을 하늘을 음파로 물들인다.

    다 털어낸 그 가지 사이로 딱따구리 한 마리가 날아들었다. 그러더니 놈은, 그 단단한 부리로 가지를 쪼아댔다. 변방의 북소리처럼, 덩덩덩 아주 고적하게 울려댔다. 다시 시간이 흐르고 퇴근 무렵, 나는 그 가지를 올려다보았다. 주먹 크기의 구멍이 나 있었다. 그 구멍 사이로 놈은 연신 드나들고 있었다. 오색 찬연으로 채색을 한 채, 새로 마련한 둥지를 위해 집들이를 하고 있었다.

    "겨울, 그 혹한을 위해 마련한 모양이야."

누군가가 말했다. 그 말처럼, 놈은 겨울나기를 새집에서 해결할 모양 같았다. 그 위로 여름에 보지 못했던 멧새의 둥지도 보였다. 이파리로 교묘히 위장, 인간의 이목을 속였던 멧새의 생존 본능이 떨켜로 앉아 있었다. 그리고.

그리고 대단위 고래등이 있었으니, 이른바 까치집이었다. 교장은 그 까치둥지를 헐어낼 것을 주문했다. 엄나무의 정기를 빌려 한세월을 살다가 간 흔적을 지우라는 거였다. 삭아 내리면 지저분하니 아예 치우는 게 좋지 않겠느냐는 명이었다. 신종이라는 이름의 전염병이 창궐하던 시기였으니 조류독감 또한 만만하겠느냐는 논리였다. 물론 기우일망정 이치에 그르지 않기에 내 역시 그 작업에 동참했다. 장대로 집을 들쑤시자 둥지는 이내 떨어졌다. 한 아름이나 될 정도의, 삭정이 등속으로 엮은 집이었다. '이종부득신기정자다의(而終不得伸其情者多矣)'라 내 어찌 놈의 뜻을 알랴마는, 그래도 가련한 생각이 들어 둥지를 모았다. 둥지는 큰 나뭇가지 위로 작은 가지를 두었고, 또 그 안쪽으로 엷은 실꾸리를 얽은 모양이었다. 유전체인 알의 부화에 도움이 되도록 작은 털들로 방안을 꾸리고 있었다. 그 내부 깊숙한 곳에 손톱 크기의 돌이 반짝 황혼에 웃고 있었다. 작지만 빛나는 모습이었다.

"…이게, 아니 이게, …무엇인가요?"

나는 김 팀장을 향해 물었다. 정년이 내일모레인 김 팀장은 아는 게 많았다. 이순(耳順)답게 사물을 분간하는 능력도 있었으며, 경험붙이로 세파의 잔정을 알고 있었다. 김 팀장은 그 돌을 '까치베개'라 일러주었다. 까치가 알과 새끼를 돌보며, 피로를 푼 베개라는 거였다. 즉, 암수가 그 둥지에 앉아 지새울 때 서로의 부리를 맞대고 그 돌로 위안을 삼았다는 이야기였다. 주둥이를 맞댄 채 잠들었다는, 그래 그것을 까치 베개라 이름한다 했다. 그러면서 까치 부부의 정이 얼마나 아름다우냐고 했다. 오늘을 사는 우리네의 정보다 훨씬 고결하지 않냐며 허허 웃었다. 그의 너털웃음이 황혼 속으로 잠식되어갈 쯤, 그 돌을 주워 후후 불고는 나에게 내밀었다.

"…이게, 이래뵈두 그 유명한 작침이래우. 황 부장을 드릴 테니 잘 보관하고 소원을 빌어 보래우…. 원체 귀한 거라놔서 주긴 아까운 거지만서두, 내야 뭐 만나야 헐 사람두 생각헐 사람두 없으니끼니…."

김 팀장 얘기로는, 그 작침을 가슴속에 고이 품고 다니면 그리워하는 대상을 만날 수 있노라는 거였다. 잉걸불 같은 소망이라도 다 이루어진다는 거였다. 나는 그것을 받아 가슴 속 깊이 넣었다. 그러면서 담배를 빼어 물었다. 긴 겨울처럼 폐부 깊숙이 숨을 들이마시며 곡우(穀雨)가 전하는 말씀을 떠올렸다.

     내 무일푼일 때 너는 거저 나를 사갔지
     잔정은 없지만 아량은 있어서
     가슴에 몇 닢 감정을 남겨 놓고 갔었지
     잎 튼 가시엄나무 가시 쪼는 곡우 무렵
     그 맘 둥지 속으로 햇살 끄는 벌레들 있어
     불현듯, 허물을 벗고 비상하고 있었지
     젖은 몸 누구에게로 연기되어 피어오르듯
     그런 숨결 그런 절규 한 손에 틀어쥐고서
     봄비로 하늘을 향해 날아가고 있었지

본관 교사 뒤편으로 아름드리 엄나무가 있다. 개교 당시부터 그 자리에 서 있었다 하니, 놈은 적어도 반백년살이는 하였을 것이다. 가을이 되자 놈은 그 커다란 잎을 다 털었다. 뎅그러니 남은 가지 사이로 반짝 까치 베개가 빛난다.

견딘다는 것

.

.

.

지금부터 3년 전의 일이다. 당시 몸이 불편하셨던 장인께서 한 생을 살아오신 대사동(大寺洞)집을 보고 싶어 하셨다. 마침 휴일이었던 터라 큰 처남과 아내가 대사동집을 찾았다. 뒤란 장독대와 대밭, 늙은 먹감나무와 풍매화를 장모님과 장인 두 분에게 보여드리고는 힘에 부쳐 돌아왔노라 했다. 집안 구석구석을 둘러보시던 장인께서 특별히 두충나무와 동백을 가리키며 앞으로 잘 살펴보라 하셨다 했다.

그해 식목일이 되어 나는 장인의 그 말씀을 새겨 두충과 동백을 옮겨 심었다. 대사동집에서 내 집 정원에까지 온전히 나 혼자의 힘으로만 캐고 심어야 하는 마당이었건만 힘이 들진 않았다. 장인께서 늘 뒷배로 힘이 되어 주셨기 때문이었다.

먼저 두충은 1미터 크기의 몸통만 남기고 나머지는 모조리 잘라 버렸다. 그리고는 뿌리를 캐고 흙을 털어 가볍게 하고서 트렁크에 실었다. 모두 세 그루를 캤는데 작업을 마치니 점심이 훌쩍 지났다. 늦은 점심을 먹고 동백 다섯 그루를 손봤다. 놈들은 내가 학교에서 얻은 씨로 번식시킨 나무로 근 10년 가까이 커 온 치들이었다. 하지만 생육 상태가 안 좋아 비루먹은 모습 그대로였다.

토양 자체가 물 빠짐이 흐린데다 박토였던지라 고이 자라진 못한 거였다.

나는 동백의 목을 과감하게 쳤다. 비루먹은 모습 그대로 분재 목으로 쓸 요량이었다. 어린 애 팔뚝만한 크기였기에 힘들이지 않고 작업할 수 있었다. 놈들도 새 환경으로의 변화가 기대되는지 붉은 화상으로 나를 따랐다.

미리 파 놓은 구덩이에 두충 세 그루를 심었다. 이웃인 할아버지 댁과 경계인 회양목 울타리 곁에 얌전히 심었다. 그리고는 사각 플라스틱 분재 화분에 동백나무를 심었다. 분 바닥에 옅게 마사를 깐 뒤 그 위로 동백을 얹고 연철로 감아 움직임이 없도록 고정시켰다. 새 뿌리가 날 때까지는 흔들림이 없어야 생장할 수 있는 것이다. 그렇게 견뎌내야만 뿌리도 돋고 새싹이 나 운신할 수 있는 것이다.

흔히 감내(堪耐)라 하는, 어려움을 참고 견디는 힘을 나는 분재를 통해 배웠다. 줄기와 가지를 다 버리고 뿌리마저 반쯤 절단된 채 새 환경에서 살아가는 분재, 혈혈단신으로 새로운 환경에 던져진 나무, 그 나목의 생활로부터 나는 많은 것을 배웠다. 분재는 거름기 하나 없는 마사토여야만 뿌리가 돋을 수 있으며, 모래알 하나하나에 물기가 숨어 있어야만 싹을 틔울 수 있는 것이다. 거름기가 있다거나 마른 흙이라면 새 뿌리는 고사하고 싹 한 줌 피울 수 없는 거였다.

그러니 자연 거름기 없는 마사가 생존을 위한 최적의 조건이 되며, 그 극한의 현실이 잘린 상처에 치유의 약을 발라주는 것이다. 산다는 것도 이와 같아서 마사와 같은 거친 현실이 때론 치유의 약이 될 때도 있을 것이다. 하여 어렵사리 힘을 내고 어렵사리 용기를 얻어 살아가는 것이다. 결국 한 분에 한 뿌리의 나무가 살아가는 것처럼 한 개인도 독립된 위치에서 낱낱의 개체로서 살아가는 것이다. 그것이 뿌리를 얻고 싹을 틔우듯이, 삶도 그렇게 극한 조건을 이겨내는 것이다.

> 모래알이 물을 머금고
> 화분에 모여 있다
>
> 귀를 닫고 입을 다문 채
>
> 천년을 그 자리에 앉아
> 새싹을 틔우고 있다

　산다는 것은 견딘다는 것의 다른 이름이다. 제도와 규정에 몸을 얽고 사회와 정치라는 틀 속에 갇혀 살아가는 것이다. 자칫 제도권역을 벗어나 웃자라면 전지를 당할 수도 있고 철사걸이 틀로 지배당할 수도 있게 된다. 또한 사회와 정치라는 연철이 자꾸만 세속의 규정 속으로 매몰을 강요할 수도 있는 것이다. 그렇게 견디면서 소시민이 되어 살아가는 것이다. 하여 뭇사람들이 '산다는 것'이라고 쓰고 '견딘다는 것'이라 읽을 지도 모를 일이다.
　내가 살아온 삶도 어찌 보면 저 분재와 많이도 닮았다.
　철없던 신혼 시절, 아옹이며 살던 전셋집이 어쩌면 나의 분재 화분이었다. 결혼하여 분가하였으며, 두 자식을 두었으며, 옴팡이나마 집을 마련하여 살 수 있게 됨이 어쩌면 저 분재와 흡사하지 않겠는가. 방 한 칸, 부엌 반 칸이라는 좁디좁은 화분에 신혼을 심고, 그 신혼의 분 바닥에 짙은 채색의 가족을 깐 것이다. 그 위로 사랑을 얹고 믿음을 감아 움직임이 없도록 고정시켰던 그 시절, 그렇게 하우동설(夏雨冬雪) 겪으면서 결국 한 가정의 가장이 된 거였다.

세월이 흘러 장인은 먼 곳으로 떠나시고 두충나무와 동백나무만 남았다.

그동안 나는 가정이라는 바닥에 굳은 결심을 깔고 살아왔다. 그 위로 나를 심고 가족의 이름을 감아 움직임이 없도록 고정시켰다. 그러면서 새 친구와 새 이웃, 그리고 나의 그늘과 이웃의 그늘이 조금 더 넓어지기를 고대해 왔다. 그렇게 한 가정의 가장으로서 그늘을 드리웠던 것이다.

전족과 하이힐

.

.

.

　한때 우리는 우리가 단일민족임을 자랑스럽게 여긴 적이 있다. 단일민족, 단일 국가, 단일 언어…, 그 단일이라는 단어에 방점을 두고 사회 전반에 획일화를 도모한 적이 있었다. 하여 타민족에 대한 터부와 타 문화에 대한 질시 또는 멸시가 횡행했던 그 시절, 우리는 우리와 같지 않음을 '차별'로 대우하고 그것이 '차이'임을 깨닫지 못하였다.

　문화란, "사회 구성원에 의하여 습득, 공유, 전달되는 행동양식이나 생활양식으로 의식주를 비롯하여 언어, 풍속, 종교, 학문, 예술, 제도 등을 모두 포함한다"라고 정의하고 있다.

　과거 서울 올림픽이나 월드컵, 그리고 동계올림픽 등 국내에서 개최한 국제대회가 있을 때마다 우리의 일부 문화가 세계인의 구설에 오르내린 적이 있었다. 이른바 '개고기 문화'에 대한 사고 차이 때문에 벌어진 일들이었다.

　평창 동계올림픽에 참가한 서양 유력지 기자가 공항을 떠나면서 '개고기 문화'에 대해 부정적 견해를 펼쳐 논란이 된 적이 있다. 그는 자국의 '푸아그라'에 대하여는 일절 언급도 하지 않은 채 개고기 취식의 야만성에 대해서만 입을 놀려 빈축을 샀다. 장 속에 가둔 거위의 목을 늘이고 강제로 먹이를 집어넣는 사육 장면이 공개된 적이 있는데, 그것은 주유기로 기름을 넣는 모습과 너무나 흡사한 광경이었다.

전족(纏足)은 중국의 옛 풍습의 하나이다. 여자의 엄지발가락 이외의 발가락들을 어릴 때부터 발바닥 방향으로 접어 넣듯 힘껏 묶어 헝겊으로 동여매어 자라지 못하게 한 일이나 그런 발을 이른다. 남당의 궁녀에서부터 시작해 10여 세기 동안 내려왔다는 폐습으로 알려져 있다. 3~4세 여아의 발가락뼈를 부러뜨려 묶고 고정시켰다 하니 상상만 해도 끔찍한 악습이라 아니할 수 없다.

혹자는 남성이 여성을 사유화하고 통제 가능하게 하기 위해 이 전족 풍습을 계승했다 주장하기도 한다. 즉 발이 작아 집밖 출입 부자유를 유도하였으며, 종종걸음의 생활화로 성감의 극대화 효과를 노렸다는 주장이다.

하지만 당대의 이 전족 풍습은 현대인이 생각하는 아습 또는 폐습과는 상당한 거리가 있다. 당대의 이 전족은 부의 상징이었다고 하니 말이다. 즉, 전족을 했다는 것은 일을 하지 않고도 살 수 있다는 것을 의미하며, 부를 과시하기 위한 수단으로 발을 조절했다는 것을 유추할 수 있기 때문이다. 달리 말해 청나라 후기에는 '야만'과 반대되는 '문명'의 상징으로 위의 전족이 통용되었다 할 수 있다.

이와 같은 전족 문화가 현대인이 생각하는 이른바 악습, 야만, 억압이라는 부정적 인식이 아닌, 부의 원천으로 군림하였던 것이라 할 수 있는데, 이는 당대 우리의 사대부도 유사한 관점과 태도를 보인다. 홍순학의 '연행가(燕行歌)'를 보면, 이를 여실히 살필

수 있다.

> 발 밑시을 볼작시면　수당혀를 신어시며,
> 청여는 발이 커서　남즈의 발 ᄀᆞᆺ트나,
> 당여는 발이 작아　두 치짐 되는 거슬
> 비단으로 쏙 동히고　신 뒤츅의 굽을 달아,
> 위둑비둑 가는 모양　너머질가 위틱ᄒᆞ다.
> 그러타고 웃지 마라.　명나라 ᄭᅵ친 졔도
> 져 계집의 발 ᄒᆞᆫ 가지　지금까지 볼 것 잇다.

청나라 여자는 발이 커서 남자의 발 같은데, 한족 여인의 발은 두 치쯤 된다 묘사하고 있다. 그러면서 비틀거리며 걷는 저 여인의 걸음걸이가 지금까지 영향을 미치고 있다 설파한다. 고종 3년(1866)에 쓴 이 가사는 서술 대상에 대한 다양한 관심과 예리한 관찰력이 돋보인다. 특히 서술자의 존명 배청(尊明排淸) 의식이 여실히 드러나는데, 이 전족 풍습도 그중의 일부이다.

그렇다면 현대 여성에게 있어 전족은 과연 무엇일까 생각해본다. 운동화, 등산화, 구두…, 다양한 종류의 신을 것들이 있으나 전족과 같은 것은 찾기 어렵다. 다만, 하이힐만이 유사성이 있다고 할까?

7~8센티에서 최대 20센티에 이르는 하이힐은 여성의 발을 전족 못지않게 변형시킨다고 알려지고 있다. 하여 골다공증의 원인 또는 슬관절 도태 등과 같이 노후 질병의 원인으로 규명하기도 한다. 코르셋 역시 허리를 졸라매어 미를 추구하는 문화이다. 이 역시 내장 기관의 압박을 동반하여 만성 소화불량과 현기증을 유발

시키는 매개가 되기도 한다고 알려지고 있다.

문화란 동시대 사람들이 욕망을 추구하면서 만들어지는 산물로 볼 수 있다. 그 문화에는 옳고 그름이 없으며 호불호로 단정지을 수도 없다. 왜냐하면, 문화란 당대 당인의 집단 습관의 뭉침이기 때문이다. 이른바 집단지성으로 통칭되는 당대의 지성 총합이기 때문이다.

전족도 하이힐도 모두 당대를 풍미한 문화이다. 그 문화의 호불호를 이야기하기 전에 나의 관점과 나의 사고를 정리할 필요가 있다. 개고기 문화가 푸아그라 문화와 다른 점이 무엇인가? 차별은 무엇이고 차이는 무엇인가.

동지

.

.

.

오늘은 동짓날이다. 나로서는 수없이 많은 동지를 보내고 맞았건만, 오늘의 이 함함함은 어인 일인지 못내 가슴이 저려온다. 그 맞고 보냄의 연속 속에서 축사로서의 '팥죽'과 신성에로의 기대인 '책력'을 과연 나는 얼마나 먹어보았고 받아보았는가. 생각해보면 그러한 기억이 별로 없다. 안타까운 일이지만, 그 저버림의 기저에 시대의 다분한 변화가 포진되어 있음을 부인할 길이 없다.

일주일이나 지속되던 한파가 오늘에 이르러서야 한풀 꺾인 느낌이다. 차의 앞 유리에 있는 성에의 두께가 그것을 여실히 증명해 준다. 아주 두텁게 낀 성에, 나는 놈들을 다 긁어내고 차를 대문 밖으로 내렸다. 그 앞 논바닥에 고인 물 위로 엷은 서리가 내린 볏짚이 보이고 군데군데 웅덩이에 고인 물이 얼음으로 몸치장을 하고 있었다.

"후우~"

내뱉는 가는 입김도 어제의 그것과는 사뭇 다르다. 일종의 포근함이 깃든, 그리하여 저 멀리 옹도와 격렬비열도에서 닭울음이 들리는 듯한 여린 입김이 나왔다. 부옇게 가야산 줄기가 여명으로 밝아왔다. 아침 북새라 할, 저 붉음이 서녘으로 다시 기울 즈음이면 애동지의 오늘 하루도 저물 것이다. 그 사이에 적어도 이 상심의 마음을 다잡을 수 있으면 좋으련만, 어이 될지 걱정이다.

어른들의 말을 빌자면, 금년도는 이름하여 애동지라 칭한다 한다. 동짓날이 11월 초에 들어 있다 해서 애동지라고 부르는데, 이는 동지가 드는 시기에 따른 분류명이라 할 수 있다. 즉, 음력 11월 초순에 들면 '애동지', 중순에 들면 '중동지', 그믐께 들면 '노동지'라고 하는데, 이는 동지가 드는 시기에 따라 달리 부르는 말이다.

동지는 24절기의 하나로서 일 년 중에 밤이 가장 길고 낮이 가장 짧은 날이다. 24절기는 태양력에 의해 자연의 변화를 24등분하여 표현한 것이며, 태양의 황경이 270도에 달하는 때를 '동지'라고 한다.

동지는 낮이 가장 짧고 밤이 가장 길어 음이 극에 이르지만, 이날을 계기로 낮이 다시 길어지기 시작하여 양의 기운이 싹트는 사실상 새해의 시작을 알리는 절기이다. 중국의 '역경(易經)'에는 태양의 시작을 동지로 보고 복괘(復卦)로 11월에 배치하였다. 따라서 중국의 주(周)나라에서는 11월을 정월로 삼고 동지를 설로 삼았다. 이러한 중국의 책력과 풍속이 우리나라에 전래된 것으로 보인다.

옛사람들은 이날을 태양이 죽음으로부터 부활하는 날로 생각하고 경사스럽게 여겼다. 이것은 동지를 신년으로 생각하는 고대의 유풍에서 비롯된 것으로서, 전통사회에서는 흔히 동지를 '작은 설'이라 하여 설 다음 가는 경사스러운 날로 생각하였다. 그래서 옛말에 '동지를 지나야 한 살 더 먹는다' 또는 '동지팥죽을 먹어야 한 살 더 먹는다'라는 말이 전하기도 한다.

중국의 '형초세시기(荊楚歲時記)'에 의하면 "공공씨(共工氏)의 재주 없는 아들이 동짓날에 죽어서 역질(疫疾) 귀신이 되었는데, 그 아들이 생전에 팥을 두려워하여 팥죽을 쑤어 물리친 것이다"라는 기록이 있다. 이것은 다분히 후대에 지어진 것으로 보이는 이야기로 팥죽의 축귀(逐鬼) 기능에 대한 유래를 설명하고 있다.

동지팥죽은 절식이면서 동시에 벽사축귀의 기능이 있는 것으로 보인다. 팥은 붉은 색깔을 띠고 있어서 축사(逐邪)의 힘이 있는 것으로 믿어 역귀(疫鬼) 뿐만 아니라 집안의 모든 잡귀를 물리치는 데 이용되어 왔다. 이러한 점은 음양사상(陰陽思想)의 영향으로 형성된 것으로 보인다. 즉 팥은 붉은색으로 '양(陽)'을 상징함으로써 '음(陰)'의 속성을 가지는 역귀나 잡귀를 물리치는 것으로 인식하고 있다.

한편으로 동지에는 동지팥죽과 더불어 책력을 선물하던 풍속이 전한다. 이에 대해 '농가월령가(農家月令歌)' 11월 조에서는 다음과 같이 노래하고 있다.

동지(冬至)는 명일(名日)이라 일양(一陽)이 생(生)하도다 시식(時食)으로 팥죽을 쑤어 이웃〔隣里〕과 즐기리라 새 책력(冊曆) 반포(頒布)하니 내년(來年) 절후(節候) 어떠한고 해 짧라 덧이 없고 밤 길기 지루하다.

옛부터 '단오(端午) 선물은 부채요, 동지(冬至) 선물은 책력(冊曆)이라'는 말이 전하여 온다. 전통사회에서는 단오에 가까워지면 여름철이라 친지와 웃어른께 부채를 여름 선물로 선사하고, 또 동지가 되면 책력을 선사하는 풍속이 성하였다. 책력은 농경사회에서 생업과 밀접한 관련을 맺으며 요긴하게 사용되었던 것이고, 동지에 책력을 선사함으로써 새해에 대한 기대감과 신성성을 표명하였다 할 수 있는 것이다.

이제 내 절기를 맞고 보냄이 반백의 횟수를 저장하노니, '세월이 유수'라던 선인의 해타(咳唾)가 문득 스친다. 무릇 나의 세월은 모두 나의 곁에서 싹터 그 결실을 이루고 떠난 것이니, 적어도 세월의 지남 앞에 처연하지 않을 수는 없는 일이다.

그렇다 치면 현재 나의 절기는 어느 쯤에 기울고 있는가. 태양력에 의해 자연의 변화를 24등분하여 표현한 24절기 중 나의 위치는 과연 어느 쯤인가. 태양의 황경이 270도에 달하는 때를 '동지'라 하니, 어찌 보면 나의 현 위치도 그쯤 아니겠는가. 춘추의 유려함으로 황경의 기울기는 이어 원상태로 돌아갈 것이다. 이는 바로 저 금강경에서 말하는 '반본환원(返本還元)' 처지, 바로 그것일 것이다.

흔히 통합, 융합, 통섭을 말한다. 통합은 물리적 반응을, 융합은 화학적 반응, 통섭은 생물학적 반응을 의미한다 한다. 자연의 변환, 즉 절기의 변환도 이와 다르지 않을 것이다. 통합, 융합, 통섭을 통해 겁 속의 윤회를 반복할 것이다. 굳이 말하자면, 통합, 융합 쪽보다는 통섭을 통한 회돌이의 '반본환원'일 것이다. 달리 말하면, 물리, 화학적 작용보다는 생물학적 작용으로 인한 원 상태로의 환원을 의미한다 하겠다. 인간 본연의 순환도 자연 순환의 일부분이고 보면, 생과 사 역시 통섭으로 가는 하나의 과정이라 할 수 있다는 이야기다.

환경적 유전적 요인이 전혀 다른 두 개체가 만나 제3의 새로운 개체 변이를 추구하는 '부부의 연'. 이는 생물학적 변이를 통한 통섭의 과정일 것이며, 그 과정이 무릇 우주의 순환과 다름없음이니 새겨 두고 볼 일이다. 하여 막강한 세파에 흩날리는 나의 생애가 그 순환의 질곡 속에 부유하는 것이리라. 부유의 질곡 너머 나와 그대의 생애가 있어 벼린 나무의 순한 잎처럼 그렇게 오늘 하루를 지탱하는 것이다.

저녁 8시, 처가에서 팥죽을 보내왔다. 새알을 넣어 아름다운 심을 박은, 정녕 멋진 팥죽이었다. 애동지 팥죽.

구양교九陽橋

.

.

.

> 다가가면 뒤돌아 뛰어가고
> 쳐다 보면 하늘만 바라보고
> 내 맘을 모르는지 알면서 그러는지
> 시간만 자꾸자꾸 흘러가네
> 스쳐 가듯 내 곁을 지나가고
> 돌아서서 모른 척하려 해도
> 내 마음에 강물처럼 흘러가는 그대는 무지갠가

어딘지 모르게 아련한 음악이 카페 '스플라스'에서 들려왔다. 조덕배의 '그대 내 맘에 들어오면은'이란 곡이었다. '스쳐 가듯 내 곁을 지나가고 돌아서서 모른 척하려 해도 내 마음에 강물처럼 흘러가는 그대는 무지갠가'.

"어, 벌써 오셨네요. 차는 밀리지 않던가요?"

내가 무지개의 아련함에 취해 있을 때였다. 월진회 회원 류다솜 선생이 맑고 명랑한 목소리로 인사했다. 나는 평일이라서 교통의 흐름은 원활했으며, 주변 경관이 너무 좋아 흥겹게 왔노라 대답했다.

뜨거운 커피가 나오자 손이 먼저 갔다. 커피잔에 달의 문양이 새겨져 있었기 때문이었다. 돌을새김의 그 문양을 만지작거리는데, 그녀가 준비한 자료를 펼쳐 보였다.

"이게 말씀하신 자료의 전부예요."

그녀는 자료를 펼쳐 보였다. '월진회 취지서', '월진회기', '월진회가', '월진회금언' 등의 내용이 정갈하게 정리되어 있었다.

"매헌 선생님이 22세의 젊은 나이였던 1929년 4월 23일, 월진회를 결성했지요. 그때까지 해온 계몽운동과 농민운동을 더욱 효율적으로 추진해나가기 위해 말입니다. 의형제인 황종진 등 37명의 발기인과 함께 기존의 야학·각곡도서회·목계농민회·수암체육회의 총체인 월진회를 창립했던 것입니다. 창립 약 한 달 전인 1929년 3월 28일, 마을 사람들을 모아놓고 벌인 애국 학예회에서 일제의 침략을 풍자한 연극 '토끼와 여우'를 공연한 사건으로 인해 일경의 감시가 심했던 시기였기 때문에 창립 취지서에는 '월진회'를 농민단체로 위장했으나, 그 근본 목적은 국권회복운동이었는데요."

그녀는 잠시 말을 끊고는 커피를 마셨다. 잔을 쥔 그녀의 손목이 의외로 가늘다는 느낌을 받았다. 어디 초승달처럼 여리고 흰 모습이었다.

"월진회의 주요 목적은 야학 운영을 통한 계몽 활동, 농촌 개발 및 부흥을 통한 경제 발전, 국산품의 애용을 통한 국력의 신장, 체육대회 및 문예활동을 통한 건강하고 창의적인 국민정신 함양 등이었다 합니다. 궁극적으로는 일제의 식민 통치를 벗어나 우리나라의 자주독립을 추구하는 것, 그리고 회원 상호 간 원활한 소통에 있었다고 보면 되겠지요. 즉, 그분들이 모두 추구하는 목표, 바로 독립을 위한 활동이랄까, 뭐 그런 것으로 보면 되겠습니다."

그녀의 말에는 마력 같은 자부심이 강하게 묻어있었다. 자신이 월진회 소속임을 너무나도 자랑스럽게 여기고 있었다. 이것저것 참고 사항들을 부연하면서 현재의 회원 동향과 하는 일들이 무엇인지 조목조목 얘기했다. 그러면서 백문불여일견이니 직접 가서 보자며 손을 끌었다.

유적지는 통째로 사적 229호로 지정됐으며 문화재청 지정 명칭은 '예산 윤봉길 의사 유적'이라 했다. 그러면서 저한당을 시작으로 도중도와 부흥원, 윤봉길 의사 기념관 등을 차례로 안내했다.

충의문을 들어서자 '장부출가생불환(丈夫出家生不還)'의 장대한 회오리가 온몸을 휩싸고 돌았다. 아니, '한번 떠나 목적을 이루지 못하면 다시 돌아오지 않겠다'던 의사의 그 장대한 결기가 가슴을 요동치게 했다. 뜨거운 기개가 경내 곳곳을 다 환하게 밝히는 듯, 사적 하나하나에도 별처럼 빛나는 매헌 정신이 또렷하게 박혀있었다. 그 속에는 김구 선생의 뜻을 따르던 의사의 숭고한 결의도, 저 홍커우공원에서 적장을 꼬꾸라트린 후 외쳤던 '대한 독립'의 외침도 휘어이휘어이 다 들어있었다.

휘몰아치는 그 외침 속으로 도중도(島中島)의 의미가 새삼 떠오름은 어인 일일까? 덕숭산에서 흘러내린 물과 가야산에서 흘러내린 물이 합류하여 생긴 작은 섬. 그 영험의 터에서 출생한 윤봉길 의사는 일제가 침략하려 해도 침략할 수 없는 '조선반도의 섬', '도중도'라 이름 붙이고 독립의 굳은 정신을 다졌다 한다.

날이 어둑해져서 충의문을 나서자 도중도의 모습이 아련하게 내려다보였다. 그 모습이 어찌 보면 보름달과도 닮았다. 만월로

가는 저 달, 아니 그 달과도 닮은 작은 섬.

마침 뉴스에서 들은 이야기가 생각났다. 저녁 8시 9분부터 8시 27분까지 전국에서 개기월식이 관측될 것이며 이번 개기월식의 특징은 달이 평소보다 지구에 더 접근해 크게 보이는 '슈퍼문'이라 했다. 지구와 달이 각자 돌다 보면 태양-지구-달 순서로 일직선상에 놓일 때가 있다. 이때 달은 지구의 그림자에 가려져 사라진 듯하다. 월식(月蝕·lunar eclipse)이다. 그 중 개기월식 때 달은 본래의 색을 잃고 불그스름하게 변하는데, 이를 '블러드문'이라고 부른다는 이야기도 덧붙였다.

나는 덕숭산 쪽 하늘을 쳐다보았다. 유감스럽게도 구름이 많아 달은 잘 보이지 않았다. 그러다 잠깐 구름 사이로 달이 보였는데 월식이 진행되는 중이었다. 그 블러드문 아래 도중도의 모습이 마치 수면에 비친 달의 형상인 것만 같았다.

지구는 태양의 둘레를 돌고 달은 지구의 둘레를 돈다. 지구가 태양을 한 바퀴 돌면 1년, 달이 지구를 한 바퀴 돌면 한 달이다. 그렇게 태양과 지구와 달은 이 순간에도 함께 어우러져 있다.

저 도중도의 형상과 하늘에 떠 있는 블러드문은 많이도 닮았다. '날로 앞으로 나아가고 달마다 전진한다.'는 취지에서 지은 '월진회'처럼, 도중도의 형상도 블러드문의 모습도 조금씩 모습을 달리하여 내 눈앞에 펼쳐졌다.

그것은 마치 '태양-지구-달'이 일직선상에 놓여 블러드문을 형성하듯, 도중도에서 발산하는 기운이 '대한-매헌-독립'이라는 정신을 일깨워 '빛을 되찾는(光復)' 장대한 역사를 창출했던 것이리라. 그리하여 날마다 앞으로 나아가고 달마다 전진하여 새 역사의 지표로 우뚝 선 것이리라.

우리는 다시 카페 '스플라스'로 회귀했다. 자료와 안내에 고생한 월진회 회원 류다솜 선생에게 저녁 식사를 대접하기 위해서였다. 우리는 저 가야산의 특산품, 산나물로 만들었다는 산채비빔밥을 주문했다. 조금 후에 식사가 나왔고 산나물과 밥을 비비고 있는데 아까 들었던 조덕배의 노래가 또 들려왔다.

"어, 또 들리네요. '그대 내 맘에 들어오면은' 아닌가요?"

그녀는 여전히 맑고 명랑한 목소리로 말했다.

뛰어갈 텐데 훨훨 날아갈 텐데
그대 내 맘에 들어오면은
아이처럼 뛰어가지 않아도
나비 따라 떠나가지 않아도
그렇게 오래오래 그대 곁에 남아서
강물처럼 그대 곁에 흐르리
뛰어갈 텐데 날아갈 텐데
그대 내 맘에 들어오면은

4부

/

뜻밖의 내포사內浦史

비림과 떨림 사이

.

.

.

비가 내리기 시작했다. 감자를 캐고 마늘을 다듬던 손길이 일순간 멈춰지게 되었다. 마른 흙길 위로 후두둑 떨어지는 빗방울들이 부옇게 흙먼지를 일으켰다. 그리고 그 두드림의 영향 너머 훅하고 흙냄새가 코끝을 파고들었다.

"…아! 그래, 이런 맛이지!"

비림만이 삶의 전부라 떠드는 친구 놈이 킁킁대며 외쳤다. 빗발에 풀썩이는 흙먼지와 그것이 일으키는 냄새가 웬만하면 지겨워질 때도 되었으련만 민물고기의 회한에 휩싸인 그 미각은 도통 알다가도 모를 일이었다. 이를테면 돼지고기를 즐기다가 소고기로 바꾼다든지 육식에서 아예 채식으로 탈바꿈을 한다든지 하는 등속이 일반적 미각 풍속일진데, 놈은 아예 일편단심이었다.

"그래, 그저…, 내장째 먹지 그러냐, 엉!"

수돗가에서 떡붕어의 속을 다듬는 놈의 손길이 자못 신중했다. 회칼은 아니지만, 조선 장도와도 같은 부엌칼을 숫돌에 갈았으니 그 날카로움이 가히 면도날 같았다. 놈은 자못 신중한 표정으로 붕어의 비늘을 걷어냈다. 그리고는 꼬리와 지느러미를 잘랐다. 놈의 손등을 타고 타원형의 은빛 비늘이 빗방울에 하나둘 씻겨 내렸다. 그 순간 놈이 칼을 들고는 아가미 아래쪽 일부를 자르고 도톰한 배를 갈랐다.

"쓸개하고 내장만 제거허면 되지. 부레랑 알은 그냥 남겨야혀."

꺼내 놓은 붉은 내장에서 확 비린내가 풍겨왔다. 놈은 그 냄새가 흙먼지 냄새보다 좋은 모양인지 그저 헤- 하니 입을 씰쭉댔다. 그 비림과 웃음 사이로 놈이 물바가지를 떠 떡붕어의 안팎을 닦아 손질을 마무리했다. 버릴 것 다 버리고 알과 부레만 남아 물로 닦인 속은 한마디로 깨끗했다.

나는 눈을 감았다. 손질이 끝난 떡붕어의 빈 가슴속으로 십리 평원이 장대한 '신리 성지'가 떠올랐다. 아니, 그 평원의 중앙에 자리한 삽교천의 장대한 흐름이 생각났다.

그 벌판 앞으로 강이 흘렀다. 아니, 강이라고 하기보다는 내에 가까운, 작은 천이 흘렀다. 이름하여 삽교천, 아산만으로 흘러 들어가는 수로였다. 사연과 사연이 퇴적된 눈물의 강이 흘렀다.

삽교천은 홍성군 장곡면 오서산에서 발원한 후, 북류하여 아산만으로 흘러들며 길이는 61km, 유역면적은 1,619㎢인 강을 이른다. 본류로 합수하는 지류는 모두 셋인데 무한천, 곡교천, 남원천이 그것이다. 무한천은 청양 화성면에서 발원하며 곡교천은 천안 광덕산에서 그리고 남원천은 상왕산에서 발원한다 알려져 있다. 그 지류들은 본류와 합쳐져 흘러 주변에 넓은 충적지, 예당평야를 낳았다.

평야는 우리에게 우량 식물을 키울 농지와 양분을 제공한다.

상류로부터 흘러온 각양의 자양분들이 쌓이고 쌓여 평야를 이루기에 그 너른 들판엔 무엇이든지 자랄 권리가 있는 것이다. 그 권리란 일종의 숙명일지도 모른다. 퇴적층의 자양을 먹고 몸을 싱싱하니 키우며 열매 두어 후대를 잇게 하는 자연의 순환, 그것이 바로 평야의 숙명일 것이다.

신리는 삽교천 속 구양도와 구양교 북쪽에 위치해 있다. 예산 신례원에서 합덕으로 가는 옛길에 걸친, 편도 1차선을 잇는 다리 구양교에서 30여 리나 될까? 승용차로 불과 10분이면 닿을 거리에 위치해 있다.

초기 조선천주교는 이 삽교천을 중심으로 전파되었음은, 한국 천주교교회사, 대전교구 누리집 등에 수록되어 있다.

대전교구 누리집에 의하면, 내포의 사도 이존창 루도비코의 생가가 있는 여사울, 덕산 황무실, 당진 솔뫼 등 초기에 천주교가 전파되었던 곳은 모두 이 삽교천 및 예당평야와 연계되어 있다. 충청도 서부 지방의 천주교 신앙공동체는 이 삽교천이라는 수로를 통해 이어졌고, 신리를 중심으로 교세가 확장되어 갔던 것이다.

삽교천은 이존창을 비롯해 김진후, 성 김대건 신부 등 많은 순교자를 배출해 낸 곳이다. 김대건의 출생지인 합덕 솔뫼, 이존창의 출생지인 여사울 등 유서 깊은 교우촌과 본당들 그리고 해미, 덕산 등의 순교자들이 이 지역에 산재해 있다.

농민 출신으로 충남 예산군 여사울에서 태어난 이존창은 초기 교회 창설자의 한 사람인 권일신으로부터 교리를 배웠고, 고향으로 내려와 가족은 물론 내포 지방 일대에 복음을 전파함으로써 '내포의 사도'로 불리게 되었다. 그 결과 내포 지방은 다른 어느 지방

보다도 교세가 커져갔고 이에 따라 박해 때마다 수많은 순교자가 나오게 되었다. 김대건 신부의 집안도 그의 전교로 입교했으며, 김 신부의 할머니는 그의 조카딸, 최양업 신부도 그의 생질의 손자라 알려지고 있을 정도이다.

'황무실'은 달레 교회사나 관변문서 등에서 소위 '덕산' 또는 '홍주' 등으로 표기되어 있다 한다. 박해 시대에 황무실은 홍주목 덕산현 관할지로 면천군과 범천면(솔뫼)과 인접해 있었다 한다. 사리 때 바닷물이 만수가 되어 삽교천 구만포까지 배가 올라올 수 있을 때는 홍주나 덕산 사람들이 배로 아산만과 서해를 거쳐 한강을 따라 서울 서강까지 왕래했다. 하지만 조금 때 바닷물이 삽교천에 적게 들어오면 홍주나 덕산 사람들이 황무실을 거쳐 현재 삽교천 방조제에 인접한 남원포까지 걸어와 배를 타고 바다로 나가 서울을 오갔다. 그래서 황무실은 한양 교우들의 소식을 전해 듣기 쉬운 길목이었다.

신리 성지는 당대 조선에서 가장 큰 교우 마을이었다. 또한, 한국천주교의 대표적인 성지 중 하나로, 천주교가 조선 구석구석 자리를 잡을 수 있도록 큰 역할을 했던 신부와 신자들이 순교한 유적지다. 다블뤼 주교의 은거처, 성인들의 경당, 순교자기념관과 순교미술관 등 아름답고도 성스러운 공간이 신리 성지와 그 주변에 자리하고 있다. 천주교가 조선에 들어오기 시작했던 시기, 수로 교통의 요지였던 이 마을은 가장 먼저 그 교리를 받아들이게 된다. 이후 이 마을은 조선에 천주교가 뿌리를 내리는 데 있어 많은 영향을 미친다. 병인박해 때 다블뤼 주교, 오메트르 신부, 위앵 신부, 황석두 등 신도들이 체포되어 순교한 곳으로 손자손을 비롯한 천주교의 성인 5명이 관련된 유적이 남아 있다.

상류 지역인 삽교읍 동남쪽 삽교천 가에는 배나드리 천주교 사적지가 있어 오가는 이의 가슴을 아프게 한다. 섬처럼 생긴 이 마을을 도리(島里)라고 불렀는데, 물이 들면 마을이 섬이 되었고 그래 마을 사람들이 배를 타고 왕래했기 때문에 '배나드리'라 불렀다 한다. 이곳 역시 초기 천주교가 전파된 지역으로 1817년 10월 천주교 박해가 일어나 마을 사람 30여 명이 해미 옥사에 갇히게 되었고 일부 신자들이 순교하게 되었다 이른다. 모두 삽교천이라는 수로를 통해 이동이 용이했기에 생긴 역사적 사적지로 남게 된 것이리라.

솔뫼 성지는 김대건 신부의 출생지이다. 김대건 신부의 10대조 김희현이 아산 현감을 역임하면서 가문이 내포와 인연을 갖게 되었으며, 9대조 김의직이 충청병마절도사를 지내며 임진왜란에서 전훈을 세우자 가문이 대대로 토지와 벼슬을 보유하게 되었다 한다. 이후 8대조 때부터 가문은 솔뫼에 거주하기 시작하였다. 1784년경 김대건 신부의 백조부 김종현과 조부 김택현이 내포 사도 이존창의 권유로 서울 김범우의 집에서 교리를 받고 천주교에 입교하자 가장인 증조부 김진후(비오)도 입교하여 가문이 천주교 신앙으로 귀의, 솔뫼를 '내포 신앙의 못자리'로 만들었다. 가문은 천주교 신앙에 귀의한 후 잦은 박해로 가족들이 여러 차례 투옥되고 고문을 받다가 순교까지 하여 솔뫼를 '순교자의 고향'으로 만들었다 한다.

솔뫼 성지 누리집에 의하면, 이 성지는 증조부 김진후(1814년 순교), 종조부 김종한(1816년 순교), 부친 김제준(1839년 순교),

그리고 김대건 신부(1846년 순교) 등 4대의 순교자가 살던 곳으로 기록되어 있다. 특히 김대건 신부는 이곳(현 당진군 우강면 송산리, 당시에는 면천 고을 솔뫼)에서 1821년 8월 21일 태어났다 하며, 올해로 탄생 200주년 희년이 된다 한다.

김대건 신부는 박해를 피해 숨은 골배마실에서 16세 때인 1836년 모방신부에 의해 신학생으로 뽑히게 된다. 그는 최양업(토마스), 최방제(프란치스코)와 함께 마카오로 유학하여 신학을 공부했고 상해에서 페레올 주교 집전으로 신품을 받았다. 1845년 입국한 김대건 신부는 선교 활동에 힘쓰는 한편, 동료 최양업 부제와 외국선교사 신부를 맞이하기 위해 힘쓰다 1846년 체포되어 순교하였다 한다.

솔뫼 성지는 2014년 5월 문화재청으로부터 국가 사적지 제529호로 등록되었고 2014년 8월 13일부터 16일까지 제6회 아시아 청년대회, 제3회 한국청년대회가 대전교구에서 개최되었던 곳이기도 하다. 이 기간에 프란치스코 교황이 방한하여 아시아 청년들과의 만남을 가졌던 거룩한 성지이기도 하다.

"허이… 이 눔이 글쎄… 힘이 무량대각일세, …취발이 같어."

놈의 떠드는 소리에 명상의 일순간은 사라졌다. 놈이 취발이까지 끌어들인 걸 보면 떡붕어의 퍼덕임이 만만치 않았던 모양이었다. 놈의 말인즉슨, 구양교 아래에서 잡아 온 붕어이기에 힘이 유독 세다는 의미일 것이며, 자연 그 힘참을 눌러 다루는 자신의 압력을 자화자찬하는 거라 할 수 있었다. 삽교천의 맑은 물과 좋은 공기를 먹고 자랐으니 힘이 어찌 안 생기겠냐는 투였다. 그러면서 희뜩 다시 칼을 놀린다.

　그 잰 칼 놀림을 보자니 14세기 영국의 스콜라 철학자인 오컴 (Ockham, W.)이 생각났다. 아니, 그가 주창한 '면도날 이론'이 생각난 거였다. 단순성과 경제성을 강조하는 오컴의 이론에서 면도날은 불필요한 것들을 잘라버린다는 의미로 사용되었다.

　그의 이론이 상징하는 의미는 우리가 어떤 현상을 설명할 때 무의미한 진술이나 지나친 논리적 비약과 불필요한 전제를 배제해야 한다는 뜻일 것이다. 다시 말해 무언가를 다양한 방법으로 설명할 수 있다면 우리는 그중에서 가장 적은 수의 가정을 사용하여 설명해야 함을 의미한다 하겠다.

　"이젠, 끓여 보자구."

　꺼내 놓은 붉은 내장에서 확 비린내가 풍겨 왔지만, 나로서도 그냥 나쁘지만은 않았다. 그 냄새는 이제 빗줄기가 내는 흙먼지의 냄새와도 흡사해졌으며, 순교 성인들의 피로 얼룩진 신심의 냄새와도 같았기 때문이었다.

　저 해안 공세리에서부터, 여사울, 솔뫼, 신리, 황무실, 배나드리…. 그 성지를 오갔을 나룻배의 냄새와 교인들의 잰 걸음걸이가 일으킨 흙먼지의 냄새가 다 한가지로 떠올랐기 때문이었다. 어찌 보면 가장 작고 보잘것없는 삽교천이 가장 크고 멋진 울림을 남긴 것이니, 저 서양 오컴이 말한 면도날 같은 것은 아닐는지. 성지에 오간 성인들의 흔적은 타 지역민이나 여타의 신분적 제약을 따지지 않고 살아온 울림일 것이다. 오직 흙냄새 풀풀 풍기는 믿음으로서만 살아왔던 교인들이었기에 그 성정이 자못 큰 울림으로 남은 것이리라. 적어도 믿음의 앞에서는 면도날이 불필요한 것들을

잘라버리듯 단순성만을 추구하면서 살아왔기에 가능했다 여겨졌
다.

　그 비림과 흙냄새의 떨림 사이로 놈이 물바가지에 손질한 붕어
를 넣고 현장 상황을 마무리했다. 버릴 것 다 버리고 물로 닦인 현
장은 깨끗해졌다.

그냥 지나쳐 온 길이라 하지요

.

.

.

한때 나는 3개 일간지 신춘문예에 당선된 적이 있다. 2003년 하고도 해가 다 저무는 12월 나는 세 통의 전화를 받았다. 불과 일주일 내에 벌어졌던 사건이었다.

당시 나는 어떤 소설을 읽고 있었다. 제3회 상상문학상 수상작에 빛나는 이석범의 윈터 스쿨이란 작품이었다. 작가가 15년간의 교직 경험을 바탕으로 우리나라 교육 현실을 고발한 세태소설이었다.

1996년도에 당선된 소설이었는데 당대 교육 현실에 대한 통렬한 비판을 담고 있었다. 즉, 작품이 허구적이라고만 하기에는 너무도 현실적 내용을 많이 담고 있어서 간혹 가슴을 치며 읽고 있었다. 그때, 핸드폰 벨이 울렸으며 나는 비감한 마음으로 상대 발신자의 목소리를 경청했다.

"…아무개 씨 아닌가요?"

"네, 맞습니다. 무슨 일이신가요?"

그는 문화부 기자라 했다. 금번 신춘문예 수필 부문에 작품이 당선되었기에 몇 가지 확인차 전화했노라 했다. 그러면서 주소지 등 인적 사항과 중복 투고 문제, 표절 문제 등 주요 의례적 사항을 물었다. 나는 가감 없이 대답했다. 질문에 대한 답변으로는 명확함이 최우선 조건이었으므로.

이틀인가가 지난 오후, 조선일보 기자로부터 동양일보 기자에이르기까지 무려 세 통의 당선 통지 전화를 받았다. 발신자는 모두 문화부 신춘 담당 기자였으며 그들은 한결같이 당선 소감을 요구하고 있었다.

신춘 당선이란 십수 년의 꿈이었고 정녕 황홀한 이상이었지만 나는 그때까지 어디에 당선될 것이라는 생각을 하지 못했다. 그래서 당선의 소감을 어떻게 써야 할지 몰라 무척 당황했다. 그래서 여기저기 책자와 인터넷을 뒤적여 당선자들의 소감을 읽어 보았다. 모두 위대한 집념 끝에 위대한 작품을 남기게 된 사연의 기록이었다.

나는 그것들의 공통분모를 찾았다. 하여 스스로 문학 공부 비법과 문학관, 심사위원 및 가족, 친구, 동료에 대한 감사 등이 두서없이 기록되었음을 알았다. 나는 그 기본 유형을 따라 소감을 작성 전달했다. 처음 경남신문 당선 소감문을 쓰고 나니, 그 이후 통보된 신문사는 그리 어렵지 않았다.

그렇게 어지러이 12월이 가고 이듬해 1월이 되자 당선자 시상식이 있었다. 무려 세 군데, 그러니까 청주와 김해, 그리고 서울을 왕복하는 힘든 여정을 마쳤다. 아내와 두 아들을 데리고 이곳저곳을 찾아다녔다. 특히나 조선일보 시상식에는 다수의 가족 동반도 가능하다기에 아버지와 누나 그리고 여동생 가족들을 모두 초대하였다. 지금도 남아 있는 사진첩에는 차곡차곡 그때의 잔흔이 남아 추억으로 퇴색하고 있다.

전언이 좀 긴 듯한 느낌이 드나, 나는 이후 인사차 들른 태을사 정법 스님과의 인연을 특기하고자 한다. 그 이유는 단 하나 당시 지명을 훌쩍 넘긴 정법 스님과의 산행 경쟁에서 젊은 내가 처참히 무너졌기 때문이다. 어쩌면 그렇게 산을 잘 타는지, 어쩌면 그렇게 체력이 좋은지, 지치지 않는 스님의 산행에 입이 다물어지지 않았기 때문이다. 평지면 평지 고개면 고개, 뭐하나 어려움이 없는 듯했다.

그러면서 가야산이라는 산 이름의 유래와 무려 백 개가 넘었다는 사찰과 암자에 대한 아늑한 이야기를 들려주었다.

"가야산은 어찌 보면 옛 절터 박물관이라 할 수 있지요. 지금 우리가 보는 이 마애삼존상을 기점으로 조금 위로 올라가면 보원사지가 나오고 용현자연휴양림을 거쳐 좀 더 깊은 골짜기로 가면 내원암지와 내원골사지, 백암사지와 돌탑, 운산대굴사지, 그 너머 군왕골 옛성터 보이고…"

스님은 그 나머지 것들의 흔적에 대해 죽죽 이야기했다. 돌고 돌아 다시 이곳에 백 개의 암자와 절이 있었다는 이야기까지. 그렇게 한 순배 돌리고 나서 다시 마애삼존상으로 입술이 머물렀다.

"이 마애삼존불은 특이하게도 왼쪽에 반가상 보살이, 오른쪽에는 보주를 받들고 있는 보살이 각각 조각되어 있답니다. 반가상은 미륵보살로 보는 견해가 지배적이나 오른쪽 보주 보살은 제화갈라보살 또는 관세음보살이란 의견이 있습니다."

과거 김원룡 박사가 백제의 미소라 통칭하였다는 이야기 사이로 둥글고 복스러운 얼굴이 한껏 빛나고 있었다. 어찌 보면 소녀와 같은 천진난만한 미소가 활처럼 휘어져 올라간 입술 사이로 천

오백 년의 세월을 흐르고 있었다.

마애불을 뵙고 내려오면서 나는 용현 계곡과 계곡을 따라 벋어 있는 길에 대해 생각했다. 굽이와 굽이로 한껏 계곡을 휘돌아가기도 하고 혹은 멈춰 서서 용소 곁을 호위하고 있는 저 길과 길의 의미를.

"그냥 지나쳐 온 길이라 하지요"

태을사 정법 스님은 그 길을 그렇게 불렀다. 그것이 과거로부터 지나쳐 온 길이며 미래로 연결되는 길이라 부연하였다. 그러면서 그 길 앞에 '그냥'이란 부사어를 집어넣었다. 자연이란 인위의 저 너머에 있다는 것을 굽이굽이 그렇게 알려 주었다. '그 모양 그대로' 지나쳐 온 길이라는 의미에 '그대로 줄곧' 이란 뜻이 더해져 아무 '대가나 조건 없이' 걸어온 길이라는 의미였다.

"이곳은 백제시대 이후 중국으로 통하는 교통의 요지였지요. 당대의 선진 문물이 이 길을 통해 전국으로 번져갔던 것이며, 우리 문화가 또한 이 길로 떠났던 거지요. 뱃길을 통해 먼 길을 오고 가는 사람들은 늘 이 길을 거쳐 지났으며, 지날 때마다 선단의 안전을 빌고 또 빌었답니다. 그러니까 그들은 여기 용현 숲길을 지나며 마애부처님에게 노정의 안전을 기원했던 것이랍니다."

정법 스님의 이야기는 끝이 없었다. 산과 산이 모여 산맥을 이루고 강과 강이 흘러 바다를 이루듯이 그저 그렇게 청산유수였다. 그렇게 이루고 흘러 다다른 곳이 보원사지였다.

"이곳은 그러니까 이 가야산록 백암사 중 가장 규모가 크고 웅장했던 절터이지요. 보물 103호 당간지주와 102호 석조, 104호 오층석탑… 등만이 남아 당대를 웅변하고 있는 것이지요. 적어도 17

세기 초엽까지는 절이 존재했던 것으로 볼 수 있습니다. 1619년 한여현(韓汝賢)이란 분이 지은 '호산록(湖山錄)이란 책이 있지요. 이 책은 우리가 잘 아는 의병장 고경명(高敬命)이 서산군수로 부임하여 편찬하게 하여 뒤에 완성된 사찬읍지(私撰邑誌)로서 충청도 지역에서 현전하는 가장 오래된 읍지이지요. 그 책에 '오직 법당만이 높직하게 홀로 보존돼 있으며, 전당에 한 칸 방이 있어 스님이 수호하고 있다'라 기록되어 있습니다."

그러면서 보현사는 문수사와 함께 상왕산을 서로 마주 보고 협시하던 사찰이었다는 이야기, 이제 절터만 남아 불국의 의미를 되새기게 해준다는 이야기, 그리고 661년 이곳을 지나던 원효와 의상의 이야기 등등을 말했다.

"잘 아시다시피 이 가야산에서 원효와 의상은 저 유명한 해골물 사건을 만나게 됩니다. 이에 원효는 '모든 것은 마음 먹기에 달렸다'는 깨달음을 얻고 서라벌로 갔으며, 의상은 배를 타고 중국 유학을 떠납니다. 의상은 당나라에 가서 종남산의 지엄 문하에서 화엄학(華嚴學)을 공부하고 귀국, 전국 열 곳에 화엄사상에 의해 마음 수련을 하는 열 개의 사찰을 세웁니다. 바로 이 보원사가 그 곳 중 하나이지요."

그러면서 화엄의 의미를 덧붙였다. 화엄이라는 말은 온갖 꽃으로 장엄되었다는 뜻이라는 이야기, 꽃밭에 많은 꽃이 피어있어도 꽃과 꽃 사이에는 연(緣)으로만 관련되어 있을 뿐 서로 걸림이 없는 것처럼, 진리의 세계 역시 서로 서로가 걸림 없이 존재한다는 이야기, 그것이 바로 화엄의 세계라는 이야기 등을 말했다.

보원사지에서 강당계곡의 옆에 있는 오솔길을 따라 위로 올라

갔다. 약 4킬로쯤 올라가니 옥양봉 밑에 8부 능선에 백암(白庵)의 절터가 있었다. 서향으로 자리 잡고 있었으며, 약 오백여 평에 달한다는 절터에는 각양의 잡초만 무성했다. 석탑이 있었다고 전해지나 현재는 석축과 주초석 일부만 남아 있었다.

"예전에는 보원사에 딸린 암자가 모두 99개 있었다지요. 그런데 한 도사가 나타나 '산내에 있는 암자가 백 개가 되면 소속 암자가 모두 폐사가 됩니다.'라 예언하였답니다. 그 말을 무시하고 이곳에 백번째 암자를 지으니 보원사에 속한 산내 암자가 모두 화마에 소실되었다고 합니다."

스님은 아쉬운 듯 입맛을 다셨다. 그리고는 아무 말 없이 산길을 따라 내려가기 시작했다. 고갯마루에 다다르니 멀리 서해가 한눈에 들어왔다. 또한 시원한 바람이 불어 옷깃을 파고들었다. 저기 아늑한 곳에 솟아있는 봉우리가 바로 도비산이구나, 저 도비산에는 의상과 선묘낭자의 애틋한 사랑이 숨어 있겠구나, 그러다가는 더 먼쪽 서해로 해가 지면 붉은 놀을 따라 전설이 되겠구나.

천천히 걸어 30분쯤 내려오니 일락사가 보였다. 스님은 또 일락사와 숨은 전설과 이미 지난 사연들을 한 꾸러미 펼치기 시작했다.

"일락사는 어떻게 부르느냐에 따라 그 의미가 달라집니다. 그냥 '日樂寺'라 하면 '날마다 즐거운 절'이 되며, '日落寺'라 하면 '낙조가 아름다운 절'이 되지요. 또 어떤 이는 눈 쌓인 겨울 절집을 '日嶽寺'라 부르며 세속을 벗어난 집이라 하지요."

일락사에는 다른 사찰에서는 볼 수 없는 현음당(玄音堂)이 있었다. 이 현음당은 이곳 서산 해미 출신으로 중고제의 명창이었던 방만춘(方萬春)이 득음을 이룬 곳이라 전해지는 곳이다. 일찍이 그는 11세 때 이곳에 깃든 후 약 십여 년간 소리 공부를 하여 득음을 이룬 후 상경 이름을 날렸다고 했다.

그가 소리 공부를 하였다는 뒷산 언덕에는 월락사 터가 있었다. 일락사의 의미가 해가 뜨고 해가 짐에 있다면 월락사는 달의 부침과도 상관있었다. 일출과 월출, 그리고 득음을 위한 노력이 폐사지 월락사의 샘터에 잔잔하게 솟아오르고 있었다.

최근 들어 서산시에서는 '가야산 옛 절터 이야기 숲길' 만들기를 기획하고 1차로 23곳의 절터를 잇는 총연장 24.5킬로의 숲길을 조성하는 중이라 한다. 그 일환으로 먼저 '천오백 년의 시간을 타고 떠나는 가야산 절터 숲길 여행'을 부제로 한 '서산에는 가야산이 있다'라는 책을 펴냈다. 서산시 문화관광과에서 주관 기획하여 펴낸 책으로 이 글을 씀에 많은 도움을 받았음을 부기한다.

수국水菊

.

.

.

"…자, 이제 자신만의 버킷리스트를 적어보세요."

여성 강사는 자신에 찬 음성으로 말했다.

"적어도 향후 일이 개월 또는 십 년 이십 년 내에 꼭 하고자 하는 것을 적어주세요. 이제 공직이라는 매인 몸에서 풀리게 되면, 하고 싶은 일들이 한없이 많으시겠지만, 그중에서 딱 다섯 개만 적어…"

그 순간 강사의 주머니에서 핸드폰 벨소리가 크게 울렸다. 당황한 기색이 역력하였으나, 이내 평정심을 찾아 버킷리스트 목록표 작성을 독려했다. 딱 다섯 개만 적어 제출해 달라는 말이었다.

나는 도교육청 주관 '퇴직 예정자 황금레시피' 직무연수에 참여하는 중이었다. 지난 24일부터 3일 연속 진행된 본 연수는 오늘로써 마무리하게 되었다. 감염병의 위험성으로 말미암아 어제와 그저께는 화상 연수로 대신하였고, 딱 하루 오늘 7시간만을 대면 연수로 진행했다. 그 레시피 중 하나가 바로 지금 버킷리스트를 적고 발표하는 시간이었다.

"그래, 레시피…"

조리 용어의 하나이며 음식 만드는 방법을 이르는 레시피. 그렇다면, 나는, 퇴직 후 무슨 음식을 만들어 먹으면 좋을까?, 가장 먹고 싶은 음식이 무얼까?"

고심 끝에 나는 제1순위로 '텃밭 가꾸기'로 썼다. 적어도 텃밭에 오미며 호박 등속을 재배하여 오이김치와 호박 부침개 등을 만들어 먹고 싶은 오랜 꿈을 가지고 있었기 때문이었다. 그것을 위해 적금 들고 저축해서 땅뙈기 몇 평 살 만큼을 모아 온 것이다.

연수생들은 대개 이순 전후의 나이대였다. 가까이는 6개월, 멀게는 2~3년 내 퇴임할 사람들이었기에 탈모도 얽음도 모두가 감내하고 있었다. 그들은 자신들의 버킷리스트를 하나씩 발표했다. 1년을 계획하고 제주살이를 꿈꾸는 사람도 있었고, 세계 일주 여행을 목표로 하는 축도 있었다. 여생을 봉사로 보내겠노라, 지금껏 살아온 생을 한 권의 책으로 남기겠노라 서로들 자신만의 레시피를 수줍게 발표했다.

나는 '텃밭 가꾸기'가 리스트의 1순위이며, 텃밭에 오미며 호박 등속을 재배하고 거기서 나온 재료로 오이김치와 호박 부침개를 만들어 먹고 싶다고 하자 사람들은 웃었다. 그런 그들을 향해 나는 저 유구천의 '수국'처럼 살겠노라 역설했다. 수국처럼 낮게, 수국처럼 작게 사는 게 꿈이라고 했다.

그러면서 연수지로 오기 전 들러 구경했던 유구천의 수국 사진을 화면을 통해 보여주었다. 중부권 최대 수국 단지인 '유구색동수국정원'이 형형색색 수국으로 물들며 관람객들의 발길을 불러 모으고 있다는 이야기, 2018년 조성되었으며 총 4만 3천㎡ 규모를 자랑한다는 이야기, 수국 종류만도 앤드리스썸머, 핑크아나벨 등 총 22종, 1만 6천 본에 이른다는 이야기를 늘어놓았다. 그러면서,

수국의 학명에 얽힌 이야기 하나를 들려주었다.

　　18세기였다. 당시 일본에 '오타키'라는 여성이 살았다. 그 여성은 '주카르니'라는 네덜란드인과 사랑에 빠진다. 주카르니는 네덜란드 사람으로 일본 식물 연구를 위해 들어와 있었던 것이다.
　　당대 서구 유럽의 세력은 세계의 미개척지를 휩싸고 도는데, 이른바 신대륙 개척이니 발견이니 하는 미명의 욕망 추구가 바로 그들의 논리였다. 그중에 식물 연구가들도 함께 들어오게 되었다. 즉, 약용식물에 관심이 많은 의사 겸 식물학자들이 대거 동양으로 진출하게 되는데, 그중 약관 28세의 젊은이 주카르니도 포함되어 있었던 것이다.
　　독일의 식물학자인 주카리니(Zuccarini)는 그 젊은 나이에 식물 조사를 위하여 일본에 정착, 연구를 하게 된다. 그러던 중 오타키라는 기생을 만나게 되었고 그녀와 사랑에 빠지게 된다. 세월이 흘러 주카리니에게 실증을 느낀 오타키가 변심, 그 둘은 헤어지게 된다. 크게 낙심하여 가슴앓이를 하던 주카리니는 본인이 연구하던 수국에 변심한 애인의 이름을 붙여 넣어 학명을 기록한다. 즉, 그녀의 이름 오타키에다 존칭을 붙여 오타키상이라 하였는데 이것이 오타크사(otaksa)가 된 것이다.

나의 발표가 끝나자 참가자들은 낮게 박수를 쳤다. 공감의 의미로 쳐 주는 박수가 수국의 작은 꽃들처럼 내 가슴에 와 닿았다. 나는 '유구색동수국정원'에 형형색색으로 피어있던 수국을 떠올려 보았다.

수국은 수많은 작은 꽃들이 모여 하나의 꽃을 이룬다. 장마 가까이 후텁지근하고 습한 기운이 대지를 휩싸면 드디어 한꺼번에 터져 오르는 꽃으로 우리에게 야릇한 즐거움을 준다. 수국은 분류 상 범의 귀과에 속하며 학명은 Hydrangea macrophylla이다. macrophylla는 그리스어로 '물'이라는 뜻이며 '아주 작다'라는 의미를 포함하고 있다 한다. 즉, 작은 꽃들이 많이 모인, 물을 좋아하는 꽃을 의미한다고 보면 적당하다.

아이러니하게도, 수국은 '변덕'과 '진심'이라는 양면의 꽃말을 지니고 있다. 꽃 색깔이 토양의 산도에 따라 달라지는 특성 때문에 양면의 의미가 생겨난 듯하다. 흔히 산성 토양에서는 파란색, 염기성 토양에서는 분홍색 꽃이 피는데 이는 달리 질소 성분이 적으면 붉은색, 질소 성분이 많고 칼륨 성분이 적으면 파란색으로 피는 것으로 구분하기도 한다.

돌아오는 길에 마곡사에 들렀다. 저물 무렵이어서인지 탐방객을 그리 많지 않았다. 계곡 돌다리에는 부모의 애틋한 눈길 아래 물장구치는 어린이들이 보였다. 그리고 몇몇 여인들의 모습이 보이고, 가족인 듯 양산에 기댄 무리도 보였다.

그 물장구치는 어린이와 연인과 가족들 틈새로 고색창연한 대광보전이 보였다. 나는 보전 앞에 놓인 안내 책자를 펼쳐 보았다. 사진과 함께 마곡사의 사연과 역사와 전설이 편편이 기록되어 있었다.

대광보전은 조선 후기 목조건물이며, 보물 제802호라 했다. 임진왜란 때 불탄 것을 1651년에 각순대사가 대웅보전과 함께 중건했으나 1782년 다시 소실된 것을 1788년 재건하여 오늘에 이르고 있다 했다. 건물의 내부는 공간구성이 특이하며, 우물마루의 바닥에는 갈참나무 껍질로 만든 자리를 깔아놓았음을 설명했다.

　나는 대광보전 안으로 들어갔다. 보전의 천장은 2단의 우물천장으로 되어 있으며 대량에는 용이 그려져 있었다. 불단을 서쪽에 위치해 있었고, 그 위에 비로자나불상 1구가 동쪽을 향해 있었다. 불상 배치 방법은 부석사 무량수전과 유사한 점을 보여준다고 설명이 되어 있었다.

　비로자나불상을 보자니 문득 수국이 떠올랐다. 둥근 형태의 꽃 모양이 부처님 머리모양을 닮았다 하여 불두화라고도 한다는 수국, 그 꽃처럼 비로자나불상의 모양이 아름답게 빛을 발하고 있었다. 순백으로 피어 풍성한 불두화를 화병에 꽂아 들여놓으면 집 안 전체가 환해지는 것처럼 법당 안이 다 환한 느낌이 들었다.

　　잘 익은 속을 떠서 문갑 하나 지어 두면
　　대대로 자손에게 법당 한 칸쯤 된다시며
　　빛나는 경첩을 골라 풍경 달듯 다셨다.

　　등불 같은 아버님도 한세월을 건너가면
　　저렇게 속이 타서 일월도(日月圖)로 속이 타서
　　머리맡 열두 폭 산수, 문갑으로 놓이실까.

　2002년도 동아일보 신춘문예에 당선된 최길하 시인의 '먹감나무 문갑'이란 시조 중 4연과 5연이다. 아버지의 유품 먹감나무 문갑이 법당 한 칸쯤에 견줄만하며 그 안 부처님의 자비와 같다는 이야기를 형상화한 시조이다. 그곳에도 불두화는 있어 등불 같은 아버님의 일월도가 되고 시인의 귀감이 되었다는 이야기, 문갑과 불두화.

나는 '유구색동수국정원'에 형형색색으로 피어있던 수국과, '주카르니'라는 네덜란드인과 '오타키'라는 일본 여성의 사랑과, 그리고 마곡사 대광보전 속 비로자나불과, 최길하 시인의 먹감나무 문갑이 모두 동질의 존재임을 알게 되었다. 수국이 수많은 작은 꽃들이 모여 하나의 꽃을 이루듯이.

충영蟲瘿

·

·

·

서산시청 정문, 그러니까 관아문 앞에서 나는 지금 30분을 대기 중이다. 먼 곳, 먼 길을 마다하지 않고 나의 스승께서 오신다 했다. 그 연락을 받고 지금 이렇게 대기 중인 것이다. 깊은 가을 속 낙엽이라는 전갈, 그 전갈의 위엄 속으로 교수님이 오셨다.

"오시느라, 고생 많으셨습니다. 선생님. 그리고 사모님…"

망구로 가는 길, 연세가 있으신지라 손수 운전은 못 하셨다. 그래 둘째 아들의 차를 타고 먼 길을 달려오신 것이다. 중절모자 아래 성성한 백발이 보였고, 등은 약간 굽이졌으며, 손에는 지팡이가 들려 있었다.

"…간월도를 들러, 꽃지 숙소로 갈 거예요…"

아내는 미리 준비한 녹차를 두 분께 드렸다. 온기가 적당했지만, 혹시 모르니 천천히 드시라 일렀다.

완연한 가을이었다. 관아문 앞 천년 느티나무에서 하나둘 낙엽이 지고 있었다. 그 빛깔이 너무 고운지 산까치 한 마리가 그걸 쪼고 있었다. 그래서인지 금세 산까치의 깃털이 낙엽을 닮아가고 있었다.

삶이 어쩌면, 뭍이기도 섬이기도 한 것 같다

저기 서해안 간월도 간월암
세 번을 찾아 간 끝에 거우 한 번 만났다

세상 이치를 몰라서 물때를 잘못 만나서
집어등 매달아 놓고 켜지도 못한 세월
두 번은 섬이었다가 한 번은 뭍이 되었다

오늘 처음으로 서해 먼 길 암자에 들어
뭍에서 만나 섬이 된 사람과
하늘 끝 복판 가득한 달빛을 본다

'간월암 가는 길'이라는 시이다. 벌써 수십, 수백 번은 찾았을
그 작은 섬 그리고 암자. 썰물이면 육지가 되고 밀물에 섬이 되는
곳, 조석을 읽지 못하면 영영 걸어 닿을 수 없는 그곳, 간월도, 그
간월도 간월암을 보고 쓴 시이다. 조선시대 무학대사가 창건하였
다는 간월암, 불에 탄 절집을 만공선사가 다시 지어 오늘에 이르고
있다는 암자. 밀물과 썰물의 의지에 드나듦이 조율되는 섬과 선사
의 유적.

태양과 달로 인해 생긴다는 조석 현상. 하루 두 번, 그러니까
12시간 24분마다 일어난다는 그 이치가 창리 바닷가에 길게 늘어
져 있었다. 12시간은 지구의 자전으로 인해 생기고, 24분은 달의
공전으로 말미암아 생긴다는 자연의 섭리가 해안선의 굴곡진 몸
매를 닮고 있었던 것이다.

나는 물때 조견표를 늘 소지하고 다닌다. 아니, 핸드폰에 앱을
설치하였기 때문에 수시로 확인할 수 있다. 내가 앱을 깔아놓은

이유는 단지 바다낚시 때문이었다. 적어도 조금과 사리는 구분할 줄 알아야 했으며, 그날그날의 물때를 알아야 릴을 던질 수 있었던 까닭이었다.

"마침…, 물이 알맞게 나갔네요…"

아내는 사모님을 부축한 채 걸었다. 그러면서 물이 빠져 건너기가 수월해졌다며 기꺼워했다. 스승님도 사모님도 함박웃음으로 섬을 향했다.

일주문을 거쳐 종무소를 지나니 관음전이 나타났다. 간월암의 관음전은 정면 5칸, 측면 3칸의 주심포계 전각이며 목조보살좌상이 모셔져 있었다. 목조보살좌상은 나무와 종이로 틀을 제작한 뒤 금칠을 입힌 불상이며, 양식적으로 볼 때 1600년 전후에 조성된 것으로 추정 가능하다는 이야기였다. 갸름한 타원형의 얼굴에 높이 솟은 보게, 부드러운 옷 주름이 불빛에 투영되어 신비로움을 자아내고 있었다.

스승님 내외분은 합장하고 절을 했다. 그 모습이 흡사 영화의 한 장면과 같이 너무나도 진중했다. 나는 감히 움직이지도 못한 채 구경만 했다. 대학 졸업 후 근 30년 만의 조우이건만, 나도 늙고 내외분도 또한 그랬다. 청년이었던 나는 이제 장년으로 가고 있으며 중년이었던 스승님은 바야흐로 깊은 노년에 든 것이다.

30년, 그 긴 세월은 그렇게 숱한 사연들을 저리 채색해 놓은 것이다. 그동안 나는 세상 이치를 잘 몰라서 찾아뵙지도 못했으며, 또한 물때를 잘못 만나서 소식 한 자 전하지 못한 채 살아온 것이다. 가정이라는 내 작은 배에 집어등만 무단히 매달아 놓고 켜지도 못한 채 30년 긴 세월을 흘려보낸 것이다.

돌아 나오는 길에 선물판매소가 있었다. 좀 전 관음전에서의 진중함을 생각하고 기념이 될만한 것이 있을까 하여 들렀다. 목불상에 목탁, 염주 등속이 가지런하게 진열되어 있었다. 절집 아래 어디에서나 보아온 풍광인지라 그저 얕은 눈길로 지나다가 '충영'이라 쓰인 작고 못생긴 알갱이에 멈췄다.

"…이게, …뭔가요?"

"…아, 이건 충영이라는 거유. 저 가야산 줄기 상왕산 계곡에서 딴 개다래 충영…"

중년은 좋이 넘었을 성싶은 여인은 장황한 안내를 시작했다. 지난 8월 벌레가 우화하기 전 채취하여 쪄 말린 것이며, 열매 모양은 울퉁불퉁한 것이 약효가 더 좋다고 했다. 또한 통풍과 관절염 등 염증성 질환 완화에 큰 효과가 있다고 떠들었다.

요약하자면 벌레의 집이라는 말이었다. 식물의 줄기, 잎, 뿌리 따위에 곤충이 알을 낳거나 기생하여 이상 발육한 부분이라는 거였다. 특하나 풀잠자리가 알을 낳아 생긴 개다래 유충은 충영 중 으뜸이라는 거였다.

나는 한 봉지를 사 스승님께 드렸다. 그러면서 사모님이 잘 걷지 못하시는 것 같아 구입했노라 설명했다. 덧붙여 이 개다래 충영이 염증성 질환 완화에 효과가 있다는 판매원의 말을 전했다.

스승님은 밀물이 들기 전에 떠나셨다. 당신이 지금껏 가꾸어 온 학문의 깊이를 남긴 채 떠나신 거였다. 염상섭 연구를 비롯하여 두 바퀴의 고독에 이르기까지, 해타(咳唾)만 남기고 상경하신 것이다. 나의 둘째가 석사 과정에 입문하였다는 소식을 듣고 이리

불원천리 달려오신 것이다. 뿐만 아니라 혹여 도움이 될지도 모르니 하며 당신의 저술서와 연구서를 트렁크 가득 싣고 오신 것이다.

학문에 깊이 매진한다는 것은 결코 쉬운 일이 아닐 것이다. 어쩌면 스스로를 충영이 되게 하는 것일지도 모른다. 자신의 팔이며 다리, 머리 따위에 학문이란 알을 낳고 그 성장을 도모하는 것이기에 말이다. 그것은 개다래의 줄기며 잎에 풀잠자리가 알을 낳아 기르는 과정과 흡사하다 할 수 있다. 그리 기생하여 살아가기에 개다래의 줄기며 잎에 이상 발육의 흔적이 생길 것이며, 그게 바로 충영이 되는 것이기에 말이다.

스승님은 나에게, 아니 나의 둘째에게 충영 한 다발을 남기셨다. 그것은 그 충영의 영역을 확장하라는 믿음의 산물이다. 달리 학문이라는 집어등을 켜고 노력하여 충영이 되라는 것이다. 그리하여 통풍과 관절염을 환히 밝히는 벌레의 집이 되라는 의미일 것이다.

돌아오는 길엔 간월암 위로 달이 떠 있었다. 서해 먼 길 암자 위로 뭍에서 만나 섬이 된 사람과 하늘 끝 복판 가득한 달빛을 본다.

동부, 노래는 멧밥 위에

.

.

.

"그래요, 이젠 그만…"

장모님은 잔을 들어 올려 술을 뿌렸다. 천천히 그리고 아주 다정한 목소리가 그 뒤를 따랐다. 그만, 이제는, 잊고자 하는 것을 잊어야 한다는 듯 아주아주 느린 손놀림으로 봉분 위를 저었다. 파릇하니 솟아난 풀빛이 알코올에 젖어 천천히 붉어지는 오후였다.

그러니까 벌써 삼 년 하고도 이태나 더 지났다. 계절은 소리 없이 흐르고 사랑도 또 그렇게 흘러간다든가, 그런 감상적 노랫말처럼 세월은 쉬이 흘렀다. 이순을 겨우 지난 나이, 장인은 그렇게 젊은 나이에 돌아가셨다. 명예퇴직 후 불과 오 년쯤인가, 활발한 사회 활동을 하시다 그만 하늘의 부름을 받은 거였다.

전대미문의 바이러스, 코로나19의 감염 상황이 좋아지지 않아 벌써 5주째나 3단계의 굴곡을 헤매는 날이었다. 하여 어쩔 수 없이 장모님, 그리고 우리 내외와 둘째만이 성묘할 수밖에 없었던 거였다.

나는 트렁크에 실려있던 제사상과 제기를 꺼냈다. 그리고는 산소 앞에 돗자리를 깔고 그 위에 상을 폈다. 홍동백서, 조율시이… 그러나 그것이 그리 중요한 것은 아니었다. 늘 그랬다. 제사상 차림의 기본 형식에 구애받지 않고 우리는 평소 장인께서 즐겨 드시던 토란국에 과줄 한 꾸러미, 그리고 담배 한 개비면 충분했다. 그리고 멧밥에는 반드시 동부를 넣어 지어 올렸다. 동부, 그래 동부밥.

> 콩과에 속하는 일년생 덩굴식물 또는 그 열매. 까만 눈이 붙어 있어 블랙 아이드 피스(Black eyed peas)라고도 한다. 콩 중에서 꼬투리가 제일 긴 종류로 길이가 15~20㎝ 정도 된다. 주로 시골 농가의 울타리나 밭, 논두렁에서 주로 키워왔던 동부콩은 덜 익은 것은 밥에 넣어 먹고, 완전히 익은 것은 잡곡 또는 떡고물을 만드는데 주로 사용한다.

동부의 사전적 의미이다. 그러니까 이 동부가 과거 장인의 모든 것이었던 적이 있었다. 동부로 한 학생을 만났고, 동부로 연을 이었던 것이니 필연 전부였음은 분명하다. 눈물 나게 우스운 인연으로 장인은 장모님을 만났던 거였다.

그러니까 장인의 첫 부임지는 읍내 여고였다. 학년당 아홉 반이나 되었으며, 반 학생 수가 무려 50명이 넘는 큰 규모의 학교였다. 초임이었지만 3학년 담임의 업무를 맡게 되었는데 늘 늦은 귀가가 일상이었다 했다. 학생들의 진로 진학 문제로 상담에 상담을 하던 어느 5월, 학생 중 한 명이 장기 결석을 했다 한다.

장인은 그 학생의 집을 방문했다. 그 결과 학생의 가출 원인이 가정 형편이 어려워서임을 알게 되었고, 학생의 친구들을 총동원하여 추적 끝에 그를 찾을 수 있었다. 인근 도시의 미용실에서 보조 일을 하면서 숙식을 해결하고 있었다 한다. 불과 달포 만에 손은 부르텄고, 머리는 헝클어져 오뉴월 왜새풀 같았다 한다.

"…그래, …이젠 됐다. 집에 가자…"

장인은 그 학생을 귀가시켰다.

그리고는 그날부터 수시로 그 학생의 집을 찾았다 한다. 쌀 포대를 가져다 주기도 하였으며, 라면박스를 밀어 넣기도 했다. 간혹 저녁나절 찾아가면 그 학생은 밭에서 따온 동부콩을 넣고 밥을 지어 스승을 대접하기도 했다 한다. 그렇게 하루가 이틀이 되고 한 달이 두 달이 되었다. 그 학생은 무사히 졸업을 하였고 시내 미용실에 취업을 하게 되었다. 장인의 이발은 늘 그곳에서 행해졌음은 물론이었다. 그때마다 그 학생은 식사를 대접했는데 늘 동부가 들어간 밥이었다 했다.

"…그래, …이젠 됐다. 집에 가자…"

총각이었던 장인은 끝내 그 학생을 집으로 들였다. 그날 이후로 그 학생은 단 한 명만을 위한 전속 미용사가 되었다 한다. 동부밥이 좋아 그랬는지 아니면 그녀가 좋아 그랬는지 모를 일이었다. 그러구리 삼십 년 그 긴 세월이 흘렀으며 2남 3녀, 가장 아름다운 둥지를 꾸렸던 거다.

물려받은 재산이 없었던 장인은 박봉을 아끼고 아껴 자식들을 교육시켰다. 적어도 눈은 해 박아야 한다는 신념으로 자식 모두에게 학사모를 씌웠다. 그 과정에 학자금 대출이며 주택자금 대출 등 다양한 형태의 빚을 지기도 했다. 자식들이 성장하고 첫째와 둘째가 취업하여 도움을 주었건만 쉬이 그 빚의 양이 줄지 않았다 한다. 가족 모두가 가죽 허리띠를 조르고 또 졸라 빚 청산에 노력하던 어느 날, 불행하게도 장인이 돌아가신 거였다.

장모님은 그 나머지 대금을 갚기 위해 각고의 노력을 다했다. 낮에는 시급 몇천 원의 강의비를 받고 미용학원의 강사로 일했으며 밤에는 마늘 까기에 매달렸다. 그러니 자연, 낮에는 파마 냄새가 밤에는 마늘 냄새가 났다.

　　그렇지만, 강사료나 마늘료 등은 그저 개용 쓰기에 빠듯했다. 학비야 대출금으로 충당할 수 있었지만, 그 외 생활비는 정말 만만치 않았다. 강사료나 마늘료 등은 가게 운영비에 소용될 뿐 자식들 학비 이외 생활비는 턱없이 모자랐던 거였다. 자식들이 알바를 하여 덧난 생활비에 풀칠을 하여 보았지만 그건 어디까지나 '밑 빠진 독에 물 붓기'였다.

　　연체 고지서에 체납 독촉장이 산처럼 쌓인 어느 날, 장모님은 장녀인 아내를 몰래 불렀다 한다. 당시 아내는 사회 초년생으로 몇 푼 돈벌이를 통해 보탬을 주던 시기였다.

　　"…큰애야, 느이 아버지가 남긴 거란다. …우선 갚으야겠지…"

　　하며 통장을 내밀었다. 그러면서 아버지가 돌아가시기 전, 다달이 모아두었던 연금이라 했다. 아내는 ○이라는 숫자를 헤아려 보며 그 개수가 의외로 많아 눈을 크게 떴다 했다. 아내는 그것으로 빚을 갚았다 한다. 살뜰히도 아낀 장인의 마음자리였다. 아니, 교직원 연금이 주는 감사의 마음자리였다.

　　나는 돗자리를 걷었다. 그리고는 제사상과 제기를 잘 정리한 후 트렁크에 넣었다. 그러면서 늘 그랬듯 기제사의 기본 원칙에 구애되지 않고 평소 장인께서 즐겨 부르시던 '봄날은 간다'에 '해조곡' 한 곡을 불러 드렸다.

　　갈매기 바다 위에 울지 말아요 물항라 저고리에 눈물 젖는데

저 멀리 수평선에 흰 돛대 하나 오늘도 아 가신님은 아니 오시네…, 노래는 멧밥 위에 놓인 동부 한 줌처럼, 가슴을 울렸다. 아슴아슴 아련한 그 맛, 동부밥이 전하는 애틋한 그 맛처럼, 산소 아래로 내려오는 장모님 뒤로 장인이 남긴 사랑이 차곡차곡 쌓이고 있었다.

행여 계국지를 드시려거든

.

.

.

　서산에는 도서관이 둘 있다. 서산시립도서관과 충청남도교육청 서부평생교육원이 그것이다. 전자가 통합 전자도서관으로서 도서 서비스 위주의 기능을 하는데 비해 후자는 평생학습 서비스 위주의 기능을 하고 있다.

　이 이외에 십여 개의 작은 도서관이 산재해 있다. 물론 여기서 말하는 작은 도서관이란 읍 및 면 소재지에 위치한 규모가 작은 도서관을 이른다. 그런 작은 도서관은 관이라는 이름을 붙이기에는 다소 겸연쩍어 그냥 도서실이라 함이 적당한 규모이다.

　지난 철, 시립도서관에서는 시민을 위한 초청 강연회가 있었다. 다수 시민의 요구에 의하여 야간 강좌로 진행되었는데, 그때 만난 강사진의 면면을 보면 정말 대단했다. '눈의 여행자'를 자처하는 소설가 윤대녕, 달과 권력의 이중주를 주창하던 국립과천과학관 관장 이정모…, 등 관련 분야 일가를 이룬 인물군상이었다.

　그중 김갑정이라는, 좀 특별한 인물이 있어 나에게 많은 영향을 주었다. 그녀는 농부이자 어부이며 생활설계사라는 별난 이력의 소유자였다.

　"다들 먹어보셨것지만, …한 마디로 짜유."

김강사는 PPT를 통해 자신의 주장을 펼쳐나갔다.

"아시다시피 게국지는 울 지역만의 독특한 음식문홥니다. 중국의 오래된 농업기술서인 '제민요술(齊民要術)'에는, 우리 지역의 발효음식에 대한 기록이 남아 있답니다. '한무제가 동이(東夷)를 쫓아 왔다가 어부들이 어장(魚腸)을 항아리에 넣고 조미료를 담는 풍속을 목격하였다'라는 기록이 남아 있는데유, 이 기록에 나와 있는 항아리 속 어장은 아마 모르긴혀두 현대의 젓갈과 흡사할 것이라 추측할 수 있것지유."

말을 하면서 입맛을 다셨다. 이어 태안 지역은 소금이 많이 나는 곳이기에 염장 문화와 발효 문화가 일찍부터 발달하였다는 이야기, 대표적인 염장 음식으로 게국지, 간장 게장, 우럭젓국 및 각양의 젓갈류가 발달하였다는 이야기를 덧붙였다. 그러면서 그 염장 음식 중 오늘은 '게국지'에 대해 알아보겠노라 얘기했다.

"게국지는 '게+국+지'로 분류할 수 있지유. '게'는 꽃게 및 사시랭이를 말하며, '국'은 발효된 젓갈을, 그리고 '지'는 '디ㅎ'에서 그 어원을 찾을 수 있다구들 합니다. 저명한 학자의 학설에 의하면, 우리 민족은 상고(上古)시대부터 무수, 줄, 죽순 등과 같은 여러 채소를 소금에 절인 형태의 음식을 만들어 먹었는디, 그것을 '디히'라 불렀다 하지유."

설명은 계속해서 이어졌다. 김장을 하고 남은 배춧잎 등을 저민 호박, 통고추 등속과 같이 버무리는데, 이때 미리 준비한 게국을 넣어 간을 맞춘다는 이야기, 그리 만들어진 것을 게국지라 하며 찌개처럼 끓여 먹었다는 이야기 등을 일목요연하게 정리하여 말했다. 그러면서 게국지 만드는 과정, 저장 방법, 끓이는 방법 등을 동영상을 통해 보여주었다.

"자 그러면, 오늘은 특별히 지가 한 턱 쏘것습니다."

강의료를 두둑하게 받았으니 우리에게 게국지 한 그릇을 사겠다는 이야기였다. 강사치고는 처음 보는 행위를 하는지라 일행 모두는 의아해했다. 그러나 곧 그 진의를 깨닫고는 우리 모두 게국지 전문점으로 유명한 '일미집'을 향했다. 시립도서관에서 그리 먼 거리가 아니었기에 일행은 모두 걸어서 갔다.

흔히 1호 광장이라 하는, 서산 제1의 회전교차로를 지나자 바로 골목이 나왔고, 그 골목의 끝에 일미집이 있었다. 그저 아무렇게나 놓인 퇴색한 간판이 덩그렇게 앉아 우리를 마중했다. 반기는 건지 아닌지…, 전혀 알 수 없는 낡은 간판처럼, 주인아주머니의 손님 대하는 태도도 닮은 듯했다.

주문은 없었다. 식단도 없었다. 눈을 들어 우리를 주시하고는 그저 말 없는 표정으로 그렇게 주방으로 들어갔다. 이어 투박한 중년 남성이 나와 물통, 그러니까 물바가지를 놓고는 또 그렇게 무표정의 행동을 했다. 도무지 알 수 없는, 그런 손님맞이가 왠지 거북살스러웠지만 모두 아무 말도 하지 않았다.

"어려워들 마세유. 이게 이 집의 특성이에유."

강사는 이력이 붙은 말로 우리 일행을 다독였다. 자주 들러 게국지를 맛보았다는 뜻이었다. 특별히 이 일미집만의 특성으로 묻지도 따지지도 않고 먹으면 된다는 이야기였다.

곧이어 밥이 나왔다. 양은 쟁반에 13개의 반찬이 빈틈없이 놓여 있었다. 뚝배기에는 게국지, 깻묵 찌개, 계란찜, 늙은 호박 찌개 등이 있었고 파래무침, 콩나물무침 등 무침류와 무지를 물에 담가 놓은 짠지 그리고 게장이 있었다.

우리 일행은 쟁반에 놓인 밥과 반찬을 하나하나 맛보았다. 싱거우면서도 짠 게국지의 맛에 13개의 반찬이 주는 투박함이 더없이 정겨웠다. 서로들 말없이 음식 먹기에 몰입했다. 그러면서 나는 언젠가 읽었던 기억이 떠올라왔다. 특이한 이 음식의 맛을 평한 여행 작가 서영진의 말이 떠오른 것이다.

그는 이 지방의 토속 음식 게국지에 대해 '짜고 담백함이 궁합을 맞춘 맛'이라 평하면서 해안지방의 산물이 주는 일종의 특혜라 칭하기도 했으며, 식당 일미집 주인아주머니의 소박한 말투가 또한 일미라 했다.

"예전에는 어디 버릴 것이 있었대유. 배추에 젓갈을 이것저것 넣고 게를 쭉쭉 찢어 항아리에 담아났다가 낭중에 꺼내 먹었지유."

배추에 게장 국물과 젓갈 등을 버무려 내놓는 게국지. 이 게국지라는 이름도 갯국지, 깨국지 등으로 다양하게 불리는데 배추절임에 게나 갯벌 해산물이 곁들여졌다는 의미가 이름 속에 담겨 있다. 게국지에는 서해안에서 나는 온갖 게 종류는 다 들어가는 편이다. 꽃게, 능쟁이, 박하지 등을 으깨 게장을 담근 뒤 그 남는 국물을 넣으며, 기호에 따라서는 그 속에 호박을 숭숭 썰어 넣기도 한다.

'일미집'을 나왔다. 여느 주방에서 풍기는 된장찌개 냄새보다 더 강렬한 게국지의 냄새가 좁은 골목을 온통 휩싸고 있었다. 오래 묵은 듯 곰삭은 젓갈 냄새 같기도 하고, 은은한 불에 구운 마른 망둥어의 불내 같기도 한, 야릇한 게국지의 냄새가 골목의 담을 타고 흐른다.

"다들 드셨지만, …한 마디로 짜지유."

한참을 걷다가 다시 말했다.

"어딜 가든 서태안 사람인걸 바루 알쥬. 그게 게국지유."

오늘 저녁엔 손님이 올까요?

.

.

.

"여보, 뭘 먹을까요?"

아내는 또 걱정이다. 먹고 마신다는 건 늘 말썽이어서 마음처럼 일체가 되기 쉽지 않은 모양이다. 특히나 집에서 먹는 일상의 식사가 아니고, 외식을 할 때면 늘 우리 부부는 묻고 묻기를 거듭한다.

"그래, 더덕구이 정식이 어때?"

아내도 더덕을 좋아하는지라 공통의 분모를 찾아 제안한다. 그제서야 의견일치가 되고 우리는 점심 한 끼를 때울 수가 있는 것이다.

싱그러운 아침 햇살이 풀잎에 맺힌 이슬 비칠 때면 부시시 잠깨인 얼굴로 해맑은 그대 모습 보았어요…, 우리는 풀잎 사랑. 밥이 나오기 전에 음악이 먼저 나왔다. 최성수의 풀잎 사랑이란 노래였다. 싱그러운 아침을 지난 시간이었고, 또한 5월의 햇살이 풀잎에 맺힌 이슬을 하나둘 본래의 곳으로 인도하는 시간이었다. 통유리창 너머로 떡갈나무의 여린 순이 막 부는 바람에 하늘거리는 모습이 보였다. 저 연한 잎에도 이슬은 사라지고 없을 테지, 솜털 보송한 표면에 놓였던 이슬방울도 사라지고 없을 테지.

"특별히…, 조금 더 넣었지유. 식기 전에 드세유."

주인아주머니는 예의 다감한 목소리로 더덕구이 정식을 내왔다. 그러면서 구이가 식으면 그 맛이 반감되니 식기 전에 맛보라는 말을 남기는 거였다. 투박한 말투였지만 그 속에는 더덕보다도 더 향그러운 맛이 흐르고 있었다.

더덕은 알맞게 구워져 있었다. 알싸한 맛은 조금 남은 듯했으나 간이 잘 든 양념장이 그것을 조금 희석시키고 있었다.

옛날부터 더덕은 인삼 못지 않게 한방 재료로 사용이 되었다. 인삼에 많이 들어 있는 사포닌 성분이 더덕에도 풍부하게 들어 있기 때문이었다. 기본적으로 기침과 가래를 없애주고 기관지에 좋으며, 다양한 힘을 높여준다고 하여 남자에게 좋은 음식으로 정평이 나 있었다. 그러니 자연 오고 가는 길손들의 미각을 훔치기에 충분했다.

감염병의 창궐은 이 사하촌 식당에도 큰 타격을 준 모양이었다. 휴일이었고 점심때였는데도 불구하고 손님은 거의 없었다. 여기저기 파리만 날리고 있었으며, 우리 이외로 겨우 두 테이블에만 손님이 있었다. 그것도 둘씩 짝을 지은 축들로 겨우 네 명이 전부였다. 이삼 십 개나 되는 테이블은 텅 빈 채 그대로 고요 속으로 들어가 있는 듯했다. 입적이라 했던가, 어디 고승이 떠났는가.

찰기 잘잘 흐르는 밥은 정말이지 맛이 있었다. 밥만 먹어도 그냥 위장을 튼튼히 하고도 남을, 굳이 반찬이 필요 없는 그런 아름다운 맛이었다. 그런데도 그 밥에 맞는 성찬이 있었으니, 이 어찌 금상첨화가 아니랴. 비둘기가 물어 다 주어 산 전체에 퍼졌다는 전설의 참나물과 어디 고들빼기처럼 쌉싸름한 맛이 일품인 씀바

귀나물. 그것들을 뜯어다 갖은양념에 버무린 산나물 무침이 손길 가기에 충분했다.

"여보, 이것 좀…, 정말 맛이 있어요."

아내는 이것저것 산나물 무침에만 손이 가는 나의 주의를 돌려 더덕구이 쪽으로 유도했으며, 아예 한 점을 집어 나에게 물린다. 엉겁결이었지만, 끝내 나는 그 더덕구이를 맛볼 수 있었다. 약간쯤 불내가 난다고 할까? 불에 탄 짚단 같은 냄새가 고추장에 버무려진 더덕의 몸통에서 나왔다. 아니, 혀끝과 입념, 그리고 입천장에서 목울대로 넘어가는 각질의 끝에서부터 은은히 피어올랐다.

테이블 위 각자가 위치한 자리 사이로는 투명 유리 칸막이가 설치되어 있었다. 아니, 유리 칸막이라기보다는 비말의 차단을 위해 설치한 투명 플라스틱 칸막이라 할 수 있었다. 그 투명 칸막이 한쪽 면에는 '더덕구이 만드는 법'이라 쓰인 A4용지가 붙어 있었다. 그것은 칼라 단면으로 더덕구이 조리법을 기록한 글이었다.

　　더덕을 구입하고서 그것의 껍질을 벗겨 준비한다. 이때, 더덕 표피에서 하얀 진액이 나오니 비닐장갑을 끼고 작업하는 것이 좋다. 그런 뒤 소금물에 더덕을 담가 더덕 특유의 알싸한 맛을 빼고 준비한다. 더덕에 들어 있는 사포닌 성분은 물에 잘 녹기 때문에 오래 담그는 것은 좋지 않다. 그리고는 기름장과 양념장을 준비하고, 더덕을 방망이로 두들겨 부드럽게 만들어 준 뒤, 그 위에 먼저 기름장을 바르고 달군 팬에 식용유를 둘러 살짝 구워준다. 마지막으로 양념장을 발라 팬에 식용유를 두르고 살짝 양념이 타지 않게 구워주고 나서 실파나 통깨를 얹어서 보기 좋게 만든다. 양념장을 바른 더덕은 30분 정도 지난 이후에 구워야 더 맛이 있으며, 기름장에 발라 1차로 초벌을 해주고 고추 양념장을 발라 2차로 구워주면 양념이 골고루 배어 맛이 더 좋아진다.

컬러사진은 작은 편이었으며 그 옆으로 조리법이 깨알같이 쓰여 있었다. 재료 구입과 껍질 벗기기, 기름장과 양념장을 준비하기, 더덕을 방망이로 두들겨서 펴기, 더덕에 양념장 바르기, 그리고 굽기 등에 대한 조리법이 순차적으로 나열되어 있었다.

아내는 나의 모습을 물끄러미 바라보다가 핸드폰을 꺼내 조리법 용지를 찍었다. 한 컷, 두 컷 그렇게 몇 컷을 찍고서는 양념장 사진에 시선이 머물며 입술을 움직여댔다. 집에서 그것을 만들려는 모양인지 자못 신중한 표정이었다.

식당에는 좀처럼 새 손님이 오지 않았다. 식사를 하던 두 테이블의 손님이 나갔다. 그러자 일을 하던 주인아주머니가 바삐 다가와 식탁 정리에 나섰다. 식기며 수저 세트를 주섬주섬 담고는 휴지로 식탁 위를 닦았다. 음식 찌꺼기들이 손등에 묻어 붉어졌으나 개의치 않았다. 대신 손놀림을 더욱 빨리하여 주변 정리를 깨끗이 마무리했다.

"…혹시, 실례되는 질문이지만…, 요즘 단체 손님도 오나요?"

아내는 그런 주인아주머니에게 흘러가는 말투로 질문을 던졌다.

"요즘은…, 통 그러네유, 단체는 고사허구 짝손님 한둘이래두 받았으면…"

말끝을 흐렸다.

"오늘만혀두, 그러지요. 예전 같으면 즉어두 남아도는 테이블은 없었을 봄날 허구두 토요일이지라우…' 그런디, 이게 참, 뭐라 할 말이 없네유."

홀에서 일하는 보조아주머니를 셋까지 둔 적 있었다는 말을 덧붙였다. 그리고 젊은 청년을 주차 요원으로 둘이나 두었을 때의 에피소드도 곁들였다. 짧은 이야기였으나 그 속에는 감염병으로 인한 애증의 그림자가 넘실거렸다.

"그럼, 아무래도…, 저녁때는 훨씬 좋아지겠지요."

나는 점심때보다는 저녁때가 손님이 더 많지 않을까 하여 말했다. 그 속에는 조금 더 많은 손님이 들어 점심 장사보다는 더 매상이 올랐으면 하는 바람이 묻어있었다. 실제로도 등산 시간이 적어도 서너 시간은 소요되니 점심때보다는 저녁때에 손님이 많은 것은 사실이었다. 과거 코로나 이전처럼 단체 손님이었으면 더할 나위 없겠지만, 그나마 빈 의자가 더러 채워지기를 빌어 보는 것이었다.

그러다가 제2차 세계대전을 승리로 이끈, 영국 총리 윈스턴 처칠의 말을 떠올려 보았다.

"좋은 위기를 낭비하지 말라(Don't waste a good crisis)"라는 그 말, 위기가 곧 기회다 라는 뜻의 회자(膾炙)를 생각해보았다. 이 명언처럼 코로나19라는 감염병의 창궐은 어찌 보면 위기이고 기회일 수 있다. 현재의 팬데믹이 이후 경기에 막대한 영향력을 미칠 것이 자명하기 때문이다. 비대면, 콘텐츠 중심으로 산업 지형이 새롭게 변화하게 될 것이고, 이에 따른 새로운 산업 질서 재편이 불같이 일어날 것이다.

한국골판지포장산업협동조합 김일영 이사장은 "전염병의 대유행 앞에서도 안정적인 관리와 능숙한 대처 능력을 보이면 향후의 경제 사회에서의 입지는 더욱 굳어질 것이다."는 말로 미래의 경제 동향을 예측했다. 이 말 역시 팬데믹이 이후 경기는 전과는 사뭇 다를 것이라는 전제 위에 능숙한 대처만이 살아남기 위한 최선의 방책임을 주문한다.

저 먼 충청도 하고도 서해 내포의 끝자락, 그곳에 가면 가야산이라는 준령이 있다. 먼 태백의 정기를 한껏 안고서 차령을 넘고 넘어 우뚝 솟은 고봉산. 그곳에는 백 개의 암자가 있었다는 전설이 있고, 그 전설의 자국마다 움푹 파인 사연의 발자국이 있다.

그 줄기에 덕숭산이 있다. 그 산자락에는 수덕사가 있고 절집 밑으로 사하촌이 있다. 고색창연이라 향내 피어나고 경허도, 만공도, 일엽도 다 한가지로 숨을 쉬고 있다. 그 흔적의 말씀들 뒤로 하고 고개 하나를 꺾으면 계곡 옆으로 식당이 나온다. 덕숭산채이야기, 늘 늘 가슴 아래에 먹먹하게 멍울을 남기는 집.

나는 지금 그 집에서 더덕구이 정식을 먹고 있다. 점심이건만 너무나 느긋하여 한 시간이 넘는 숟가락질이다. 주변에는 손님이 하나 없다. 우리 둘, 나와 아내만이 구워 노르스름한 더덕을 들었다 놨다 하 세월을 낚는 중이다.

아내와 나는 더덕구이의 향을 가슴에 담고 식당을 나왔다. 출입문을 여니 풍경소리가 은은히 울린다. 나는 그 풍경 속에다 대고 자문을 해 본다.

"오늘 저녁엔 손님이 올까요?"

가두리

.

.

.

　내가 창리(倉里)에 도착했을 때는 이미 어둠이 몰려오고 있었다. 흐린 날씨 탓에 주변 풍광은 더 어둑했다. 바람마저 불어서, 파도가 방파제 끝에 자꾸만 부서지며 쏴-하는 귀청 곱지 않은 소리까지 내고 있었다. 마치 잘 말라 물기라곤 없는 스폰지를 만질 때처럼 버석버석, 소리가 날 것 같은 바람과 그 위에 얹힌 파도 소리였다.

　친구는 이미 마중을 나와 있었다. 밤색의 낡은 모자에 오골계처럼 검은 얼굴, 그 사이로 이만 하얗게 보였다. 악수를 하는 두 손이 흑과 백의 묘한 대조를 이루었으나, 온기만은 서로 따뜻했다.

　3년을 별러 겨우 장만하였다는, 그의 작은 배는 곧이어 부두를 떠났다. 나는 그 옛날 이순신 장군의 판옥선이 생각나 혼자 웃었다. 대중으로 꼭 그만한 크기일 거라 생각하며 어둠 속을 헤집어 나가는 고물을 물끄러미 바라보았다. 한 10분쯤 지났는가, 배는 그의 집에 도착했다. 대형 스치로폼 바닥에 널판을 깔고, 그 위에 컨테이너 박스를 얹어 만든 선상 가옥이었다. 그는 내리자마자 먼저 불을 켰다. 먼 데서, 먼 시간을 거쳐온 나에 대한 배려인지라 사방이 다 환했다.

방은 두 개였다. 하나는 창고로 사용하고, 다른 하나는 방으로 쓰고 있었다. 창고에는 양식에 필요한 도구들, 여러 개의 크고 작은 함지박, 우럭 사료 부대, 심지어 작은 톱까지 가지런히 정리되어 있었다.

깔끔한 녀석!

그와 내가 처음 만난 것은 고교 2학년 때였다. 제비뽑기로 짝이 되었고, 이후 같은 방에서 자취를 하는 동거인으로 발전하게 되었다. 밥을 하고 설거지를 하고, 방안 청소를 하고…, 정해진 시간표대로 등·하교를 해야 했던 우리였지만 그는 늘 집과 학교에서의 생활이 깔끔했다. 언제였던가, 그 날 나는 준비물을 놓고 와 점심시간에 자취집에 간 적이 있었다. 준비물을 찾기 위해 서랍이며, 책꽂이며, 심지어 간이 옷장까지 뒤져 겨우 그것을 찾아 들고 갔다. 널브러질 대로 널브러진 방안 풍경은 그대로 둔 채로. 방과 후 나는 그보다 늦게 귀가했었다. 방안을 열었을 때 나는 깜짝 놀랐다. 깨끗이 치워져 있었던 것이다.

바람이 좀더 부는지 선상 가옥이 좌우로 흔들렸다. 나는 조금씩 두려워졌다. 거센 풍랑에 집이 날아간다면…, 거북 등에 올라 구사일생했다는 어떤 이의 일화가 떠올랐다.

그는 밥을 지어왔다. 우럭 매운탕에 광어회, 그리고 놀래미 구이, 배추김치 한 접시가 전부였으나 울컥 가슴이 미어지도록 깔끔한 맛이었다. 특별히 한 잔 소주까지 곁들이니 가슴 가득 온기가 퍼져왔다. 그는 연신 놀래미를 구워 내 젓가락에 올려놓으며 먹으라 했다. 놀래미 구이란 따뜻함이 생명이라며 허허 웃었다. 검은 얼굴에 흰 이만이 불빛에 빛을 환하게 내었다.

이제 물때가 되었으니 서둘러야 한다며 낚싯대를 챙겼다. 방 안의 불을 끄고서, 백열전구에 깔대기를 씌운, 집어용 불빛을 바다 쪽으로 비췄다. 바람은 점차 누그러졌다. 다행히 널판까지 튀어 오르던 풍랑도 가라앉았다.

후잇-, 그가 휘파람을 불자 고양이 한 마리가 튀어 나왔다. 이 선상 가옥의 유일한 동거인이라 소개했다. 온통 검은 털로 뒤덮인 고양이였는데 그에게는 동료이자 친구였으며, 미래를 예측케 하는 예지자라 했다. 고양이의 동물적 본능이 풍랑이며 해일을 알 수 있게 해준다는 거였다. 가두리 양식장에 피해를 줄 수 있는 그런 위험 요소를 놈이 먼저 알고 신호를 보낸다는 이야기였다.

불빛을 비추자 이내 쭈꾸미 떼가 몰려왔다. 그는 뜰채로 그것들을 떠올렸다. 그 중 하나를 집어 입에 넣고 우적 하고 씹었다. 그리고 또 하나를 내 입에 넣어주며 고소하니 먹을 만하다 했다. 몇번 씹자 야릇하고 비릿한 맛이 지나고 고소한 느낌으로 다가왔다. 한차례 쭈꾸미 떼가 지나고 꼴뚜기 떼가 나타났다. 꼴뚜기 떼는 은빛 색채를 반짝이며 유연하게 몰려다녔다. 그는 뜰채로 그것들을 후렸다. 새끼 손톱만한 크기였다. 미리 준비한 플라스틱 함 지박에 그것들을 집어넣었다. 10분쯤 퍼 올렸는가, 그는 뜰채 작업을 마치고 낚시바늘에 그것을 끼웠다. 우럭이 가장 좋아하는 것이라며 나에게 미끼를 단 낚싯대를 넘겼다. 목장갑을 끼고 작업해야 상처를 예방할 수 있다 하여 장갑을 끼고 낚싯줄을 던졌다.

이내 느낌이 왔다. 손끝을 타고 흐르는 전율, 쩌르르 쩌르르 그 느낌은 가슴까지 전해졌다. 낚싯대를 채자 손바닥 만한 크기의 우럭이 걸려 왔다. 오른손으로 그놈의 몸통을 잡고 왼손으로 바늘을 뺐다. 꼬리지느러미를 파닥이는 힘이 웬간했다. 다시 대를 넣으니 유혹에 넘어간 놈들이 바늘에 꿰어 낚싯대를 흔들었다. 그는 씨알 굵은 놈을 골라 회를 쳤다. 피 한 방울 안 나게 뜨는 것도 기술이라며 가슴살을 골라 입에 넣어주었다. 상큼하고 고소하다 못해 깨끗한 맛이었다.

식수가 떨어졌음을 알고 그는 배를 타고 창리로 떠났다. 밀물이 올 때까지 두어 시간은 고기가 없으니 방에서 기다려야 된다고 일렀다. 멀리 간월도의 불빛이 갯바람에 흔들리고 있었다. 나는 방안을 찾았다. 이제 춥지 않은 4월 초순이건만 밤 바닷물은 손끝을 얼얼하게 만들었다. 전기장판에 언 손을 집어넣고 녹였다.

간이 책상 위에 가족사진이 보였다. 그와 처 은희, 그리고 사내아이 둘이 웃고 있었다.

은희.

그녀는 고교 시절 우리 자취방 옆에 있었다. 그녀도 자취를 했었는데 밥도 나누고 반찬도 나누고 하다 정까지도 나누게 된 여학생이었다. 하얀 얼굴, 해맑은 미소, 쌍꺼풀, 보조개… 그 여리고 예쁘기만 했던 얼굴은 가고 친구를 닮아 까매진 얼굴에 이만 하얗게 웃고 있었다.

사진틀 옆에는 일기장이 있었다. 그가 지난 세월 살아온 내력이 빼곡히 적혀 있었다. 2년을 키워, 올 가을에 출하될 우럭의 사랑, 20kg 사료 한 부대에 3만 원을 하며, 성어가 되어 하루 다섯 부대를 먹여야만 한다는 이야기, 사료의 절반가량이 우럭의 살로 간다는 이야기, 작년 태풍으로 인한 남해안 어민에 대한 가슴앓이와 상대적으로 단가가 높아진 슬프지만 기쁜 이야기, 친척이 찾아와 낚시를 해야 했고, 그 밤낚시의 불빛과 고성으로 이틀을 먹지 않았다는 우럭에 대한 이야기, 금년 출하량과 kg당 예상 단가, 그리고 매출예상액. 그의 기록은 하나하나 산 체험의 고백이었다. 때로는 눈물 나도록 절절하게, 때로는 가슴 아프게 쓴 기록이었다. 우럭과 가두리, 우럭과 사랑, 우럭과 울음의 기록이었다.

　일기장의 맨 끝에는 가족 특히 그녀 은희에 대한 기록도 보였다. 이번 우럭을 출하해 목돈이 생기면 융자금을 갚고 집 한 칸 지을 수 있다고, 당신이 그리 원하던 침대와 꽃무늬 커튼을 들일 수 있다고, 그리고 옛 친구에 대한 연민을 접고 나와 아이들과 우럭을 그 집에 가둘 수 있다고.

속영해발편續零海拔篇

·

·

·

난행량(難行梁) 유역에는 가끔 황금어가 독살에 걸려 잡히기도 했다. 이 물것은 그 길이가 보통 두세 자이며, 비늘이 황금색을 띄어 바닷물 속에서도 쉽게 구별되었다. 또한 어두의 형상이 돼지와 유사하여 돗치 또는 저두어(猪頭魚)라 속칭되었으며, 그 비늘 빛의 영향으로 금린어(錦鱗魚)라고도 불렸다.

조선 후기, 황 익성공의 후예가 이 반도의 땅에 정착했다. 낙향 또는 천석고황의 가료차 라는 표면적 이유 속에, 어두운 시대적 배경을 그림자로 업은 일종의 이주였다. 그 사람, 그러니까 익성공 후예의 낙향기 『법산어보(法山魚譜)』「영해발편(零海拔篇)」에는 다음과 같은 기록이 남아 있다.

예부터 이 난행량 부근은 어자원의 보고이며, 해조의 낙원이다. 천 리 해역에 지천으로 널린 어자원을 미침과 못 미침으로 분류하고, 어종별 그 크기를 대별하여 실행하였다. 그 실증적 예로 '독살'을 만들었고, 돌과 돌 사이 어른 주먹 크기의 구멍을 두어 어족 자원의 남획을 방지하였다. 즉 작은 고기는 빠져나가고 큰 고기만 잡게 만든 일종의 치어보호 그물인 셈이었다. 이곳에 가끔 황금색의 큰 고기가 걸리기도 하였는데 향리인들은 '괴어' 또는 '금린어,

저두어'라 했다. -(중략)- 이 독살 운영의 경우를 살펴보면, 주가 되는 인간의 심성이 자연이 주는 여유와 흥취를 닮았음을 엿볼 수 있게 한다.

후예는 그 말미에 '독살'에 대한 기록을 남기게 된다. 그는 독살이란 돌로 짠 그물이라 표현하였으며, 그 속에 가끔 괴어가 걸려든다 하였다. 바로 이 글의 발문이 되는, 저두어, 금린어 부분이다.

무명 가수 김영록이 태안문예회관의 제7차 기획 공연에 초대되었다. 신아의 공연 중에 삽입된 손님으로 말이다. 트로트의 부활로 최근에 주가가 폭등한 신아가 잠시 쉴 틈을 제공하기 위한 기획이었다. 고향출신 가수라는 수식어가 그 사람 김영록의 등 뒤에 붙어 있었다. 군청 문화관광과에 근무하는 친구 놈의 말을 빌리면, 현재 그는 서울의 모 업소의 밤무대에 나간다는 거였다.

회식 자리가 음주에서 가무로 바뀌면서, 세청 두리방을 찾게 된 나는 우연히 그를 보게 되었다. 번쩍이는 금빛 무대복을 입은 채, 그는 두리가요주점을 찾았던 것이다. 한물 간 생선처럼, 썩은 내나 풀풀 풍기며 허우적이던 우리 일행이었던 터라 그의 출연은 신선 그 자체였다. 새앵이 금린어처럼 발악을 하던 우리들의 시간이 정적으로 치닫는 순간이었다.

"이곳에 이근수 씨가, 근수가 혹시 있나요?"

계산대 옆 의자에 걸터앉은 나를 보고 그는 물었다.

"아, 인기 가수…, 김영록 가수 아니신가요?"

나는 대답 대신 그의 신분을 먼저 물었다. 그는 웃으며 고개를 끄덕였다. 붉은 이마가 불빛에 번쩍이는 소리를 들으며 나는 주머

니를 뒤져 종이를 꺼냈다. 그리고는 그를 향해 들이밀며,

"여기…, 싸인 좀…"

그리하여 나는 그와 일면식을 하게 되었다.

두리가요주점의 이근수와 그는 초등학교 동기동창이었다. 물론 이근수 씨는 나와도 모종의 인과가 있었는데, 교사와 부형이라는 웃지 못할 관계였다. 그와 같은 굴레방다리 인연은 폭음의 유산이 되었고, 결국 혼숙의 빌미를 제공했다. 다음 날 한나절이나 되어서야 혼숙 삼자의 겸연쩍은 대면은 다시금 이루어졌다.

"숙취엔 그저 비린내탕이 최고여."

이근수 씨는 김영록을 향해 갈라진 목소리로 너스레쳤다. 가수는 겨우 일어나 상을 받았다. 팬티 바람에 부스스한 몰골 그대로의 모습으로, 매운탕을 찍어 맛보았다.

"아니, 이형 이게 무슨 찌개?"

그는 놀란 표정으로 탕 그릇을 가리켰다.

"아, 이거. 이건 말이지, 음 그러니까 짠물 돼지고기탕이랄까. 뭐, 그렇다고 보아야하지, 암! 안 그래요, 선생님."

그는 괜시리 나까지 끌어들였다. 나는 엉겁결에 그렇노라 말하고 다시 손을 뻗어 숟가락에 힘을 주었다. 정말 시원한 맛이었다. 울대를 타고 넘어가는 뜨거운 국물이 십년 묵은 체증을 완전히 해소시키는 듯 알싸하니 시원했다.

나는 선조의 지혜를 빌어 금린어, 아니 저두어에 대한 소개를 시작했다. 익성공 후예로서의 자존보다 그 문헌, 그러니까「영해발편(零海拔篇)」에 기록된 독살과 그 속에서 이따금 잡아 올렸다는 저두어에 대한 이야기였다. 나는 화폭에 그려내듯, 그 고기의

크기며, 생김생김이며를 다소 과장된 몸짓으로 표현했다. 초롱한 눈빛을 빛내며 예의 인기 가수는 내 목소리에 집중하였다.

"이 사장, 우리 이렇게 중얼거리지만 말고 어디 그 독살이라는 곳을 한번 가 볼 수 없겠나. 오늘은 마침 스케줄이 없어 느지막이 올라가도 좋으니. 꼭 한번 보고 싶다네. 그리고 우리 황 선생님도 같이 가시죠."

김영록은 흥분하여 말했다. 나는 고개를 끄덕여 의사 표시를 했다. 별다른 약속이 없었던지라 나로서도 괜찮은 일이라 생각되었고, 또한 트로트 가수와 동행한다는 묘한 매력이 작용한 결과였다. 이근수 씨는 못 이기는 척 그러마라고 말하고 시간 확인에 들어갔다. 독살로서의 효력에 대한 수용 여부를 타진하는 거였다.

그는 자리에서 일어나 벽에 붙은 달력을 응시했다. 시력이 안 좋은지 달력에 코를 박듯이 하고서는 무엇인가를 찾았다. 그러더니 고개를 갸웃거렸다.

"오늘이 음력으로 24일이니까, 무쉬라구. 무쉬면 보통 13시부터 17시 정도까지는 몇 킬로쯤은 들어갈 수 있겠지. 물빠짐이 별루일 텐데, 뭐 걸릴까 몰러."

혼잣말로 중얼거렸다. 나도 근 10년 가까이를 이곳에서 살아왔던 터라, 그가 말하는 의미를 대충은 짐작할 수 있었다. 몇 마디 중얼거리던 그는 컴퓨터 앞에 털썩 주저앉았다. 출력물이 나오자 그는 우리에게 각각 한 장씩의 종이를 건네주었다. 백과사전에 수록된 독살에 대한 안내문이었다. 그곳에는 독살 체험장에서 찍은 사진 한 장과 짧은 설명이 곁들여 있었다.

독살 【명】 돌로 짠 그물. 조석간만의 차가 큰 해안지역에 주로 분포되어 남아 있음. 원시 어로형의 잔재로, 돌을 쌓아 만든 후 썰물 때 미처 빠져나가지 못한 고기를 잡음. 태안반도와 전남 해안, 제주도 등지에 그 잔재가 조금 남아 있음.

이미 몇 군데의 독살을 찾아 본 적이 있던 나는 독살의 의미가 대번에 들어왔건만, 김영록은 그렇지 못한 모양이었다. 사진을 보았다가 단어의 뜻풀이를 보았다가 하면서 고개를 연신 갸웃거렸다.

"돌로 짠 그물이라, 그럼 돌그물이란 말인데…, 에이 그렇게 만들었다고 고기가 그냥 있을까?"

그러자 곁에 있던 이근수 씨는 화보 사진을 손가락으로 짚으며 아는 체를 했다.

"독살은 해안의 굴곡 부분에 돌담을 쌓아 그 안에 간힌 물고기를 잡는 원시적인 어로 방법이라네. 돌로 담을 쌓기 때문에 한자어로 석방렴(石防簾)이라고 부르고 이 지역에서는 '독장', '쑤기담'이라 고도 부르기도 하지. 어로방법은 밀물 때 들어온 물고기가 돌담에 갇혀 썰물 때 빠져나가지 못하고 얕은 물에 놀게 되면 뜰망으로 떠서 잡는 형태야. 이 방법을 이용해 주로 숭어, 전어, 새우, 멸치 등 연안의 작은 물고기를 잡는다네."

그는 물 한 잔을 벌컥거리며 들이키고는 다음 말을 이어 나갔다.

"한겨울만 피하면 일년 내내 썰물 때 가서 물고기를 잡을 수 있다네. 독살의 설치장소는…, 에, 가보면 알겠지만 해안 지형이 굴곡지며 가까운 거리에 작은 섬이 있는 곳이 적합한 곳이지. 완만한 경사를 이루며 썰물 때에도 돌담 안에 물이 약간 남아 있어야 좋고. 돌담의 길이는 보통 100m 내외이며 대형은 300m나 되는 것도 있다네. 담을 쌓는 방법은 밑 부분은 큰 돌로 세 줄 정도 쌓고 점점 위로 갈수록 폭이 좁아지면서 작은 돌을 쌓는데, 돌과 돌 사이 성긴 부분은 잔돌이나 자갈로 채워 넣는다네."

열강을 하던 그는 목이 막히는 모양이었다. 말을 멈추고 식탁 위의 잔을 한 입에 털어 넣었다. 저두어탕 그릇은 여전하였으나, 식어서인지 비린내가 풍겼다.

"생강이 들어가야는데, …야전이려니 생각하고 그냥 넣어보자구. 하던 얘기 계속하면, …돌담 안쪽은 반듯이 쌓고 바깥쪽은 경사가 지게 해야 하며, 깊은 곳의 높이는 사람 가슴에서 키 정도이지. 돌담의 형태는 타원형이나 기역자 모양을 하며 중간 부분에 물고기가 모일 수 있도록 약간 깊은 웅덩이가 있다네. 어떤 곳에는 물고기가 들어가도록 임통(쑤기통)을 설치하기도 하였지.

어로작업은 매우 간단해서 하루 두 번 썰물 때에 맞추어 대바구니(조락)와 뜰망(족바지)을 가지고 가기만 하면 끝이야. 돌담을 타고 웅덩이 있는 곳으로 가서 모여 있는 고기를 뜰망으로 건져 대바구니에 담기만 하면 되는 간단한 일이야. 그래도 그게 무시할 수 없게스리 많이 잡힐 때는 대바구니 3~4개에 가득 찰 정도로 잡았다고 하는 얘기를 듣기도 했어."

"이렇게 아니라, 한번 가보지 뭐."

김영록은 독작하듯 쓴 표정으로 잔을 비웠다. 그러면서 이근수의 행동을 주시했다. 잉걸불처럼 타오르는 그의 눈빛에 이근수도 자리를 털고 일어섰다.

상처 없는 영혼이/ 세상 어디 있으랴
사람이/ 그리운 날/ 아, 미치게/ 그리운 날
네 생각/ 더 짙어지라고/ 혼자서/ 술 마신다

국도 32호선의 종착지, 소원면 만리포는 의외로 멀었다. 서산에서 태안까지가 20분, 그리고 만리포까지가 또 그 정도의 시간이 소요되었다. 싸늘하게 군은 염전이 차창 사이로 보였다. 겨울의 입구가 그 염판의 위로 널려져 있었다. 소금 대신 바람을 부르는 모습이 흡사 쓴 표정으로 술을 마시던 김영록과 비슷했다. 나는 박시교의 '독작(獨酌)'을 생각해보며, 무명 가수로 살아온 그가 혼자 마셔야 되는 생의 술잔이 많았음을 감지할 수 있었다. 그에게도 상처는 있을 것이며, 또한 그리운 날과 그리운 사람이 있을 것이다.

　　만리포 삼거리에서 차는 좌회전을 했고, 모항을 지났다. 그곳에서 또 좌회전으로 파도리, 이름도 아름다운 그곳을 찾아가는 것이다. 공시지가가 하루가 다르게 오른다는 이곳, 한 뼘 땅뙈기로도 부자 소리를 듣는다는 해안 마을. 파도리에는 파도 소리보다 더 시퍼런 환전의 소리가 들려오고 있었다. 드문드문 김을 말리기 위한 발장이 보였다. 오늘의 지구촌 시대에도 저렇게 수작업의 공정을 거치기도 하는구나, 그래 저렇게 김을 말리고, 추억에 버무려진 시간을 펴 말리는구나.

　　인근 송현리와 이곳 파도리의 아치네 사이에 아담하니 독살이 누워 있었다. 그곳에 반쯤 빠져나간 바닷물이 겨울의 햇살에 눈부시게 펼쳐져 있었다. 마치 다리미로 다린 듯 잔잔한 해수면이 보였다. 그 먼 옛적 송강 정철이 바라보던 경포 호수의 수면도 이쯤의 풍광이었을까, 바라볼수록 고요했다.

斜사陽양 峴현山산의 擲텩躅튝을 므니불와

羽우蓋개芝지輪륜이 鏡경浦포로 ᄂᆞ려가니,
十십里리 氷빙紈환을 다리고 고텨 다려,
長댱松숑 울혼 소개 슬ᄏᆞ장 펴뎌시니,
믈결도 자도 잘샤 모래를 혜리로다.
孤고舟쥬 解ᄒᆡ纜람ᄒᆞ야 亭뎡子ᄌᆞ 우희 올나가니,
江강門문橋교 너믄 겨틔 大대洋양이 거긔로다.
從둉容용ᄒᆞ다 이 氣긔像샹, 闊활遠원ᄒᆞ다 뎌 境경界계,
이도곤 ᄀᆞ존 ᄃᆡ 쏘 어듸 잇닷 말고.

송강이 바라보던 경포 호수와 다른 점이 있다면 단 하나 혼탁한 수면뿐일 것이다. 들고 남을 지속하는 해안, 그곳에 영욕의 시간이 퇴적되어 갯벌을 이루었고, 하여 탁한 흐름만을 보여주는 것이다. 그렇지만 그 외의 풍광은 송강이 바라보던 일대보다 훨씬 더 훌륭했다. 안홍 너머 멀리 신진도항이 보이고 그 끝에 활원한 경계가 눈에 들어 왔다. 수평선, 아스라이 펼쳐지는 그곳이 바로 해발 고도가 제로인 곳, 영해발(零海拔)이었다.

이근수 씨는 대바구니(조락) 대신 검정 비닐봉지와 뜰망(족바지)을 들고 물을 향해 가고 있었다. 그 옆으로 김영록의 빠른 동작이 지나갔다. 그는 목장갑을 끼고 있었다. 검은 빛의 긴 장화가 그들의 몸짓을 우스꽝스럽게 만들고 있었다.

"와, 굉장해. 이게 무슨 고기인가!"

김영록의 격앙된 목소리에 이어 뜰망이 위로 올려졌다. 그 속으로 몇 마리의 고기가 파닥거리고 있었다. 나는 그이 곁으로 다가가 봉지에 그것들을 집어넣었다. 손바닥만한 우럭이었다. 김영록은 그 고기의 파닥이는 모습이 신기한지 손으로 꼬리를 집어 들

었다. 추위 탓인지 몇 번을 버둥거리다가 놈들은 이내 끌려 나왔다. 재색 체구가 위풍도 당당하게 늘어져 내렸록.

장화를 신었건만 발밑으로 냉기가 스며들었다. 나는 참지를 못하고 뭍으로 나왔다. 그리고는 주변에 어지러이 널려진 땔감을 주위 모았다. 삭은 나뭇가지들, 마른 채 뒹굴고 있는 말뚝들, 부표에서 부러져 나온 듯한 대나무가지들…. 그것들을 한데 모아 불을 지폈다. 간기가 채 가시지 않은 듯 쉬이 불이 붙지 않았다. 눅눅한 해안선, 그 저지대에 깃든 놈들의 삶이 일거에 타오르는 삭정이와 같지 않음을 느끼면서 후- 입김을 날려 불을 지폈다. 갈대의 바싹 마른 잎으로 밑불을 놓고서야 겨우 불이 올랐다. 가수와 학부형도 발이 시린지 불밭으로 뛰어 올랐다.

"어후우, 시려. 삼동이 이름값을 하나벼."

이근수 씨는 턱까지 덜덜거리며 말했다. 뜰망은 독살 속에 던져두었건만 고기가 들어있는 봉지는 놓치지 않고 들려 있었다. 나는 그들의 봉지를 들고 안을 훑어보았다. 우럭 몇 마리에 놀래미가 더러 섞여 있었다. 곱은 손을 원상태로 복구시킨 이근수 씨는 미리 준비한 칼로 잡은 고기를 달았다. 회를 치기에는 너무 적으니 소금구이나 해 먹자며 배를 땄다. 한 줌도 안 되는 고기의 내장이 발려지고 소금을 훅 뿌려 잉걸불 위에 올려놓았다. 탁탁, 불 속에서 소금알이 튀어 올랐다. 뒤집고 엎고를 반복하더니 그예 먹으라고 들이 밀었다. 맛있다 하기에는 어쩐지 2%쯤 부족했지만, 처음 해보는 행위이고 처음 맛보는 것인지라 별미였다.

독살에 놓인 돌무더기는 그 크기가 천차만별이었다. 대체로 밑에 놓인 것은 큰 편이었고 위쪽으로 갈수록 작아졌다. 하지만 그것의 배치에 일관성은 없었으며 단지 적당한 높이로 쌓여진 모습이었다. 모습 역시 반드시 둥글지만도 않았다. 넙적한 것에서부터 모난 것에 이르기까지 각양의 양태가 쌓여진 채, 억겁 세월과 파도를 이기고 고스란히 남아 있었다. 큰 돌과 돌 사이에 작은 돌을 넣어 고기의 유로를 차단하였고 아기 주먹 크기의 틈은 그대로 두었다. 어찌 보면, 자연석 그대로의 쌓음에 불과해 보이지만, 그러나 그 속에는 선조의 지혜가 숨어 있었다. 즉 치어를 잡지 않겠노라는 선조의 지혜가 숨어 있었다. 그곳은 송어로 치면 몰치에 해당되는, 이른바 작은 고기들의 생명 연장을 위한 통로였다. 적어도 한 자 이상이나 되어야 잡을 가치가 있노라는 묵계였던 것이다.

가수와 학부형은 다시 뜰망을 들어 바다를 후렸다. 연신 내젓는 그들의 속내에는 월척의 꿈이 들어 있으리라. 모르긴 해도 저두어 또는 돛치로 불리는 전설상의 고기에 대한 미련도 얼마쯤은 잠재해 있으리라. 그 흉한 몰골과 빛나는 비늘에 대하여도.

나는 「영해발편(零海拔篇)」의 고기에는 관심이 없다. 또한 그것의 존재 유무와 크기, 빛깔 등에도. 다만 한 가지 독살의 효용이 사라져감과 저두어의 사라짐이 어쩐지 상통하는 면이 있는 것 같아 안타까울 뿐이다.

해발 고도 제로인 이 지점, 하루 두 번씩 썰물로 들어오고 밀물로 나가는 해안, 영해발 부근. 나는 지금 그 이름도 고상한 영해발 위에 있는 것이다. 이곳 고상의 시간은 어쩌면 축구 용어 인저리 타임에 해당되는지도 모른다.

인저리타임(injury time). 그렇다. 지금 이 영해발 위의 시간은 분명, 정규시간 이후 추가로 허용되는 인저리타임이다. 독살로서의 효용 가치가 이미 사라진 이곳, 이 개흙의 땅과 돌그물, 이것들은 분명 사라져가기 위해 존재하는 것이 아닌가. 독살로서 주어진, 그만의 삶의 운동장에서 승리하기 위해 최선을 다하다 정규시간을 다 지낸 것이다. 한때는 저돌적인 자세로 골대를 향해 달렸을 때도 있었고, 또 한때는 지루한 공방전이 이어질 때도 있었다. 상대방의 태클에 쓰러지기도 했으며 교활하고 난폭한 반칙에 참을 수 없는 고통을 당하기도 했다. 이따금 심판의 편파적 판정과 상대의 야비한 반칙에 울기도, 회심의 슈팅이 아슬아슬하게 빗나가기도 했다.

그렇게 그렇게 살아온 우리네 선조의 삶에 묻혀 독살은 살아온 것이다. 영겁의 세월, 그것이 내뿜은 거대한 진군 속에서도 꿋꿋하게 참아왔던 돌, 그 아름다운 이름이 천천히 사라져가는 중이다. 오늘과 내일의 막강한 기술력이, 한낱 돌로 무장한 그물을 갯벌 속으로 들이미는 것이다.

> 달이 오르면 배가 곯아/ 배곯은 바위는 말이 없어
> 할일 없이 꽃 같은 거/ 처녀 같은 거나
> 남몰래 제 어깨에다/ 새기고들 있었다
>
> 징역사는 사람들의/ 눈 먼 사투리는
> 밤의 소용돌이 속에/ 파묻힌 푸른 달빛
> 없는 것, 그 어둠 밑에서/ 흘러가는 물소리
>
> 바람불어......, 아무렇게나 그려진/ 그것의 의미는

저승인가 깊고 깊은/ 바위 속 울음인가
더구나 내 죽은 후에/ 세상에 남겨질 말씀쯤인가

인저리타임의 독살은 현재 김민부 '균열(龜裂)'처럼 사라져가는 상태이다. 균열은 곧 와해의 전 단계이니 독살로서의 효용가치는 스러져가고 있는 것이다. 굳이 천재 시인 김민부가 아니더라도, 아니 그의 '균열'이 아니더라도 금 가고 못난 상태의 돌은 이제 돌이 아닌 것이다. 푸른 달빛 아래 서성이는 징역사는 사람들의 울음처럼 지난 시대의 말씀으로 누운 것이다. 어둠 밑의 물소리에 부서지는 깊고 깊은 독살의 울음.

비단 독살만이 우는 것은 아니다. 그 독살의 울음보다 더 깊고 처절한 울음이 우리들 삼자의 내면 깊이 숨어 있는 것이다. 이미 불혹의 끝, 아니면 지명의 복판을 흐르는 우리들, 아니 우리들의 삶의 현장이 우는 것이다. 우리들 삶이 바로 독살의 균열과도 같으며, 언제 흩어질지 모르는 인저리타임 위에 있는 것이다. 맹목으로 세파를 이겨내려던 젊음은 이미 정규 시간 너머 아득히 사라져가고, 종료를 알 수 없는 인저리타임.

"무얼 그리 생각하시오. 이것 좀."

김영록은 봉지를 들어 올렸다. 묵직하게 보였다. 나는 갯벌로 들어가 그 물건을 받았다. 그리고는 밖으로 나와 그가 잡은 고기를 펼쳐 보았다. 손바닥만한 우럭과 놀래미가 보였다. 재색의 우럭이 등지느러미 아래 누워 있었다.

그 어디쯤 저물어가는 겨울의 해가 보였다. 가뭇없이 다가오는 어둠이 아주 느리게 놀 위를 덮고 있었다.

난행량(難行梁) 유역에는 가끔 황금어가 독살에 걸려 잡히기도 했다. 이 물것은 그 길이가 보통 두세 자이며, 비늘이 황금색을 띄어 바닷물 속에서도 쉽게 구별되었다. 또한 어두의 형상이 돼지와 유사하여 돗치 또는 저두어(猪頭魚)라 속칭되었으며, 그 비늘 빛의 영향으로 금린어(錦鱗魚)라고도 불렸다. 하나 이것은 전설상의 물것으로 볼 수 있고, 현대에는 그 잔재조차 찾아보기 힘들다. 다만 태안반도지역에서는 물텀벙이라는 고기를 돗치라 부르기도 하지만 그 몸통 빛깔이 다르다.

가적운하편 加積運河篇

·

·

·

1. 법산어보(法山魚譜)

조선 후기, 황 익성공의 후예의 낙향기 『법산어보(法山魚譜)』
「가적운하편(加積運河篇)」에는 다음과 같은 기록이 남아 있다.

예부터 이 난행량 부근은 어자원의 보고이며, 해조의 낙원이다.
또한 삼남 세곡선이 반드시 지나야 하는 수로의 요충으로 그 기능
을 다하나, 바람을 동반한 거센 물결로 짐짓 쉽게 지나지 못한다.
하여 고려 말부터 조선 후기에 이르는 근 500여 년 동안 국책 사업
으로 운하 건설이 시행되었다. 하나 국책 가적운하 공사는 누차
착수되었으나 실현되지 못하였다. 당대 조정의 사정과 미약한 힘
으로서는 실현이 곤란하였고 운하공사지의 지반은 견석이라 개착
이 또한 어려웠던 것이다. 조류는 토사를 운반하여 이미 진행된
공사를 방해하였고 결국 운하 건설은 실패로 끝나게 된 것이다.
운하 건설에 대한 노력이 수포로 돌아가고, 겨우 안면곶을 관통하
여 운하에 대용(代用)하였다. -(중략)- 이 가적운하 개착의 경우를
살펴보면 주가 되는 인간의 힘은 대자연에 비해 너무나 미약하였
음을 엿볼 수 있게 해 준다.

후예는 그 말미에 '가적운하'에 대한 관점을 남기게 된다. '가적운하'의 역사적 사실에 대한 기록이 글의 중심 내용이었다. 또한 그 말미에 그 사실을 바라보는 관점이 나타나 있었는데, 요약하면 '명분과 실리'에 대한 후예의 통찰이다.

신세기, 『법산어보(法山魚譜)』의 저자 황 익성공 후예의 후예가 교육공무원의 일원으로 이 반도 땅에 거주했다. 그 사람, 그러니까 또 다른 익성공 후예의 낙향기 『교무수첩(教務手帖)』에는 다음과 같은 기록이 남아 있다.

2. 가적운하(加積運河)

선택이란 늘 결재권자의 몫이다. 향후, 그 선택으로 얻어진 결과 역시 그의 몫임은 자명하다. 그것은 잃을 수도 또는 얻을 수도 있는, 어찌 보면 일종의 투기와도 같다. 하지만 우리는 언제나 선택의 기로에 놓여있는 것이다. 왜냐하면 인간 개체로서의 개인은 자기 몫의 삶의 결재권자이니까.

적어도 아홉 시는 넘겨야 된다는 생각에 나는 되도록이면 천천히 운행하였다. 중간중간 신호등에 걸려들기를 소원했고, 또 붉은 신호로 변하기를 바라며 천천히 달렸다. 평소 노란 신호등에도 부리나케 건너던 때와는 달리, 도로교통법 준수에 최선을 다하였던 것이다. 주행 속도 80㎞, 정지선 지키기, 신호 지키기….

9시 10분. 그리그리 노력하여 겨우 9시가 넘어 교무실에 도착하였다. 늘 하던 대로 자판기 앞에서 커피 한 잔을 빼어 들고, 동료를 불러 끽연실로 향했다. 방학 중인지라 정리가 잘 되지 않은 끽

연실은, 너저분한 모습으로 추위에 떨고 있었다. 라이터의 불을 켜고, 한 모금 길게 연기를 빨아들이자 비로소 정신을 차릴 수가 있었다.

"그래, 오늘 일정 애기 들었나?"

내가 진행 과정을 묻자 이 선생은 고개를 저었다. 그도 전해들은 바가 없는 모양이었다. 자판 커피의 맛이 의외로 쓰게 느껴졌으나 종래 다 마시고는 교무실로 들어갔다. 언제 왔는지 교무실에는 손님이 기다리고 있었다. 20대 중반이나 되었을까, 청초하고 앳된 모습의 여자였다.

"아, 마침 황 선생님이 들어오시네요. 황 부장, 인사하세요. 이 분은 한국대학교 박사 과정 중이신 금나라 선생님이십니다. 현재 북부상초 교사이기도 합니다."

나는 그녀와 인사를 나누었다. 초면인데도, 그녀는 씩씩하게 악수를 청했고 본인이 스물아홉이나 먹은 여자임을 강조했다. 생각보다 나이배기군. 나는 속으로 되뇌어 보았다. 그러면서 흘낏 그녀의 옆모습을 훔쳐보았다. 은은한 안개 같은 미소가 일품이었다.

교감 선생은 그녀가 찾아온 목적을 말했다. 학위 논문을 위해 〈가적운하〉에 대한 자료나 안내가 필요하니, 동행하여 그 필요를 풀어주라는 거였다. 본군의 문화원을 찾아 해결하려 하였으나 그 쪽에서 나를 추천하여 찾아왔노라하며 그녀가 거들었다. 먼 원안에서 부원천리 달려온 손님이고, 나로서도 마침 별다른 일이 없는지라 그러겠노라 대답했다.

나는 그녀를 도서실로 안내했다. 무슨 비밀의 서적이나 고문

서를 보여주려 함은 아니었고, 단지 도서실에 마련된 사랑방을 자랑하고 싶은 마음에서였다. 원두막을 연상하여 꾸민 사랑방, 아니 작은 크기의 다락은 바닥에 열선을 깔아 안온한 느낌을 주었다. 나는 그녀에게 녹차 한 잔을 타 주었다. 그러면서 먼 옛적 전설을 꺼냈다.

"잘 아시겠지만, 그래 '효불효교(孝不孝橋)'의 전설 말이죠,…"

그녀와의 만남은 그렇게, '효불효교'의 전설처럼, 우습지만 그렇게 진행된 것이다. 불효임을 알면서도 불효를 자처하여 효를 실천하였다던 신라 그 사람. 바로 나도 지금 신라의 사내가 되어 관습과 인지 사이에 헤매면서, 아니 명분과 실리 사이에서 갈등을 겪고 있으면서 그녀를 대하고 있는 것이다. 그 갈등이 그녀가 갈구하는 〈가적운하〉 전말서의 전부임을 강조하면서 대략의 이야기를 우물거렸다. 그리고는 그것의 단초가 되는 지도를 꺼내 보여 주었다.

나는 펼쳐진 지도에 대해 간략하게 설명했다.

"선생님께서도 이미 아시리라 믿습니다만, 가적운하(加積運河)란 천수만과 적돌강을 연결하는 운하를 말하지요. 지도에도 나타났듯이 천수만은 지도 상단의 어은리쪽 바다를, 적돌강은 아래쪽 부석면 해안, 즉 검은여 부근을 말한답니다. 지도에 붉게 표기된 부분이 바로 문제의 지점이랍니다. 불과 십리도 안 되는 약 3㎞ 정도의 거리이지요. 그것 때문에, 그 짧디짧은 뭍 때문에 양대 왕조 500여 년의 세월이 흘러간 거지요."

그녀는 진지한 표정으로 나의 말을 경청했다. 간혹 기억할 만한 이야기가 나오면 노트에 기록하기를 반복했다. 가느다란 손이,

올망하게 무엇인가를 적었다. 정말이지 예쁜 손이었다. 섬섬옥수가 따로 없는 듯싶었다.

"이 운하는…, 그러니까 총 530.8㎞나 되는 반도 해안을 일거에 줄일 수 있는 대안이었던 게지요. 지도 우측에도 나와 있듯이 이 지역이 남송과의 해상로였으며, 삼남의 세곡선이 반드시 지나야 하는 길목이었습니다. 그렇지만 안흥량 지역의 물살이 세서 난파 사고가 다반사로 일어났다는 데 문제가 있었던 모양입니다. 연구에 의하면 가로림만의 조차(潮差)는 평균 484㎝로 나타나며, 밀물 때의 조류는 북동류하고 썰물 때는 그 반대 방향으로 흐른다 합니다."

책상 겸 다탁으로 놓인 앉은뱅이 상에 구부린 채 그녀는 무엇인가를 적어 내리고 있었다. 휘휘 내저었으나 용사비등의 달필이었다. 나는 한 모금 종이컵을 음미하고는 이내 다시 말을 이었다.

"이러한 관계상 해로에 의한 남북지방의 연락 교통은 특히 교통기관이 발달되지 않던 고려조와 조선조에서 있어서는 대단히 불편하였을 것입니다. 가령 적돌강구에서 천수만을 거쳐 해로로 연안을 돌아 북쪽 가로림만에 이르는 데는 태안군의 남면, 안면면(당시는 우도), 근흥면, 소원면, 원북면, 이원면의 7면을 우회할 수밖에 없었을 것이지요. 그리하면 근 6백km의 항로가 됩니다. 이와 같은 근 6백km의 운송 거리 및 여기에 소용되는 시간과 비용이 적잖았음은 물론입니다. 이러한 항로를 피하려면 남북만을 연결하는 가적운하를 개착하는 외에 여하한 방법도 없었을 것입니다. 이 운하의 직선거리는 약 3km 정도로 운하 완성은 6백여km의 우회를 불필요하게 하고 시간과 거리의 단축을 가져오는 셈이었지요.

　문제는 이 일대의 파도가 심하여 항로를 곤란케 하였음에 있습니다. 그 중에도 안면량은 고칭 난행(難行)량이라고 할 만큼 파도가 심하여 조운선이 가장 위험시하는 곳이었지요. 안흥량은 대체로 지금의 안흥 부근 일대의 앞바다를 총칭한 듯한데 신진도의 후망봉을 중심으로 육지경의 내양과 해안경의 외양으로 나누어졌다 볼 수 있겠습니다. 이 내양과 외양의 합치는 곳을 특히 관장항(關障項)이라고 칭하는데 조석의 간만 시는 유속이 빠르고 때로는 파도가 심하여 목선의 통행이 불가능할 정도였답니다."

　나는 그녀가 알고자 하는 바를 대략 설명해 주었다. 몇몇 사안에 대하여는 고개를 끄덕이기도 했고 기록하기도 했다. 그러면서 깨알같이 쓰인 노트의 한쪽 면을 손으로 쓸었다. 마치 무슨 먼지라도 끼어있는 듯 소중히 입김을 불기도 했다.

　"얼마 전, 뉴스에서 보니까, 고려청자 유물이 나왔다던데…, 그곳이 어디쯤인가요? 한번 가 보고 싶은 생각이 드네요."

　그녀는 눈을 반짝이며 나를 쳐다보았다. 동행해 줄 것을 부탁한다는 무언의 눈짓이었다. 촉촉한 눈빛, 무엇인가를 숨긴 듯한 표정 속에 빛나는 눈빛이었다.

　"금 선생님 그러면…, 한번 가 보실까요. 승용차로 약 15분 정도의 거리에 있으니, 금방 도착할 것입니다."

　나는 뒷정리를 하고 그녀를 도서실 밑으로 안내했다. 도서실 창을 나서자 복도 쪽으로부터 훅 하고 냉기가 덮쳐왔다. 체감 온도가 영하 10도쯤 될까, 오싹하니 밀려오는 한기를 느끼며 발걸음을 옮겼다. 이층의 계단을 내려오며 나는 이 계단이 먼 신라 적 사내가 꾸민 '효불효교'가 아닐까 걱정되었다. 그래 나의 이 걸음이 훗날 어찌 평가를 얻을 것이며, 그에 따른 평판이 앞으로의 행로에 무엇을 줄 것인가를 생각해 보았다. 그러면서 오교(吳喬)의 '위로시화(圍爐詩話)'를 떠올려 보았다.

　　명나라 때의 유명한 평론가로 오교란 사람이 있었다. 그는 '위로시화(圍爐詩話)'라는 글에서 쌀의 메타포를 말했다. 쌀은 밥을 지을 수도 있고 술을 빚을 수도 있다는 내용으로, 전자는 산문을 후자는 운문을 비유했다. 즉 외형적인 문제와 본질의 문제를 다루어 당시 지식인들로부터 상당한 지지를 받았는데, 이는 종래 외형이 그리 잘 갖춰지지 않고 응축이 안 됐다 하여 나쁜 건 아니며 그로써도 충분히 가치 있는 글이 될 수 있다는 논리에 대한 반박으로 '운문의 지속은 산문화를 이루며, 산문의 지속은 운문의 귀속'이라는 관념에 일탈하는 입장이었다.

　　재료란 누구에게나 주어지는 것이다. 어떤 이는 그것을 통하여 현재 삶의 효용에 대비하기도 하고, 또 어떤 이는 사회·문화적 잣대에 대비하기도 하는 것이다. 그 선택의 옳고 그름은 당대를 지나 보아야 알 수 있음이니, 어쩌면 이것이 인간의 태생적 숙명 아니겠는가. 동짓달 긴긴밤의 한 허리를 잘라 여름 한 철의 소용에 대비하고자 했던 황진이 누님의 혜안이 단지 부러울 뿐이다.

　　지금 금나라 선생과의 동행이 '가적운하'라는 외형적 문제의 답을 찾아가는 과정이지만, 그 속에 숨어 있는 본질의 문제, 즉 태안군에서 추진하고자 하는 관관 특구로의 전환에 어떠한 영향을 미칠 것인가에 대해 생각해보았다.

군에서 추진하는 '21세기 굴포운하'론에 대해 황당한 이야기 아니냐며 어떤 이는 비판을 하기도 했다. 그들은 새로운 자원 개발과 물류 가치의 창출이라는 전제하에 시행하려는 굴포운하 건설 추진위원회의 안내가 민심 동요와 풍수 단절이라는 극단의 처사 아니냐며 흥분했다. 그러한 후폭풍 앞에 온전할 자 누가 있겠는가.

총 2천 5백억이 필요하다는 막대한 소요사업비의 확충 문제와 인근 어민의 민원 문제와 기업도시 입지 문제 등등이 그들의 논리를 정당화시키고 있는 실정이었다. 국비와 도비 및 민간투자 유치를 통해 사업비를 확충할 것이라는 추진위원회의 재정 확보 방안이 대대적으로 홍보되었지만, 그들은 반대를 위한 반대에 혈안이 된 듯한 느낌이었다. 어찌 되었든 그 사안에 대해 구체적 방안이 아직 나오지 않았고, 군민의 의견 수렴 과정 또한 진행되지 않은 터이니 현 상황에 대하여는 그 누구도 무어라 할 수는 없는 상태였다.

다시 얘기하건대, 재료란 누구에게나 주어지는 것이다. 어떤 이는 그것을 통하여 현재 삶의 효용에 대비하기도 하고, 또 어떤 이는 사회·문화적 잣대에 대비하기도 하는 것이다. 그 선택의 옳고 그름은 당대를 지나 보아야 알 수 있는 것이다.

'효불효교(孝不孝橋)'나 '위로시화'로 작금의 사태를 비유할 수는 없을지라도 결국은 그 귀결이 못내 걱정됨은 현장에 있던 이로서는 어쩔 수 없는 노릇이었다.

신진도 가까이서
눈 쌓인 빙벽을 탄다

인적…, 인적…, 그 끝없는 자취 건너
눈발은
성성하기에
다리 위로 쌓인다

눈 위로 눈 내리고
그 눈 또 굳어져서
팔백 년 긴긴 세월이 켜켜로 쌓이는데
언 운하
비집고 오는
백설 같은 명분명분

섬이라고 하기에는 쑥스러운 섬 신진도. 그곳에 도착하니 바람이 세게 일었다. 항구에 놓여 있는 배들이, 아니 돛 위의 깃발이 한때의 그 거만한 위용을 잃은 채 정신없이 흔들리고 있었다. 방파제를 때리는 파도, 그 허연 갈기가 마침내는 배들의 몸통이며 가슴 복판이며를 가리지 않고 손길을 휘저어대고 있었다. 오르락내리락 갈매기 몇이 풍랑의 움직임에 따라 가라앉았다가는 떠오르고를 반복하고 있었다.

"이곳이 바로 문제의 안흥량이랍니다. 현 위치가 신진항이며, 저쪽이 마도이지요. 저 섬 마도로부터 직선거리로 한 10㎞ 전방에 가의도라는 섬이 있는데, 과거 조운선이 이 지점을 반드시 통과할 수밖에 없었던 거지요. 보세요, 오늘 같은 날에도 풍랑이 이와 같은데, 태풍이라도 몰려오면…, 상상이 되실 겁니다. 집채만한 파도 어쩌구 하는 식상한 표현도 있습니다만, 그 정도로는 어림없어요, 요즘말로 아파트만한 파도 정도래야 적당하겠지요."

추위가 엄습하여 입가와 볼이 다 얼얼하였다. 그녀도 추운지 웅크린 모습으로 나의 말을 들었다. 안 되겠다 싶어 나는 선착장 옆 카페로 자리를 옮겼다. 다행히도 창가에 자리가 있어 조망에는 별 어려움이 없었다. 실내는 그리 큰 편은 아니었으나 중앙에 장작 난로가 지펴져 안온한 느낌이 들었다. 주인 여자가 차림표를 들고 왔다. 나는 차림표를 그녀에게 내밀었다. 그녀는 손이 곱은지 오른손 끝을 입술에 대었다가는 떼고서 유심히 살펴보았다. 그러더니 가장 값이 싼 커피를 선택했다. 무슨무슨 커피라 수식어가 붙었으나 나는 그걸로 두 잔을 신청했다.

"날이 많이 춥지요. 하필 이런 날 오셔서…."

겨울의 평균 날씨가 이 정도인 걸 나는 알고 있었으나 그녀를 위해서 짐짓 너스레를 떨었다. 나는 게제에 부산이라는 남쪽의 날씨에 대해 물었다. 영하로 떨어지는 날이 거의 없으며, 눈도 연 1회 정도 올까말까 하다는 그곳에 대해 물었다. 그녀는 난방비가 저렴하여 좋다는 말로 대답을 대신했다. 커피가 왔다. 따뜻하니 목을 타고 넘어가는 온기가 가슴 속을 훈훈하게 만들었다. 주인 여자가 홍시 두 개를 접시에 담아 내놓았다. 그러면서 따뜻하게 덥힌 것이니, 한번 맛보라 했다. 따뜻한 홍시라니, 나는 생전 처음 들어보는 그것을 한입 베물어 보았다. 얼린 홍시와 차갑게 냉장시킨 홍시는 먹어보았으나 이것은 정말 초대면이었다. 그녀도 역시 매한가지인지 어리둥절해하며 맛보는 거였다.

"이래 뵈도 이게 이곳 뱃사람들의 겨울철 비상 식품입니다. 그 언젠가, 고려 적부터 이어져 왔다나요. 옛적 조운을 실어 나르던 사공들이 이 안흥에서 하루를 묵었으며, 다음 날 일기를 보아가며 출발했다지요. 겨울철이면 이 홍시가 그네들의 최고 식품이었고, 뱃사람들은 그것을 꼭 끓는 물에 데워 먹으며 한기를 이겼다지 뭡니까. 그때부터 이 지방 사람들은 데운 홍시를 즐겨왔던 거지요."

맛은 차치하고 속이 더워지니 좋았다. 그녀도 느낌이 괜찮은지 달게 먹었다. 몇 알의 씨앗이 찻잔 위에 놓였다. 그 모습이 꼭 반달의 모양과 흡사했다. 막 이지러지려는 모습, 그 하현에서 상현으로 가는 반달의 모습이 연상되었다.

> 절반을 살았다는 생각이
> 푸른 밤하늘에 떠억하니
> 저렇게 박혀서
> 모난 것과 둥근 것, 중간의 지혜를
> 이빨을 깨물며 깨우쳐 주다니
> 밤으로 낮으로
> 보이는 것과 보이지 않는 것 중심을
> 구분하려 들지 않는 지혜를
> 정수리에 꽂아 넣으며
> 세상의 호롯한 소리 모두 받아먹고
> 점점 만삭으로 가는 달이여,
> 절반의 생각으로
> 절반의 생을 절단해 보는 밤에는
> 무릇 반달이 떠 있다

감씨에 대한 단상이 반달의 지혜를 일깨움인가. 김주관 시인의 '반달'이 떠올랐다. 모나지도 둥글지도 않은 그것이 밤이 되고 혹은 낮이 되어 보이는 것과 보이지 않는 것의 중심축을 이루고 있으니. 가시와 불가시의 너머로 피었다 지는 만다라처럼 그저, 감 씨도 불가시의 염원을 모아 가시의 꽃이 되어 떠 있는가. 지금 이 순간 소리쳐 우는 겨울바람도, 파도도 다 한가지로 얽혀 세상의 소리 다 받아 마시며 만삭으로 가고 있는 것은 아닌가. 허연 포말, 시퍼런 파도…, 그 끝없는 부침의 너머로 침잠해가는 것인가.

  나는 창밖을 보았다. 갈매기 떼가 바람을 이기려 저항하는 모습이 보였다. 그러다 끝내 아래로 날개를 저어 내려갔다. 풍랑이 일어 그 모습 위를 하얗게 훔치고 있었다. 아까보다 바람이 더 거세진 모양이었다. 돛과 돛 사이에서 웅웅대며 바람의 흔적이 울어 댔다. 포말 사이로 전선이 흔들리는 모습이 보였다. 또다시 하얗게 자지러지는 파도. 그리고 그 사이를 비집고 솟아오르는 소리들.

  이 겨울 연포에서 파도 한 뿌리 캐어 본다
  뜨겁던 여름 사내 온 몸으로 심은 그것
  남겨진 잔물결 속에 밀려왔다 밀려가고

  저 파도 뿌리는 늘 흰색 아니면 청색이다
  사납게 일어나서 시퍼렇게 울다가도
  가끔씩 잇몸 드러내 웃고 있는 것 보면.

  어느 누가 있어 쓰라린 이 상처 위에
  간간한 바람 주고 쓴 포말 보내었나
  시퍼런 해안선마다 눈물자국 번득인다

저 '겨울, 연포에서'처럼 하얗게 부서지는 저 화상들에게도 어쩌면 내일이 있을지 모르는 일이다. 그리하여 저리 게거품을 물고 오늘 하루를 버티고 있는지 모를 일이다. 부서지는 포말의 흰 빛과 푸른 빛, 그것은 바로 그네들의 울음이며 웃음인 것이다. 서로 서로를 부둥켜안고 시퍼렇게 울다가도 웃으며 달려드는 오늘 하루의 일상들…, 그리고 그 생의 파편들. 어쩌면 그것의 본체는 눈물일 수도 있으니, 그래 짠 것이리니….

감씨로부터 창밖 파도 속으로 스며든 그녀의 눈길이 보기 좋았다. 속눈썹, 그 긴 눈썹을 감았다 떴다 반복하면서 물끄러미 나를 쳐다보다가는 넌지시 한 마디를 건넸다.

"청자는 어디서 나왔나요?"

난데없는 그녀의 질문에 잠시 당황했다. 그러다가 대충 알고 있는 나의 지식을 이야기해 주었다.

"아, 네, 그것은 그러니까 저쪽 해안이 있죠. 그쪽을 정죽리라 하는데, 그 정죽리 앞 대섬 앞바다에서 쭈꾸미가 건져 올린 것이랍니다. 수중발굴조사를 실시하던 중 고려청자를 다량으로 적재한 선박을 발견하였다는 이야기지요. 아까도 잠깐 말씀드렸듯이, 이 안흥 일대는 난행량(難行梁)으로 불릴 만큼 선박침몰 사고가 빈번하였다는 증거물인 셈이지요."

그러면서 몇몇 단상을 첨언하였다. 유물은 긴급탐사를 실시한 대섬 남서방향에 넓게 산포되어 있었으며, 이를 수습하는 과정에서 청자 운반선을 확인하는 성과를 얻었다는 이야기. 발굴한 청자는 다양한 기종·문양·유색(釉色)·번조방법에서 약간의 차이가 있지만, 굽이나 번조받침의 형식이 유사하여 동일한 시기에 제작된 것으로 보인다는 이야기. 노출로 인해 표면에 이물질이 붙어 있으나, 유약의 시유상태가 매우 양호한 고급품으로 판정되었다는 이야기. 기종은 과형주자(瓜形注子), 항(缸), 발(鉢), 단지, 대접, 접시, 완, 잡유호, 받침대 등 다양하며, 문양은 앵무문, 모란당초문, 철화문, 화엽문, 연판문, 어문 등이며 내화토비짐이나 규석을 이용하여 개별번조하거나 포개서 번조하였다는 이야기. 청자의 제작시기는 12세기 중반 강진지역에서 제작된 것으로 추정되며, 상감청자는 보이지 않았노라는 이야기를 두서없이 퍼부어댔다.

그녀로서는 그것도 일종의 조운선이라 할 수 있는가에 대해 알고자 했다. 나는 그것도 매한가지 아니겠냐며 결국 이 해역을 통과하던 중 난파를 당해 현재에 이르고 있음이니, 이 청자운반선 역시 동일한 유형이랄 수 있다는 말로 대신했다.

바람이 내는 소리가 들려 왔다. 그것은 창문을 통해 실내로 들어왔는데 가닥가닥 천이 찢어지는 듯한 소리였다. 출렁거리는 전선의 움직임과 휘몰아치는 거대한 파도, 그 사이로 그네들의 울음이 아우성으로 밀려드는 거였다. 어쩌면 이 해역을 지나다 난파당해 죽어간 사람들의 절규와도 같지 않을까 하는 생각도 들었다.

거센 풍랑을 뒤로 하고 다시 태안읍으로 돌아왔다. 읍의 진산이라는 백화산, 그 산의 바위벽에 새겨진 '어풍대(御風臺)'를 보기 위함이었다. 운하 개착의 염원이 담긴 이 세 음절의 음각, 그것은 당대의 소망이 어느 정도였는지를 알 수 있게 해 주는 단적인 증거였다. 달리 말해, 양대 왕조의 열망의 응집이라 할 수 있었다. 나는 몇 가지를 덧붙였다.

"아시다시피 운하 개착 추구는 세곡의 조운이라는 사회적 사정에 있었지요. 아무리 안흥량이 난행지역이라도 그곳을 통행할 필요가 없다든지 육지로 대행할 수 있다고 했다면 난공사인 운하 개착은 불필요한 일이었을 겁니다."

바위벽이 싸늘하였다. 나는 손을 주머니에 넣으며 말을 이었다. 그녀는 늘 같은 자세로 경청했으나 추위 때문인지 몸이 약간 움츠러들었다.

"이 어풍대(御風臺)의 각자(刻字)는 다 항해의 안전 특히 부근의 조운의 평온을 기원하는 의미에서 이루어진 것이지요. 그러나 바람은 늘 부는 것이니, 근본적이고 적극적인 대책은 가적운하의 개착뿐이었지요. 그래 고려 인종조인 12세기 초기에 정습명에게 명하여 운하를 만들려고 군졸 수천인으로 착수하였으나 완성하지 못하였으며 그 후 고려 말기 공양왕 때에 이 운하 개착의 숙원은 왕실 왕강에 의하여 다시 실시되었으나 실패했지요. 조선조에 들어서 먼저 태조와 태종은 이 운하 개착 사업을 위해 노력을 하였답니다. 즉 태조는 즉위한지 얼마 되지도 않아 2차례나 최유경을 현지에 파견시키어 개착의 유무를 조사하였으나 모두 난공사라고 복명하였고, 태종도 이에 관심이 깊어 1412년에 참찬의정부사를 굴포에 파견하였으며 김지순, 우희열 등을 현지에 파견 시굴도 하였으나 개착 공사는 진보하지 못하였답니다. 이어 세조 때에는 신숙주가 관계하였고, 워낙 난공사임을 안 그가 왕에게 고하여 결국 서기 1464년 공사를 포기케 하였다 합니다."

그러면서 나는 신숙주가 이곳 백화산 정상에서 지은 시를 설명해 주었다. 왕명에 의해 이곳을 찾았고, 운하에 대해 연구하던 그가 〈가적운하〉가 결국 난공사임을 깨닫고 한탄하는 내용의 시였다.

嶺上孤城落照邊	재 위의 외로운 섬 해가 지는데
登臨只具海浮天	올라서니 보이는 건 바다와 하늘 뿐
風回島嶼迷驚浪	바람은 섬을 돌아 물결 속에 헤매고
地僻民居生礎烟	땅은 민가에서 외져 맑은 안개 서린다
堀浦幾年切未效	몇 년 동안 파는 운하 공은 보람이 없고
山來一帶斷猶連	산은 한 줄기 끊어질 듯 이어진다
誰能說我通漕策	누가 능히 나에게 조운책 알려주리
但向樽前醉惘然	다만, 술통 앞에서 망연히 취하노라

나는 시의 내용을 부연하여 설명했다. 백화산 정상에 서서 망연히 내려다보는 신숙주의 심리를 대변하여 말했다. 그는 이곳에서 굴포운하 개착의 한계를 느끼고 술동이에 기댈 수밖에 없었으리라. 산 아래로 정산포구의 풍광과 이북면 관리 쪽의 바다가 고즈넉하게 비춰왔다.

"조선시대 3대 난코스 조운 수로-태안반도 안흥량, 강화도 손돌목, 장연의 장산곶- 중 이곳 안흥량이 가장 험악했다 합니다. 조선 태조 4년에서 세조 1년에 이르기까지 약 60여 년 간의 기록에 의하면, 파선 및 침몰 선박 200여척, 인명 피해 사망 실종 1,200여 명, 세곡 손실 15,800석 등으로 나타나지요. 그러니 왕명이 있었을 테고, 신숙주는 왕명의 불가능을 감지하고 술잔을 기울이는, 어쩌면 서글픈 시라 할 수 있지요."

그녀는 고개를 끄덕였다. 가녀린 목덜미가 하얗게 드러났다.

바람 때문에 머리칼이 흩날리기도 했다. 그녀의 자태가 어쩌면 억새의 모습과 비슷하지 않나 하는 생각이 들었다.

"그 후 선조조에 이르러서는 종래와 같은 방식으로 난공사를 계속하느냐 또는 남북단에 창고를 건립하고 지방 세곡미를 남창에 수납시키었다가 육로로 거마를 이용하여 북창에 납입한 다음 다시 조운으로 경창에 수송하자는 2종의 의견이 있었으나 임진왜란으로 모든 계획은 중지하지 않을 수 없었답니다."

날이 점점 추워졌다. 바람 또한 한기를 주기에 충분했다. 우리는 산을 내려왔다. 어둡기 전에 인근 인평저수지, 그러니까 영욕의 가적운하 그 잔재가 남아 있는 곳을 찾았다. 바람에 억새가 부서지며 소리를 내고 있었다.

"18대 현종기에 이르자 굴포 개착은 다시금 조정에 큰 문제로 거론되었고, 우암 송시열의 말을 들어 창고 40간을 건립하게 됩니다. 이 설창 안은, 세곡을 실은 조운선이 안흥량을 돌지 않고 천수만으로 들어와, 육로를 통해 가로림만으로 운반하는 방법이었지요. 즉 천수만의 적돌강을 넘어 남창(평천리 소재)에 보관하였다가 이곳에서 우마를 이용하여 육로로 전수하여 북창(구도)에 저장케 하고 다시 조운에 의하여 경창으로 향하게 하는 방법이었답니다. 그러나 이 방법도 폐단이 많아 폐기하고 말았고 그리하여 고려 인종부터 500년간 내려오던 가적운하 개착 공사는 종지부를 찍게 된 것이지요. 근 500년에 걸쳐 추진된 가적운하의 개착 공사는 자연적 제약을 극복 못하고 결국 실패로 돌아갔답니다."

억새가 목 부러지는 소리를 내며 흔들리고 있었다. 언덕 아래로 비오리 몇 마리가 뒤뚱거리며 기어가고 있었다. 볶은 청태를 목에 두른 듯 목덜미가 푸른 청둥오리도 섞여 있었다. 놈들은 벼의 그루터기와 볏짚에 아예 주둥이를 박고 끊임없이 움직여댔다.

"현재 굴포운하의 유허지로 남아 있는 지역이 바로 이곳이지요. 이 유허지, 그러니까 여기에서 팔봉면 어송리까지를 실측해 본 결과 밑바닥이 제일 좁은 곳이 14미터로 나타났고, 상단 중 제일 넓은 곳이 63미터로 나타났다 합니다. 평균값은 하단 19미터, 상단 52미터로 측정되었지요. 수에즈운하가 1869년, 파나마운하가 1914년에 건설되었다 하니, 적어도 이 가적운하는 세계 최초의 운하 건설이었던 셈이지요."

달리 이곳도 파나마운하처럼 잠시 갑문 형태의 방식도 추진되었으나 통용되지 못하였으며, 그것으로써 결국 굴포운하 개착이 실패로 돌아갔음을 재삼 강조했다. 또한 그 대안으로 소원면 송현리와 의항리를 잇는 운하를 중종 16년(1521년)부터 32년(1530년)까지 공사하였음을 덧붙였다. 무려 3,000여 명의 군정(軍丁)을 동원한 공사였으나 이 또한 통선(通船)을 못하고 실패하였음을 설명했다.

"마지막으로 한군데 갈 곳이 남아 있습니다. 빨리 출발하면 어둡기 전에 볼 수 있을 겁니다. 금 선생님께서 운이 좋으시다면, 멋진 저녁놀도 볼 수 있겠고…."

짧은 저녁 해가 시나브로 기울어가고 있는 중이었다. 좀 속력을 내면 밤이 되기 전에 볼 수 있겠다싶어 급히 출발했다. 외곽도로가 나 있어 읍내를 쉽게 빠져나갈 수 있었다. 또한 평일인지라 통행량도 적었다.

우리가 도착하니 해가 서서히 저무는 순간이었다. 다행히 일몰 전이었고 일기도 한결 좋아졌음은 느낄 수 있었다. 한때는 서로 연결되었던 이곳. 다리 아래로 오백년 운하의 꿈이 천천히 흘러가고 있었다.

"본래는 이곳이 안면곶(安眠串)이었지요. 조선 인조조에 방경잠(房景岑)의 헌의가 있었고 영의정 김유가 주도하게 되었답니다. 정확한 착통 연도는 알 길이 없으나 1645에서 1647년 사이쯤, 즉 인조 23년에서 25년 사이에 착통되었지 않을까 하는 학자들의 주장이 있습니다. 문헌 자료에 기록이 없어 아쉬운 일이지만 대략 그쯤이 되지 않을까 하는 소견이지요."

저녁놀이 구교 너머로 지고 있었다. 싸늘한 저녁 기운이 인공섬 안면도 쪽으로부터 불어왔다. 그녀는 먼 백사장과 구교와 신교를 오래도록 쳐다보았다. 그 사이 두 개의 다리 아래로 물살이 아주 느리게 이동하고 있었다. 문득 350여 년의 장구한 시간이 어둠 속 물살을 따라 빛나고 있었다.

마음의 규격

.

.

.

1. 나무 계단이 있는 풍경

꽃다리를 건너자 휘황한 불빛이 시야를 덮쳤다. 바닷바람이라 도 불까 하여 사방을 둘러봤지만 놈들은 아무 기척도 없다. 대신 폭죽이 내는 불꽃의 긴 그을음과 화약 연기만이 코끝을 후볐다. 그 끝을 잡고 주차장에서 들려오는 품바타령만 찐득하니 해안선 을 기고 있다.

나는 해안도로 옆으로 난 작은 길을 따라 숙소로 향했다. 그 사 이로 찐득하니 등줄기를 타고 흐르는 땀방울이 있었고 해안을 타 고 오르는 긴 전설이 있었다. 삶과 죽음, 만남과 헤어짐, 사랑과 이 별…, 여느 전설이 그렇듯 이곳 꽃지 할미할아비바위 역시 통속의 파고를 넘지 못한 채 비리게 누워 있었다.

한 삼십여 분쯤 걸었을까, 폭죽 연기 너머로 불빛 흐린 솔숲이 보이고 야외무대로 오르는 나무 계단이 보였다. 그 솔향 그윽한 계단을 오르자 꽝꽝 노랫소리가 솔숲을 다 흔들었다. 내가 음식을 주문하자 종업원은 빠른 걸음으로 오고 갔다. 과일 안주에 맥주, 나는 종업원이 가져온 술과 안주를 천천히 음미했다. 목을 타고 흐르는 맥주의 짜릿함에 어디 남방의 어느 이국에서 흘러온 듯한 가수의 비음이 가슴 속을 얼럴하게 만들었다. 그쯤 되니 후텁지근했던 몸과 마음이 일순 사라졌다.

"언덕 위에 손잡고 거닐던 길목도 아스라이, 멀어져간 소중했던…"

광란의 시간을 휘어잡는 낮은음자리가 솔숲 객석을 저음 속으로 몰아넣었다. 한 떼의 중년인들이 땀에 젖은 머리칼을 훔치며 각자의 자리로 가 앉았다. 하나같이 상기된 표정이었으며 근심이며 걱정이며의 세계와는 동떨어진 모습이었다. 무엇이 그리 즐거운지 서로들 해해거리며 술잔을 기울였다.

"달의 미소를 보면서…"

가수의 발음은 영 신통치 않았다. 남방의 먼 나라 출신이란다.

아내는 무에 그리 즐거운지 연신 들썩여댄다. 오물오물 노래를 따라부르며 손뼉에 또 손뼉이다. 세칭 70, 80세대인 우리, 아니 당대의 노래를 좋아하는 우리, 지명에서 이순으로 가는 우리들. 그 대표 주자인 아내는 지금 흥얼흥얼 장단을 맞추는 거였다.

그 흥얼흥얼의 흔들림 속에 아내는 있었다. 삼십 수년도 더 지난 그날, 아내와 나는 나무 계단 앞에서 만났다. 시내 뒷산, 그러니까 이 도시의 진산인 부춘산에 있는 절집 앞 나무 계단에서 만난 것이다. 그곳에서 가위바위보를 통한 승패에 따라 그 계단을 오르내렸다. 한 번 더 한 번 더, 수차에 걸친 그 행위로 다리가 아팠고 계단은 더없이 삐걱거렸다.

아내의 박수 소리가 꼭 그날의 삐걱거림과 닮은듯하여 웃음이 나왔다. 다시 땀을 흘리며 막춤을 추는 취객들, 그 흔들거리는 춤

사위에 덩달이로 그날 그 삐걱거림이 혼재되어 흘러나왔다.

객실로 돌아오는 내내 나는 오르내림과 삐걱거림의 의미를 생각해보았다. 오르는 것과 내리는 것, 그 무엇 하나 쉬운 것이 없다. 지금 11층 객실을 향해 오르는 엘리베이터처럼 10초 이내에 도달할 수도 있고, 한나절 좋이 걸려야 겨우 몇 번 오르내릴 수도 있는 것이다. 다만, 그 사이 인위와 자연만이 시간적 격차를 줄 뿐 승강에는 변함이 없는 것이다. 과거 아내와의 나무 계단 만남이 자연의 처지였다면 지금 엘리베이터 속의 오르내림은 분명 인위의 시간이다. 그렇기에 한나절과 10초라는 시간적 격차가 생기는 것이며, 그를 통해 종래 삐걱거림이라는 울림의 진폭 또한 달라지는 것이다.

우리 인간은 모두 만남과 헤어짐의 연속 속에서 살아간다. 그 옛적 부처님이 베사리 성의 큰 숲에서 열반(涅槃)을 예고했는데, 제자인 아란존자가 이를 슬퍼하자 한마디 말로 대답했다 한다.

"인연으로 이루어진 이 세상 모든 것들은 언제인가 반드시 이별하기 마련이다. 이 세상의 모든 것들이 으레 그런 것이어늘 어찌 근심하고 슬퍼만 하랴."

그렇다. 부처님의 설법이 아닐지라도 회자정리(會者定離)며 거자필반(去者必返)은 늘 우리 인간과 같이 살아온 것이다. 그것은 달리 승강의 의미와 유사하다. 오르면 반드시 내려와야 하고 내리면 또 올라가야만 하는 오르내림의 미학, 모이면 헤어지고 헤어지면 모인다는 베사리 성의 설법과 무에 그리 다르랴.

우리는 그렇게 나무 계단의 오르내림으로 부부의 연을 맺었으며 그 계단의 삐걱거림으로 오늘을 살아가고 있다. 승강과 울림의 연속이 오늘을 살아가는 우리에게 힘이 되어준 것이다.

오늘 나는 또 하루의 울림을 맛보고 있다. 새벽에 일어나, 아침을 준비하고, 출근 준비를 하고, 출근하고, 일하고, 퇴근하고, 저녁 먹고, 자고…, 오, 그렇게 또 하루의 울림을 보내는 것이다. 그 울림이 어제의 울림과 같은 울림이건만, 결코 같은 울림은 아닌 것이다.

11층을 오를 때 엘리베이터를 이용하는 오늘의 우리가, 나무 계단의 웅숭깊은 오르내림과 울림을 꺼내어 기름기를 닦고 있는 것이다. 현대화의 문물로 간편하게 해결할 수 있는 일상을 굳이 과거의 유로를 통해 닦고 있는 것이다.

우리에게 승강과 울림이란, 이렇듯 한 섬지기 짐을 닦는 일과도 흡사하다. 돌아서서 지우고 돌아서서 지워야 하는 나의 일상이, 어쩌면 그 속에 숨어 있는 것은 아닐까?

2. 독살로의 초대

나는 이곳 태안에서 나서 태안에서 살고 있다. 지정학적으로 삼면이 바다인 반도의 형태로 흔히 태안반도라 칭하는 이곳, 이 고향이 좋아 불혹 넘게 살아왔고 앞으로도 살아갈 것이다. 어떤 이는 해안선의 길이가 500km가 넘는다고 하고, 또 어떤 이는 리아스식 해안의 전형이라고도 한다. 또한 조석간만의 차로 인하여 형성된 갯벌을 보호하자는 취지에서 국가에서는 습지보호구역 설정 의지를 표명한 바도 있다.

어찌 됐건 긴 해안선은 수수만만의 절경을 만들어 냈다. 그 옛날 황 익성공과 맹사성 대감이 유람와서 붙였다는 만리포를 비롯한 연포, 학암포, 방포, 몽산포, 꽃지 등 이름까지 멋있는 해수욕장, 현대과학 문명의 부산물 A지구, B지구, 대호 등등 크고 작은 방조제, 그 방조제를 따라 즐비하게 늘어선 염전. 어느 것 하나 발길 잡지 않는 것이 없는 절경이 가득 차 있다.

그 수많은 절경 중 남면, 근흥면, 소원면 등 갯벌에 남아 있는 독살을 나는 가장 좋아한다. 신증동국여지승람이나 서산군지, 태안군지, 호산록 등의 문헌에 의하면 이 지역의 독살은 고구려 말엽부터 조성된 것으로 기록되었다 한다. 그 이전 삼국 시대의 고기잡이 법에 대하여는 알 길이 없으나 고려 의종 때부터 돌로 살을 매 고기를 잡아 생계를 유지했다 기록되어 있으니 독살의 역사도 천년은 되지 않았을까 짐작한다.

독살.

독살은 '돌(石)'에 '살(網)'란 단어가 붙은 합성어이다. 살이란 다름 아닌 그물을 뜻하는 것으로 '돌로 짠 그물'이란 뜻을 함유한 단어가 바로 독살이다. 독살은 해안에 돌을 쌓아 밀물이 되면 고기가 같이 들어왔다가 썰물이 되면 물이 빠지면서 돌담에 남는 고기를 잡는 전통적인 고기잡이 방법이다. 돌로 담을 쌓기 때문에 한자어로 석방렴(石防簾)이라고 부르고 서해안 지역에서는 독살 외에 '독장', '쑤기담'이라고도 부르기도 한다.

조석간만의 차로 인해 형성되는 이 갯벌의 바다에도 길이 있다. 해안의 모랫벌까지 잠겨 바위를 쳐대다가 서서히 물 빠짐이 시작되고 종래는 끝없는 갯벌을 토해내는 절경을 연출한다.

간만의 차이가 있어 보름 전후의 사리 때는 물 빠짐이 심하며 그믐 전후의 조금 때에는 물 빠짐이 덜하다. 하루 두 번 만조와 간조가 생기며 약 50분 정도로 간만의 차가 생긴다. 마을 사람들은 흔히 아침 조금, 한 조금, 무시, 한 매, 두 매…, 보름 등 전통적 수식어로 바닷물의 들고남에 따른 하루의 때를 정하여 부르고, 때에 따라 시간을 맞추어 갯일을 나가는 것이다.

독살을 통한 고기잡이도 마찬가지다. 하루의 물때에 맞춰 바닷길이 열리면 물 빠짐이 가장 나중까지 지속되는 이른바 바닷속의 강 깊숙이 매어 놓은 살로 향하는 것이다. 살은 어른 머리 정도 크기의 돌을 쌓아 바닷속의 강 그 물줄기를 막은 형태로 조성된다. 그 형태는 수달이 나뭇가지를 이용하여 만드는데 비하여 독살은 돌로 만들어 영구적으로 사용한다는 점이 다를까. 여하튼 수달이나 비버의 그것이 자연의 일부로서 강물 줄기를 거역하지 않는 것처럼 우리 선조가 만든 독살 역시 조석간만의 자연현상에 벗어나지 않음은 서로의 공통점이라 할 수 있다.

밀물 때 들어온 물고기가 돌담에 갇혀 썰물 때 빠져나가지 못하고 얕은 물에 놀게 되면 뜰망으로 떠서 잡는 것이다. 주로 숭어, 전어, 우럭, 새우, 멸치 등 연안의 작은 물고기를 잡는다.

우리는 독살을 치는 선조의 모습에서 또 하나의 지혜를 엿볼 수 있다. 그것은 바로 돌과 돌 사이를 적절히 벌려 쌓아 치어 등 작은 물고기가 빠져나갈 수 있도록 축조했다는 사실이다. 즉 함량 미달의 어린 고기를 보호하여 두고두고 고기를 잡을 수 있는 길을 확보해 놓았다는 점이다.

석축술(石築術).

사람들은 돌로 조형물을 만든 것을 그렇게 부른다. 그 기술이 얼마나 견고하며 또 얼마나 아름다운가에 예술적 가치를 매겨 품평하기도 한다. 그리하여 이집트의 피라미드에 더해 찬탄해 마지않으며, 남미의 마추픽추 유적에 대해 입에 침이 마르지 않는다. 석굴암의 본존불상이며, 서산마애삼존불이며 돌로 이루어진 유물들을 국보로 지정하여 그 예술적 가치를 찬양하기도 한다.

피라미드, 마추픽추 유적, 석굴암 본존불, 서산마애삼존불. 이 모든 것들은 돌을 이용하여 쌓았거나 깎아 만든 예술품들이다. 그 예술품에 대한 세인들의 미적 가치 평가에 동감한다. 완벽한 아름다움의 추구, 완벽한 쌓음의 추구, 그 완벽함에 동감한다.

그러나 내가 그 완벽한 예술품에 앞서 헐렁한 아름다움을 찾는 이유는 무엇일까. 철저하게 재단되어 빈틈 하나 없는 조형미를 자랑하는 피라미드보다 그저 아무렇게나 쌓인 독살에서 아름다움을 찾는 이유는 무엇일까. 너무나 먼 나라, 너무나 먼 문화의 차이 때문일까, 아니면.

독살에는 '헐렁의 미'가 있다. 다시 말해 '자연의 미'가 있다. 둥글둥글 그저 해안을 구르는 돌을 가져다 적절히 배열하여 쌓아놓은 것이다. 돌과 돌 틈을 좁혀 치어들을 압박하지도, 완벽한 돌 쌓음으로 바닷물의 흐름을 차단하지도 않은, 인공이 가미된 자연의 일부인 셈이다. 더러 빠져나가지 못한 큰 고기들은 망태기에 담아 시장에 내다 팔았다. 남은 것은 포를 떠 말렸다가 반찬으로 활용하기도 했다. 한 망태기에 넘치면 살 너머로 놓아주고 적게 잡히면 그뿐, 더 이상의 욕심을 내지 않은 것이다.

엊그제 우리 지역 수산업협동조합에서 치어 방류 행사가 있었다. 우럭, 놀래미, 도미 등속의 치어 수천만 마리를 인근 포구에서

방류하는 행사였다. 향후 성어가 되어 우리 식탁을 풍요하게 하리라는 꿈을 품은 채.

주말쯤 송현에 있는 독살에 가 볼 생각이다.

초등학교 동기동창 소유의 독살인데 벌써 이백 년이나 이어져 오는 가업이란다. 그곳에 걸친 송어 몇 마리 회를 치며 '헐렁의 미'나 한 잔 마셔 볼까.

3. 메주

언제였던가, 내가 초등학교 고학년 시절이었으니 지금부터 수십 년 전의 일이다. 그때 푼 시험 중 곰팡이를 묻는 문제가 있었는데, 나는 그것을 자신 있게 풀었던 기억이 있다.

[문제] 다음 중 우리 몸에 이로운 곰팡이는 어느 것인가?
① 밥에 핀 곰팡이 ② 메주에 핀 곰팡이 ③ 과일에 핀 곰팡이
④ 감자에 핀 곰팡이 ⑤ 식빵에 핀 검은색 곰팡이

정답은 ②번이었고 나는 그 교과목에서 수를 맞았다. 내가 그렇게 좋은 점수를 받을 수 있었던 것은 순전히 메주란 놈 때문이었다.

아침부터 어머니의 손길은 분주했다. 장은 내 손으로 담아야 한다며 어머니께서 메주 만들기에 분주했던 것이다. 벌써 마당에는 커다란 소쿠리에 노란 메주콩이 가득 차 있었다.

콩의 빛깔이 연한 노랑에 반질반질 고운 걸 보니 이번에 새로

농사지은 콩이었다. 어머니는 옷소매를 걷고 북북 두 손으로 메주콩을 씻기 시작했다. 소쿠리에 가득한 메주콩은 알알이 부딪혀 투명한 거품이 자글자글 일며 깨끗이 씻겨져 갔다. 쭉정이 콩이 위로 동동 떠올라 다니는 것을 손으로 걷어내고 또 걷어내고 하면서 알맹이 튼실한 녀석들만 선별했다. 그렇게 노란 콩을 말끔히 씻은 다음 체에 걸러 물기를 뺐다. 햇빛에 반사된 콩은 반짝반짝 윤기를 내뿜었다.

부엌 한쪽에는 까맣고 묵직한 가마솥이 있었다. 그것은 이 콩 무리를 알맞게 삶아 줄 중요한 임무를 맡았다. 그래 그 밑에 아궁이가 거느리고 있었다. 아궁이 입구에 묻은 꺼뭇꺼뭇한 그을음은 그간 솥의 이력을 말해주는 듯 크고 검은 입을 벌리고 있었다.

어머니는 가마솥의 묵직한 뚜껑을 열고 대기하고 있던 콩을 쏟아부었다. 그 위로 깨끗하고 시원한 물을 부었다. 바다가 지척인지라 약간은 간기가 도는 슴슴한 물이었다. 이 순간이 메주의 맛을 결정하는 가장 중요한 단계라며 어머니는 정성으로 물을 부었다.

아궁이에 장작을 넣고 불을 지폈다. 금세 불이 올라 탁탁 소리를 내며 시원스레 타들어 갔다. 불꽃, 그것은 마치 잘 익은 홍시 같은 채색을 하고 넘실넘실 아궁이의 입구를 차단했다. 그 열기로 내 얼굴까지 홍당무처럼 발갛게 익어 버렸다. 불을 때면서 어머니는 큰 주걱으로 콩을 으깨지지 않게 저었다. 바닥에 콩이 눌어붙지 않게 하려면 되도록 젓는 것이 좋다면서 천천히 저어나갔다. 그렇게 콩은 삶아졌다. 옆에서 지켜보기만 하는 나는 벌써 지쳐 가는데 어머니께서는 처음 그대로 주걱을 활용한 느린 작업에 열중하셨다.

어느새 구수한 콩 냄새가 나기 시작했다. 달콤하고 구수한 콩 특유의 냄새에 나는 침이 꼴깍 넘어갔다. 뭐랄까, 질 좋은 가을 햇살 같다고나 할까, 코를 후비는 그 느낌이 좋아 나는 솥 주위에서 빙빙거리기만 했다.

얼마나 지났을까, 어머니는 솥뚜껑을 열고 잘 익은 그 노란 콩을 씹어 맛보았다. 옆에 앉아 기다리는 나를 위해 한 줌의 콩을 손에 올려놓았다. 나는 그 콩을 씹어 맛보았는데, 입에 들어가는 순간, 작은 콩알이 톡 으깨지면서 달짝지근하고 구수한 맛이 혀를 부드럽게 자극했다. 한 입 또 한 입, 그것은 먹으면 먹을수록 고소한 맛이 났다.

모락모락 김이 나는 노란 메주콩을 절구통에 옮겨 담았다. 대기하던 아버지는 능숙한 솜씨로 절구질을 했다. 쿵덕쿵덕 절구 찧는 소리가 흥이 났다. 손에 절굿공이를 들고, 얼쑤절쑤 앞뒤로 몸을 흔들며 정확히 절구통 가운데를 노리는 동작은 꼭 춤사위 같기도 했다. 골고루 찧어야 하기 때문에 내가 주걱으로 잘 섞었다.

절구통 속의 메주콩은 떡처럼 으깨어졌고 보기 좋게 누워 있었다. 알갱이가 남아 있을 정도로 적당히 찧어 주어야 한다고 아버지는 말했다. 어머니는 아직 식지 않아 온기가 남아 있는, 찧은 콩 한 덩어리를 떼어서 솜씨를 부렸다. 쪼글쪼글 주름이 진 검은 손이지만, 어머니의 손은 보이지 않게 움직여 일정한 규격의 메주를 만들었다. 놀림은 너무나 정교하였는데, 손으로 조물조물 주물렀다가는 이내 바닥에 탁탁 쳐 대었고, 네모 모양으로 각을 잡아 판판하고 예쁘게 메주를 만드셨다.

나도 손을 걷어붙이고 한번 만들어 보았다. 따끈따끈하고 말
랑말랑한 온기와 촉감이 동시에 느껴졌다. 꼭 아기 똥 같기도 했
고, 어렸을 적 손장난하던 진흙 같기도 했다. 한두 개 만들다 보니
요령이 제법 생겼다. 한 소쿠리 삶았던 콩은 금세 바닥 났다. 그렇
게 메주를 만들고 나니 한 30개 정도 만들어졌다.

　　이제 만든 메주를 서늘한 그늘에 잘 말려야 한다. 이제부터 제
대로 된 메주가 되려면 누룩곰팡이를 띄워야 한다. 그러려면 짚을
이용해야 한다. 짚에서 생성되는 누룩곰팡이가 메주를 잘 뜨게 해
준다. 그래, 다 꼬아진 새끼줄로 메주를 동여맸다. 그리고는 마치
신주 모시듯, 그 몸뚱이가 굳어지기만을 기다렸다. 얼마나 지났을
까, 식은 몸통을 집어 처마에 매달았다. 이제 세월이 흐르고 누룩
곰팡이가 뜨면 그것으로 메주의 진가가 나타날 것이다. 숯, 고추
와 어우러져 진정한 의미의 간장, 된장이 될 것이다.

　　흔히들 못생긴 사람을 두고 메주 같다고 한다. 그러나 그 표현
은 잘못된 것이다. 겉만 보고 속의 의미를 보지 못했다고나 할까,
하여간 진정한 의미의 숙성을 잘못 판단하여 꾸며낸 말이라 할 수
있다.

　　우리가 한세상 살아가다 보면 다양한 사람들과 만나게 된다.
연륜이 쌓이면서 나는 그 다양한 사람들을 크게 두 유형으로 분류
해 보았다. 하나는 메주 같은 사람이고, 다른 하나는 익지 않은 콩
같은 사람이다. 물론 나는 메주 같은 사람을 좋아한다.

　　설익은 콩 같은 사람은 늘 비린내를 풍긴다. 입안뿐만 아니라
주변까지도 비리게 하는 속성 때문이다. 그러니 덜 익어 비린 기

운이 아직 남아서 시금털털한 느낌으로 다가오는 콩보다는, 꾀죄죄 곰팡이가 피어 볼품은 없을지라도 메주 같은 사람이 더 낫지 않을까. 그것이 내가 덜 익은 콩보다는 메주를 좋아하는 이유다.

우리가 살아감에 있어 늘 마주하는 참도 거짓도 메주와 콩처럼 주변 가까이 자리한다. 이는 동전의 양면과 같아서 나올 확률은 반반이다. 참과 거짓처럼, 설익어 비린 콩이 반이고 메주가 반이라는 말이다. 그것 중 하나를 선택하는 것은 우리의 자유 의지에 의한 몫이다.

이제 다시 그 아름다운 메주를 만드는 어머니의 손길은 없지만, 나의 가슴 속에 존재하는 그리움은 오늘도 메주를 쑤고 있다.

황성진 수필집

눈부신 혼란

초판 1쇄 인쇄일 · 2021년 11월 22일
초판 2쇄 발행일 · 2022년 10월 20일

지은이 | 황성진
펴낸이 | 노정자
펴낸곳 | 도서출판 고요아침
편 집 | 정숙희 김남규

출판 등록 2002년 8월 1일 제 1-3094호
03678 서울시 서대문구 증가로 29길 12-27 102호
전화 | 302-3194~5
팩스 | 302-3198
E-mail | goyoachim@hanmail.net
홈페이지 | www.goyoachim.com

ISBN 979-11-6724-59-0(03810)

행복중만 충청남도   충남문화재단
Chungnam Arts and Culture Foundation

* 이 책은 충청남도, 충남문화재단에서 기금을 지원받아 간행되었습니다.